U0909495

Il Libro di Difinizioni Filostrato

爱情十三问 · 爱的摧残

〔意大利〕乔万尼 · 薄伽丘 著 肖聿 译

译林出版社

目　录

爱情十三问

致 读 者

三思后行，莫只看表面，
不然，你便会失之误断；
我不教授爱情，不讲爱的教益，
亦不开治疗爱疾的灵丹妙剂；
我讲述爱情带来的烦恼、
爱情的欢乐与雷霆风暴；
讲述最能表明爱情的做法，
及无论优劣、何种选择最佳；
做一番比较，革除陋弊，
找出真正的佳良之举；
读者会从中将快乐找到，
去满足他们向善的头脑。

译　序

《爱情十三问》原名《辨异书》(*Il Libro di Difinizioni*)，是意大利文艺复兴时期著名作家乔万尼·薄伽丘（Giovanni Boccaccio，1313—1375）在1340年用意大利语写成的作品，内容为几个贵族青年乘船出海，被风暴吹到了一座古城，羁留数日，偶遇该城的几名贵族男女，便应邀参加了他们的饮宴和消遣。众人选出美丽的王族女子菲娅美达做女王（相当于我国古人行酒令时的令官），然后轮流提出有关爱情的疑难问题，请她作答。在与众人的辩论中，菲娅美达对这些问题做了精辟的议论，提出了自己的见解。

薄伽丘将13个问题巧妙地嵌入同一个大叙事框架中，寓理于事，夹叙夹议，尤其是精心设置的不少两难情境，使问题具有开放性的答案，每每使人联想到19世纪美国小说家斯托克顿（Francis Richard Stockton，1834—1902）的短篇名作《美女，还是老虎?》。《爱情十三问》中的议论见仁见智，有的是对于善与恶的道德思考，有的是对于利弊得失的取舍权衡，有的则出于对爱情心理的深入剖析，形象地反映了文艺复兴早期意大利社会的爱情观和道德观，并显露了人文主义思想的萌芽。

本书虽然篇幅不长，却容纳了丰富的思想内涵，具有富于机趣的思辨色彩和层叠连贯的巧妙结构。因此，在问世后的六百六十多年间它一直吸引着众多读者，其原作及译本至今仍是欧美各大图书馆的热门藏书。

翻开《爱情十三问》，我们很容易看到作者八年后的成名作《十日谈》（Decameron，作于1348年—1351年）的雏形，很容易发现屡屡出现在作者几部重要作品中的女子菲娅美达（Fiammeta）的名字。从《爱情十三问》到《十日谈》，我们可以追索薄伽丘思想和艺术发展的脉络，看清后者成型的来龙去脉。

首先，这两部作品采用了本质上相同的结构框架：《爱情十三问》将13个问题集中在一天讲出的故事中，其契机是五名贵族青年男女因乘船失事来到帕忒诺珀古城的一个花园中；《十日谈》则将100个故事分十天讲述，其契机是十名贵族青年男女为躲避瘟疫来到佛罗伦萨城外的一个花园里。两群人都置身于这种阿卡狄亚式的世外桃源，都推举出当值的女王（或国王），由她（他）主持，或讨论爱情，或讲述趣事。菲娅美达在《爱情十三问》中起着不可替代的重要作用，而《十日谈》第五天的轮值女王也名叫菲娅美达。其次，《十日谈》中的两个故事还承接了《爱情十三问》的内容：第十天第二个故事（《劳力达的故事》）沿用了后者第十三问的故事；而第十天第三个故事（《爱米莉亚的故事》）则沿用了后者第四问的故事。可见，《爱情十三问》的内容与形式在《十日谈》中得到了保留、提炼和生发。提倡个性解放，讴歌有血有肉的爱情，这是两部作品共同的思想内容。

《爱情十三问》是一曲爱情颂歌，它热情地抒写了爱的珍贵、爱的忠诚、爱的甘苦和爱的牺牲。它旨在“讲述爱情带来的烦恼、爱情的欢乐与雷霆风暴；讲述最能表明爱情的做法，及无论优劣、何种选择最佳；做一番比较，革除陋弊，找出真正的佳良之举”（见本书卷首诗《致读者》）。薄伽丘的兴趣并不在叙事，而在从不同侧面探讨爱情这个永恒主题。他笔下的爱情已经不是古典神话中那种天上的爱，而是当时人间的爱了。他不但辨析了爱情的种种心理，如狂喜、痴迷、忘情、嫉妒、羞怯、彷徨、思念、失意和绝望等等，而且表达了新兴市民阶级的价值取向，即重视现世幸福，推崇人的智慧，赞美善良、忠诚、慷慨的品德，提倡敢作敢为的进取精神。这些都体现了人文主义精神的觉醒。

《爱情十三问》是薄伽丘 27 岁时的作品。可以说，它也折射出了作者当时的心境，是作者对心中爱情的自况，是对恋人菲娅美达的礼赞。菲娅美达是西西里国王罗伯特的私生女，闺名玛利亚，当时已经结婚。像但丁笔下的彼阿特丽切，像彼特拉克笔下的劳拉，薄伽丘笔下的菲娅美达也是理想女性的化身，也是激发诗意灵感的源泉，也通过巨匠的名作而化为不朽。《爱情十三问》的通篇，尤其是第七、第八、第九和第十一问，无不洋溢着薄伽丘对菲娅美达的难以抑制的热恋之情。在第七问中，薄伽丘借伽勒昂之口，唱出了献给菲娅美达的恋歌。在他眼里，菲娅美达“在三重的高天上”。这的确是她在青年薄伽丘心中的位置。他的密友和老师彼特拉克于 1373 年去世后，薄伽丘也写出了一首十四行诗，其中让彼特拉克笔下的劳拉与自己笔下的菲娅美达在“三重的高天上”会面。我们知道，在但丁的《神曲》中，天界的第三重是金星（维纳斯）天，居住着多情的灵魂；而《神曲》又是薄伽丘最心仪的经典之一。

同时，薄伽丘也巧妙地表达了对他与恋人社会地位差别的担忧。菲娅美达是王族之女，声名显赫；而身为商人私生子的薄伽丘，当时还是个教会法律学校的学徒，默默无闻。社会地位的悬殊和礼法的约束，决定了他对菲娅美达的爱在很大程度上是柏拉图式的。这在《爱情十三问》里表现得极为明显。书中人物提出的一些问题，微妙地反映了薄伽丘对恋人难以割舍的深情、对这份无望爱情的执著，也道出了他对自己“身无彩凤双飞翼”的无奈。他追问该不该去爱地位高于自己的女子，他探究该不该去爱已婚的女子，他想知道思念恋人是否比与她见面更快乐。这些深中肯綮的议论不但是薄伽丘的真情告白，也会引起众多性情中人的共鸣。

就形式而言，《爱情十三问》无疑还不够成熟。它并不属于严格意义上的叙事作品，而更近于情节化的散文。作者似乎尚未找到表达内容的最佳形式。例如，书中第四问由梅内冬讲述的那个故事，对魔法师忒班在寒冬建造花园的经过做了大量的铺叙，使全章结构显得失衡；而我们看到，《十日谈》里的同一个故事却大大压缩了这段文字，表明了作者驾驭结构能力的成熟。《爱情十三问》中的故事只有两个作用，一是设置问题产生的情境，二是论证各方提出的观点。书中包括菲娅美达在内的所有人物都是表达作者见解的传声筒。人物的对话虽然典雅，却失于雕琢，其议论也带有古代拉丁文学的明显影响，例如其中所有举例都取自古希腊罗马神话。而《十日谈》却极少如此引经据典，其语言更加生动活泼，其风格更贴近日常口语。《十日谈》用托斯坎俗语写成，很适合其短篇话本式的内容，更便于叙事；而《爱情十三问》的语言简古，行文周致，更适于陈言立论。

值得注意的是：在薄伽丘的众多作品中，《十日谈》的文体风格仅仅属于《十日谈》，其他作品的风格大都与它不同。究其原因，大概有二：一是薄伽丘深谙古希腊和古罗马文化，精通拉丁语典籍和但丁的作品，其早期作品深受古典的影响，尚未形成独特的个人风格，例如，《爱情十三问》中描写太阳东升西沉时，依然仿照古罗马作家的手法，将它说成是“福玻斯五次出游，又五次返回”（第一章）。这使人想起他在更早的作品《菲罗柯落》(*Filocolo*，1336年作）中，也曾将日落写成“福玻斯的骏马在一天的劳累之后，将冒着热气的身体浸入西方的海水中”。二是他在后期作品（多属“觉今是而昨非”的忏悔之作）中有意皈依古典，追求雍容典丽的文体，其中最具代表性的文学作品当属《西方名媛传》(*De Mulieribus Claris*，1362年作），该书用拉丁文写就，以古典史诗和普鲁塔克、奥维德和维吉尔等古罗马作家的文风为圭臬。在后期作品中，薄伽丘不但在思想上倒向了当时的主流话语，而且其文风也复归了古典。

反观《爱情十三问》，我们却欣然地嗅到了人文主义精神的缕缕清新之气，虽然尚不浓郁，但毕竟已在释放馨香。应当说，《爱情十三问》是一块璞玉，它表达了作者青年时代的思想，是作者真情实感的写照，其中讨论的爱情问题也大多带有普遍性和启发性，足以引起后世的思考和争论，为后人提供了不可多得的思想酵母。正因如此，这部六个半世纪以前诞生的作品才具有了独特的价值和永恒的魅力。

肖 聿

2002年9月

I

有关爱情的问题　缘起

弗罗里奥姓菲罗科坡，与蒙托里奥公爵、阿斯卡列昂、梅内冬和玛萨莱妮，一道乘船去看望他的朋友彼安科菲奥雷。夜间一片漆黑，狂风大作，他们的船遇到了极大的危险。危险过后，他们发现船被刮到了帕忒诺珀古城的海岸边。水手们见自己如同进了天堂，这才放下心来。众人不知命运迫使他们来到了哪个海岸，便纷纷感谢众神，等待这新的一天。后来，菲罗科坡和同伴们发现，这里曾是水手们停船的港湾，都喜出望外，充满自信地上了岸。他们不像是走下甲板，倒像是刚刚走出自己的坟墓，重获了新生。

为感谢众神指引他们平安度过了一次如此凶险的航行，他们异口同声地赞美了众神，献上了微薄的祭品，然后安享舒适。阿斯卡列昂的一位体面朋友将他们迎进了城。在那里，他们让人修好他们的船，一切换新，重新铺装甲板，船桅、船帆和船尾也全都做得比失去的那些更好。他们留在城中，等待新的航行，但逗留的时间却比预想的长得多。以前，菲罗科坡曾有许多机会做陆地旅行，但阿斯卡列昂曾使他不敢到帕忒诺珀来，因此他一直盼着更适当的机会。在城中，他与同伴们目睹了福玻斯五次出游，又五次返回[①]，诺图斯[②]才不再那样狂暴。

① 福玻斯（Phoebus）：古希腊神话中的太阳神，每日清晨驾四马金车，自东向西在天空奔驰。此句指过了五天。——译者注

② 诺图斯（Notus）：古希腊神话中的南风（或西南风）之神。又称奥斯忒耳（Auster）。此句指南风止息。——译者注

在如此长的时间里，他们几乎从未有过任何消遣，何况菲罗科坡也很想完成那次被延宕的航行。一天，他对同伴们说："我们不如去呼吸些令人心旷神怡的空气，到海边去消磨时光吧，顺便也好商议一下日后的航行，做些准备。"

于是，他便与蒙托里奥公爵及其他同伴迈着不紧不慢的步子，闲聊着各种事情，朝着安放着最著名诗人马罗骨灰的那个地方走去。他们一路走着，在离城不远的地方，从一个花园旁经过，听见里面传出年轻先生、女士和少女们悦耳的欢宴声。

这里回响着各种乐器发出的声响，还有天使般温柔可爱的歌声，使听者们的心田充满甜美的愉悦。这声音使菲罗科坡十分愉快，不觉驻足聆听。甜美的声音渐渐驱散了他先前的忧郁。接着，阿斯卡列昂又不让同伴们再聊下去，要他们专心听那声音。

命运女神让菲罗科坡一行在此停下来，正欲聆听花园中的声音，一位年轻绅士走了出来，看见了他们。根据外表、姿态和神情，他知道他们都是值得尊敬的贵族绅士。于是，不等回到花园，他便对同伴们说："快来，我们去欢迎几位年轻先生吧。看样子，他们全都是有身份的绅士。或许他们因为没有得到邀请，所以没有进来，此刻正在外面听我们的娱乐呢。"

这位绅士的同伴们离开正在消遣的女士们，走出花园，来到了菲罗科坡面前。根据外表，他们知道他是这些人当中为首的。他们用最尊敬、最适于欢迎如此一位客人的语气，再三邀请菲罗科坡一行到花园里去，使他根本无法拒绝这番盛情。

这些甜美的恳请之辞，打动了菲罗科坡和他同伴们善良的心。于是，菲罗科坡便回答说：

"朋友们，说实话，对这样的欢宴，我们虽说不会去有意寻找，但也不会退避回绝。风暴将我们抛到了你们的海港。我们正打算驱走生自无所事事的郁闷，因为我们一直在叙说在这些海岸上遇到的种种灾祸。但是，命运女神却使我们听到了各位的欢宴声。命运女神若非如我们所想，若不愿使我们摆脱一切忧烦，我便不知道她何以会使各位向我们发出这个邀请。我知道她对你们十分眷顾。因此，我们愿满足各位的愿望，只是，这样做或许是滥用了你们的殷勤。本该是我们来邀请各位。”

他们边说边走，进了花园。他们看到了许多漂亮女子，她们都非常亲切和蔼地欢迎他们参加宴会。菲罗科坡一行便与人们一同饮宴。过了很长时间，他想到该告辞了，便欣然离开了那些年轻女子，并向主人们表示了谢意。然而，此刻有位女士走到了菲罗科坡面前，她比其他人都更显得尊贵，具有令人赞叹的美貌和美德。她对菲罗科坡说：

“最尊贵的先生，今天上午你们对这些年轻先生的殷勤表示了最大的快乐，为你们光临了他们的欢宴，他们应当永远尊重你们。既然如此，请你们不要拒绝我与那些女士，不要拒绝我们的第二次邀约。”

菲罗科坡用柔声回答她道：“最高雅的夫人啊，绝无任何正当理由使我拒绝你。请吩咐吧，我和我的同伴都乐于从命。”

这位太太便对他说：“各位的到来，为我们的欢宴增添了最尊贵的客人。希望你们不要马上离开而减少我们的快乐。请和我们在这里度过整整一天吧。我们为此已经重新安排了娱乐活动。”

她说话时，菲罗科坡望着她的脸，见她热情的目光如晨星一样地闪烁，她脸庞上洋溢着愉快和美惠。他认为，除了他的恋人彼安科菲奥蕾之外，从未见过如此美丽的女子。于是，他回答道：“夫人，我愿放弃自己原来的安排，听从你的安排。只要你高兴，我便听从你的吩咐。我这些同伴也是如此。”

这女士对他表示了万分感谢，带他们回到了其他人那里。他们便一同高兴地消磨时光。其间，菲罗科坡与一位年轻绅士伽勒昂成了密友，此人品貌高贵，具有出类拔萃的口才。菲罗科坡对他说："啊，你们对不朽的众神比其他任何人都敬重，是众神保佑你们都乐于安享这份欢乐。"

"我们万分感激众神，"伽勒昂答道，"不过，究竟是什么原因使你说到了这个呢？"

菲罗科坡回答说："说实话，是因为我看到你们全都出于同一个意愿聚在这里，除此没有其他原因。"

"啊，"伽勒昂说，"这不足为怪，因为正是一位夫人（她在一切方面都卓越无比）将我们召集到了这里，并在这里款待我们。"

于是，菲罗科坡便问道："这位夫人是谁？"

伽勒昂回答说："就是方才你们要走时挽留各位的那位夫人。"

"在我看来，"菲罗科坡说，"她的相貌美丽无比，她的财富也超越了众人。不过，倘若我的要求不算冒昧，就请你告诉我她的名字，告诉我她来自哪里、父母是什么人。"

伽勒昂答道："你的要求绝无失礼之处，何况，无论谁公开谈论她，都会盛赞她的富有和尊贵。因此，我可以充分满足你这个要求。我们这里都叫她菲娅美达[①]，但是，绝大多数人却都用她的闺名称呼她，因为这可以愈合她第一位母亲的谎言给她留下的伤口。她父亲是一位最高贵的君主，他统治着这些国家，使各国太平无事。她也是我们大家心目中景慕的女士。总之，高贵者应具备的美德，她都应有尽有。我想，你若与我

① 菲娅美达（Fiammetta）：此指薄伽丘的恋人玛利亚。她是西西里王罗伯特的私生女。——译者注

们共度这一天，便会亲身感受到这一点。”

菲罗科坡说：“她的外表已经证实了你这番话。众神指引她用自己的才能去造福众人，因为我对此比你更深信不疑。不过，另外那些夫人又是谁呢？”

“至于这些女士，”伽勒昂答道，“其中有些是帕忒诺珀人，有些是外地人，她们也像你们一样，是来此做客的。”

两人如此谈了好一阵，伽勒昂又说：“啊，我亲爱的朋友，我除了你的外表告诉我的事情之外，也非常愿意进一步知道你的门第和境况，但愿你不介意。这样一来，我们便能对你的美德表示出应有的尊重。有时候，缺乏了解会妨碍我们给予他人应有的尊重。”

菲罗科坡答道：“你待我的态度绝对谈不上失礼，相反，到现在为止，你对我实在是格外礼貌周到，已使我得到了分外的尊重。不过，既然你想进一步知道我的情况，不满足你这个请求便是我的不是了。因此我要将我所能告诉你的，全都讲给你听。我是一个不幸的爱情朝圣者，你知道，我正要去探望自己的恋人，我父母用巧计使她与我分离。你见到的这些人都很善良，自愿陪我踏上了这朝圣之旅。我名叫菲罗科坡，是西班牙人。暴风雨将我驱赶到了你们的海港。当时我们正在寻找西西里岛。”

菲罗科坡又对他讲述了自己的其他情况，使那位年轻绅士详细地了解了想知道的一切。伽勒昂很同情他的不幸命运，便安慰他，预祝他从此过上更幸运的生活，使自己的荣耀不断增加，还说他并未将菲罗科坡一行人看做朝圣者或应邀而来的宾客，而是那场欢宴的主宾和支持者。那位夫人通过伽勒昂的报告，也知道了菲罗科坡的门第和境况，非常珍视这个机会，便特别吩咐隆重款待伽勒昂等人。

此刻，阿波罗已经驾着他的光明之车行驶到了天穹正中。他双目平视，几乎看不到换上了新装的地球，而在那里，这些夫人、少女和年轻男士已经宴饮完毕，正聚在那个花园中，在各个角落里寻觅惬意的阴凉，以躲避可能损害他们娇嫩身体的恼人暑热，各自结伴作乐。

那位夫人由另外四位女子陪同，她拉着菲罗科坡的手，对他说道:“先生啊，天气太热，的确妨碍了我们去呼吸新鲜空气。因此，我们不如到那边的草坪上去，你看，它就在我们前面。我们就到那里去聊天吧，也好挨过白天的暑热。”

菲罗科坡非常赞赏这位夫人的主意，便与同伴们一起，跟着她来到了那片草坪。伽勒昂与另外两个同伴也去了。美丽的草坪上绿草如茵，鲜花遍开，正在成长的幼树林枝繁叶茂，景致怡人，散发出浓郁的芬芳。大量的树木遮挡了炙热的阳光。

草坪中央还有个不大的水泉，十分美丽，泉水清澈，宛若水晶。众人围坐在泉水旁，有的观赏泉水，有的采撷鲜花，并随意地闲聊起各种事情。不过，由于人们说话时的确有时会被旁人打断，那位美丽的夫人便对众人说:

“为了使我们讨论的话题更有次序，使谈话能延续到凉爽时刻的到来，然后再去宴饮，我提议由一个人来充当我们的国王，每人都必须向他提一个有关爱情的问题，他也必须做出恰当的回答。我想，不等我们轮流提问完毕，那热气就会散去，我们对此会全然不觉。这样一来，这段时间便会使大家获益，使大家开心了。”

众人都赞成这个主意，于是，他们便开始推选国王，人们异口同声地推选阿斯卡列昂做国王，因为他的年龄比其他人都大一些。

阿斯卡列昂对众人说，他实在无力担此重任，因为他用于研究战神玛尔斯的年头,超过了研究爱神维纳斯的年头。不过,他请求众人由他来推举出一位国王。

众人都认为阿斯卡列昂有能力选出这样一位国王，因为他对每个人的素质都了如指掌。他选的人会为众人提出的问题提供真正的答案。因此，人们便一致决定：既然阿斯卡列昂本人不愿当此重任，便由他来随意挑选一位。

于是，阿斯卡列昂站起身来，水泉边正好有棵月桂树，树荫遮盖着水泉，他从树上折下几个碧绿的嫩枝，编成了一顶漂亮的桂冠。他将桂冠拿到众人面前，说道：

“凭着我崇拜的众神起誓，我从少时懂事时起，便从未见到过或听说过像菲娅美达这样高贵的女子。她使这里所有的人都在她面前心生爱火，她使我们有幸在此度过难忘的时光。我完全知道她具备各种长处，不但容貌美丽，人品出众，而且口才超群。因此,我选她做我们的女王。她出身王室,身份高贵,又通晓爱情的种种要诀秘道,因此理当由她来回答大家的提问。这王冠非她莫属。”

说罢，他毕恭毕敬地跪在这位高贵的夫人面前，说道:“最尊贵的夫人啊，请纡尊低头，接受这顶王冠吧。比起一些人因种种美德而戴在头上的金王冠，这王冠毫不逊色，一样受到众人的尊重。”

这位夫人白皙的脸庞上泛起红潮，说道:“说实话，这些热情的人们更需要的是位国王，而你为他们选择的女王并不合适，因为所有在座者当中，我的头脑最简单，又最少长处。你们当中也不会有任何人会像我这样，情愿戴上这样一顶王冠。不过，既然这能使大家开心，我便不能拒绝你的选择。为了履行我们的约定，我接受这顶王冠。我希望能得到众神的帮助，使我具备担当此任的能力。我们往往将月桂树叶献给神，我会依靠神助，根据我的有限见识，尽量回答你们的问题。尽管如此，我还是要万分虔诚地祈求神进入我心中，更新我的声音。神曾用那种声音使英勇的玛息阿[1]失败而被剥了皮。我要以玩笑的方式，对你们提出的问题做出轻松的回答，而不会去深究这些问题的奥义，因为探究奥义不会使各位的头脑愉悦，只会使它们疲惫。”

说完这番话，她用纤手接过了那顶桂冠，戴在头上。然后，她让每个人都准备一个问题，并提醒说，不可因这件乐事而苦苦思索，那些问题应当既能说清爱情的性质，又能增添众人的快乐，而不该因为过于重大或深奥而败坏众人的兴致。

① 玛息阿（Marsyas）：古希腊神话中的弗里吉亚笛手，有智慧女神密涅瓦扔掉的一只笛子，据说其中充满了这位女神的声音，能奏出无比美妙的音乐。他提出与太阳神阿波罗竞技，他吹笛子，阿波罗弹竖琴。弗里吉亚国王弥达斯判阿波罗输，阿波罗恼羞成怒，剥掉了玛息阿的皮，其鲜血流成的河被称为玛息阿河。——译者注

Ⅱ

第一问，由菲罗科坡提出

一女子更爱哪个情人？她说自己对他们同样喜欢，将自己的花冠戴在了一个头上，又从另一个头上取下花冠，戴在了自己头上。她对哪个表示了更多的爱？

这位女王对坐在右侧的菲罗科坡说："尊贵的先生，应当由你开始提问，其余的人则按照我们坐的位置轮流提问。"

菲罗科坡答道："最尊贵的夫人啊，我即刻从命，毫不耽搁。"接着他说：

我记得有一天，在我出生的那座城里举行了一场盛大的宴会，许多男士和女士都出席。我也参加了宴会。我在宴会上闲逛，观看宴会上的人们。我注意到两位非常文雅的年轻男士，都在热切地凝望着一位格外美丽的女子。我无法分辨那女子的美丽使其中哪个更心怀爱慕。同样，她也在远处望着这两人，并未显出更倾心于谁。因此，这两名男子便开始谈论起那位女子来。我能听懂的是，他们分别说那女子最爱的是他自己。为了证明这一点，他们都说，那年轻女子以前做出的各种姿态都是为了向他示爱。

两人为此争执良久，此刻甚至彼此扬言要以匕首相见。他们知道决斗是非常恶劣的事情，既会使他们受伤，使他们丢脸，还会使那姑娘心生不悦。因此，两人便走到那女子的母亲（她也出席了宴会）面前，对她说，在世上所有的女子中，他们最爱的便是她的女儿，而他们正在为那女子最爱谁而争执；因此，他们求那位母亲帮忙，若没有多少不便，便请她要女儿用言语或行动表示出她最爱哪个。

听了这个恳求，那位母亲微笑地应允了。她将女儿唤到跟前，说道："亲爱的女儿啊，这两个年轻人都说爱你胜过爱己。他们在争论你最爱他们当中的哪一个。他们求助于我，请你用行动或言语为他们解决争论。爱情应当总是带来安宁和善意，而不该造成现在的争执，因此，请你满足他们的请求，以文雅善良的方式表明你更倾心于他们当中的哪一个吧。"

这年轻姑娘说道："这正合我的心愿。"她对俩青年察看片刻，见其中一个头戴一顶用鲜花做成的头冠，十分漂亮，另一个头上什么都未戴。这少女头上也戴着一顶用绿叶做成的头冠。于是，她从头上取下头冠，将它戴在了那个未戴头冠的青年头上。接着，她又取下另一青年的头冠，戴在了自己头上。做完此事后，她便回到了出席宴会的人们当中，并说她已经执行了母亲的吩咐，也满足了俩青年的愿望。

俩青年又开始了方才的争论，分别说那姑娘最爱的是他自己。那位头冠被姑娘摘去戴在头上的青年说道："她一定更爱我，因为她摘走我的头冠，不是因为别的，而完全是因为我的头冠使她愉悦，因为这样做能使我有机会朝她看。不过，她将自己的头冠给了你，其实这是在向你告别，因为她不愿像个乡下姑娘那样使你对她的爱得不到任何回报，所以她才将自己的头冠戴在了你的头上。"

另一青年反驳道："她喜欢你的头冠胜于喜欢她自己的，这的确不假，从她摘走你的头冠，便可知道这一点。但她更爱我，因为她将自己的头冠给了我。所以说，那头冠绝不像你所说，绝不是她向我最后告别的礼物；恰恰相反，这是她开始倾心于我的标志。一件礼物能使其接受者成为馈赠者的对象，因此，为了使我深信我就是她选中的对象，她便将她的头冠送给了我。若说她爱的是你，她便应将自己的头冠送给你，而她却摘走了你的头冠，对此你又做何解释呢？"

两人又争论了很长时间，临分手时仍无结果。最尊贵的女王啊，现在请听我的问题：倘若请你对这两人的争论做出最后评判，你会如何裁决？

那美丽的夫人微笑着，将身体转向菲罗科坡，眼中闪烁着爱慕的神色。她轻叹一声，然后回答说：

“最尊贵的青年啊，你的问题提得十分得体。那年轻姑娘的举动的确非常聪明，使这两人都有理由认为那姑娘最爱的是他自己。不过，由于你要求我们做出最后的裁决，我们便要如此回答了：在我们看来（每个有心人也都会这样看），那姑娘对俩青年当中的任何一个都很喜欢，但用两个看似相反的举动掩饰了自己的心愿。她这样做并非没有道理。她既要向所爱者表示更确实的爱意，又不愿失去另一青年的爱（因为她并不讨厌那青年），所以，她的行动必须谨慎仔细。现在来说我们要解答的问题，即那姑娘究竟向两人中的谁表示了更多的爱。

“我们说，使她更爱慕、更倾心的，是那个得到她所赠头冠的青年。其理由是：无论男女，若是爱上了一个人，爱情的力量都必定会使他（她）最渴望去做使恋人最喜欢的事。这样的恋人总是要向恋人赠送礼物或为恋人服务，以使恋人更亲近自己，这是显而易见的。

“尽管如此，我们还是会看到：无论谁心中产生了爱情，若是无论采取哪种方式都不能使被爱者倾心回应、使被爱者属于他（或她），那么，心怀爱情者便会乐此不疲，并且会更大胆地去满足欲望的要求。心燃爱火的狄多[1]便是如此：她的举动已使我们将她的心思看得一清二楚。她炽烈地爱着埃涅阿斯，但只要她没有勇气用不正当的方式去求爱，那么，无论是用荣誉还是礼物都似乎无法赢得埃涅阿斯的心。因此，这年轻女子才竭力想使她最爱的埃涅阿斯注意到她。因此我们说：那位得到姑娘头冠的青年，才是那姑娘最爱的人。”

待女王说罢，菲罗科坡便回答说：“聪明的夫人啊，你的回答值得大加称赞。但我赞美的却是你的回答已涉及了爱情的本质，因为我会得出与你截然相反的结论。恋人们通常都有一种习惯，即渴望戴上恋人所戴的珠宝或其他饰物，因为这时他们心中会感到分外幸福，同时，正如你在这个故事中听到的那样，他们也能看到恋人会因此而开心。

“帕里斯[2]每次到血腥的战场上与希腊人作战时，总要佩带妻子海伦送的某件信物，并深信如此会比不佩带它更易取胜。我认为，帕里斯的想法并非没有道理。因此我应当说，如你所言，那年轻姑娘的做法非常聪明，但我的解释却与你的不同。我认为，那姑娘知道虽说她对那两位青年都很喜欢，但只能爱其中之一，因为爱情是不能分割的。因此她决定对那位爱她的青年做出回报，以不辜负他的好心，于是便将自己的头冠送给他，以示回报。而对她所爱的那位青年，她认为应当给他勇气，使他知道自己能得到她的爱，于是将他的头冠戴在自己头上，以

---

① 狄多(Dido)：古代迦太基女王，与特洛伊王埃涅阿斯(Aeneas)结婚。后来，埃涅阿斯不得不离开迦太基，致使狄多悲愤自杀。事见古罗马诗人维吉尔的史诗《伊尼德》。另见薄伽丘著《西方名媛传》(De Mulieribus Claris)第42章《迦太基女王狄多》。——译者注

② 帕里斯(Paris)：古希腊神话中的特洛伊王子，在爱神阿佛洛狄忒帮助下诱走了希腊美女海伦(Helen)，引起了历时十年的特洛伊战争。——译者注

表明心迹。因此，据我判断，那姑娘更爱的是那个被取下头冠的青年，而不是那个被赠与头冠的青年。”

女王回答说：“你自己若不是你讲的这个故事里的俩青年之一，你这番论证便会使我们大家感到有趣。请告诉我们夺走恋人的东西何以能表示对恋人的钟爱吧。对我们所爱的人，我们非但不给他礼物，反而夺走他的东西；具体到方才那个故事，那姑娘将自己的头冠赠给了自己不爱的青年，却拿走了自己所爱青年的头冠，而并未将自己的头冠赠给他，你如何对我解释这一点呢？这种例子屡见不鲜，但仅此一个已经足够了。人们都说，馈赠者所爱的，是得到了他的恩惠与馈赠的人，而不是没有得到它们的人。所以，我们得出的最后结论是：姑娘最爱的人是得到她头冠的青年，而不是被姑娘摘走头冠的青年。

“我们十分清楚：以如此推论得出的结论可能会遭到反驳，而与此相反的结论也不无道理，但我们这个裁决毕竟是对的。时间不允许我们对这个问题做长篇大论，所以，倘若你愿意，我们现在愿意听听下一个问题。”

菲罗科坡回答她说，他非常乐意如此；对他提出的问题做出如此解答已经足够，因此他已经心满意足了。

Ⅲ

第二问，由帕梅尼诺提出

一年轻男士爱上了一年轻姑娘，便要一个满脸皱纹、乞丐模样的老妇安排他去会那姑娘，但三人都被姑娘的几个哥哥捉住。他们要这年轻男士与他们的妹妹和那老妇轮流同住一年，并且要对两人说完全相同的话。他只有权选择谁先谁后。他应当先选哪个？

坐在旁边的是帕梅尼诺。他没有耽搁，便开口说：

最尊贵的女王啊，曾有很长一段时间，我都在陪伴一位年轻男士。我要将他遇到的事情讲给诸位。

像所有男人一样，他也爱上了一位女子。她是我们那座城里的一位年轻美女，高雅贤淑，家道富有，父母双全。她知道这男士爱她，而她也爱着这男士。

当时，这男子以最秘密的方式爱着她，因为他担心一旦那恋情被人知道，他便再也无法与那姑娘说话。这男子为了让那姑娘知道自己对她的爱，也为了更确实地知道那姑娘的爱，他从不相信任何试图与他谈及此事的人。尽管如此，他的欲望还是一直在催促着他。由于不能亲自去见那姑娘，他便决定通过另外的人让那姑娘知道自己爱着他、正为了她而受苦。

他苦思多日，想找到一个最能代他向那姑娘转达爱意的人。一天，他见一老妇满面皱纹，肤色褐黄，模样比任何人都凄惨。她曾去那姑娘的屋子乞讨，后来又去过多次，因此时常出没在那里。他的心告诉他应将信任全都寄托在这老妇身上，因为这样一来，这老妇会帮助他彻底实现心愿，而他又不会受到怀疑。于是，他将老妇叫到面前，说倘若她能按照吩咐去做，便送给她许多厚礼。老妇发誓说一定尽力效劳，于是，青年便将自己的心思告诉给她。

老妇不久便弄清了那年轻姑娘是谁。我那位同伴爱那姑娘，而后者爱他也胜过一切。老妇想出了一个办法，使这年轻男士与心爱的姑娘在一个晚上秘密相会。

因此，那青年便按照老妇的指引，来到了那年轻姑娘的屋子。不幸的是，他刚一走进屋子，那姑娘、老妇和他便被那姑娘的哥哥们发现了。众兄弟要他们说出在那里做什么，他们只得如实地说出了一切。

这些人本都是那年轻男士的朋友，也知道他尚未做出什么使他们丢脸的事情，便不打算像原想的那样去伤害他。不过，他们却笑着对那青年说："你现在落到了我们手中，还想羞辱我们，因此，我们若是愿意，便可以惩罚你。有两个办法，你可以任选其一：一个是让我们杀了你；另一个是你先后与这老妇或我们的妹妹同住一年，并要诚心发誓：倘若你先与这年轻姑娘同住一年，那么，这期间你亲吻过她多少次，第二年你与这老妇同住时也要吻她多少次。倘若你第一年与这老妇同住，那么，这期间你亲吻触摸她多少次，第二年你与这年轻姑娘同住时也要亲吻触摸她多少次，既不能多，又不能少。"

听到这个判决，那青年心中自然是愿意活下去，于是同意与那两个女子轮流同住一年。事情便这样决定了。但他却拿不定主意，不知是应当先与姑娘同住一年，还是应当先与老妇同住一年。请你做出裁决：那青年究竟应当先与谁同住一年才最合他的心意？

听了这故事，女王与其他人不知为什么都笑了起来。接着，女王便做了如下的回答：

"以我们的判断，这年轻男士应当先与那年轻美女同住，而不是与那龌龊老妇同住。这是因为：眼前的好事绝不应留到将来再去享受，而为了将来的好事也绝不该去忍受眼前的坏事，因为我们都知道，谁也不晓得将来会发生什么事情。不少人的做法与此相反，他们都为此懊悔，但为时已晚。即使有人以能先苦后甜而自豪，那也是侥幸，而非必然。因此，那青年男子应当先与那美女同住。”

“你使我万分惊异，”帕梅尼诺说道，“因为你说眼前的好事绝不应留到将来再去享受。若不是怀着进入未来永恒王国的希望，我们这些心地勇敢的人去忍受尘世的种种烦恼，又有何益呢？世上如此众多的人无不在含辛茹苦，却只是为了享受到暂时的安逸，以便能在安逸之后再去吃苦。人们如此长期地忍受烦恼的折磨，竟是因为安逸之后的烦恼更为可取。这实在说不通。

“我认为，先苦后甜，天经地义。但我也认为：我们不该希冀不经磨难的安逸，况且那样的安逸也毫无快乐可言。谁会劝一个年轻男子先与一位美女同住一年（那男子唯一的安逸和欢乐就是必须与那姑娘生活在一起），又告诉他此后他必须去过一种充满烦恼与不快的日子，即必须对那令人厌恶的老妇做出他与那年轻女子一起时做的每一个举动呢？

“愉快生活中最令人厌恶的事情，莫过于时刻都想着我们死后的尸体会腐烂。在我们的记忆中，死亡有如敌人，与我们的生活作对，它的确无时无刻不在搅扰着我们的一切好事和快乐。只要心中还记着死亡，我们在现世的诸事中便永远品尝不到欢乐。同样，只要那年轻男子想到自己日后必须像对待那位美女一样去对待那个最龌龊的老妇，而那种情景会一直浮现在他心中，他便会感到痛苦绝望，而与那美女同住时便不会感到半点快乐。时光飞逝，其翼无形，而每过一天，那青年男子所能享受的时刻便大大减少。那无法逃避的未来之事就等在前面，这男子心中绝不会感到快乐。

“因此我的判断是：与此相反的做法才更可取。这就是说，心怀美好安逸的希望，而先去忍受眼前的一切烦恼，这要比先享受欢乐再去忍受日后的烦恼好受得多。对勒安得耳来说，以双臂的力量泅水，游过塞斯塔斯与阿比道斯之间的大海，去会海罗[①]，心中想着海罗正在等待他的到来，这时的海水便会显得温暖，暗夜中的可怕时光也会朗如白昼，而汹涌的海浪也仿佛平息了下来。

“上帝不允许人尚未旅行便觊觎安歇，不允许人不劳而先获，不允许人不历困苦便获得欢乐。因为若像你说的那样行事，未来的烦恼便会大大妨害眼前的欢乐，乃至与其说眼前的是欢乐，不如说它本身就是烦恼。暴君狄奥尼修斯[②]看见头上悬着由一根马鬃拴着的利剑时，面前的美味佳肴、由高手演奏的美妙音乐和其他奇迹般的欢乐，又能给他什么快乐呢？因此，既然苦尽必会甘来，还是先熬过那些令人愁苦的时光、再去享受快乐为好。”

女王回答他说：“你的回答似乎是在说，我们当去追求永恒的欢乐。为了换取永恒的欢乐，我们无疑理当忍受眼前的一切苦恼，应当放弃现世的一切财富和快乐。不过，在这个事例中，我们说的并非永恒的欢乐，而仅仅是现实的苦乐，因此我们才做出了方才的回答，那就是：应选择先享受各种现实快乐，再去应付随后的现实苦恼，而不是相反。这是因为，凡拥有时

① 勒安得耳（Leander）与海罗（Hero）：古希腊传说人物。维纳斯神庙女祭司海罗与青年勒安得耳相爱，勒安得耳每夜游过达达尼尔海峡（古称赫勒斯滂海峡）与海罗相会。一夜勒安得耳被海水淹死，海罗也投海自尽。据说，这段海峡宽约四英里，英国诗人拜伦曾在1810年用一小时又十分钟横渡，并将此经历写入了长诗《唐·璜》。——译者注

② 狄奥尼西奥斯（Dionysius）：古代叙拉古王国（Syracuse）暴君，曾请宠信达摩克利斯（Damocles）赴宴，在他头上悬挂一柄马鬃拴的利剑，要他意识到危险随时会降临，以此比喻帝王的处境。——译者注

间并能耐心等待者，无不寄希望于时间。命运女神的恩惠变化多端，她愿意将恩惠赐予经历了种种艰辛磨难的人们。倘若一个人历尽了注定的磨难，命运女神便一定会施恩于他，我们便应当说，我们必须先去吃苦。但谁又能知道，忍受了眼前的苦恼，随后到来的究竟是更大的苦恼，还是较好的运气呢？

“时间和现实事物皆变化无常，不可预料。因此，那年轻男子若先与老妇同住整整一年，那老妇会照样老下去，而那年轻姑娘却可能在这一年中死去；因为她的哥哥们会后悔自己的这个决定，那姑娘也许会被许配给别人；也许她甚至会被别人拐走。如此一来，那男子忍受了这番苦恼之后便还要去面对更大的苦恼。

“但若与此相反，即先与年轻姑娘同住一年，那青年男子便可以在这段时间内满足自己的心愿，而不必因为想到你们认为日后一定会到来的苦恼而忧心忡忡了，因为人皆会死，无一例外。但是，与老妇同住却是聪明人所极力避免的事情，它可以用许多办法来逃避。人们都会按照这样的方式去对待现实事物。拥有现实欢乐时，人人都可以自由地选择何时保留它们，何时舍弃它们。

“忍受苦恼、以换取安逸的人便是个明证，因为不忍受苦恼便得不到安逸。吃苦是为了换取安逸，因此，倘若苦尽并不一定甘来，先吃苦又有什么意义呢？同理，倘若勒安得耳不必泅渡风暴肆虐的大海（他葬身其中）也能与海罗见面，我们也不会以为他喜欢泅海。命运女神无论何时赐予了机会，抓住机会便是明智之举。

“这是因为：已到手的礼物无论何等微不足道，都要重于未到手的礼物。至于未来的事情，到时候再采取补救办法也不为迟。重要的是要不失时机、把握现有的事物。既然好事与坏事都必定会发生，那么，希求好事，规避坏事，便是很自然的了。舍好而求坏的人并未遵循天性常理，而是愚蠢使然。我们承认：经历了重重苦恼，安宁便会显得更加可人，也能为人们更深刻地领会，而不是与此相反。无论是聪明人还是蠢人，也都可以按照自己的好恶去对待别人的建议，建议者或者聪明，或者愚蠢。尽管如此，无论对哪种人，那条屡试不爽的真理还是不会改变，它告诉我们：那年轻男子应当选择先与那姑娘同住，而不是那个龌龊的老妇。”

Ⅳ

第三问，由一位年轻女士提出

一女子有三个追求者，一个英勇无比，一个最慷慨大方，一个最聪明。她应当选择哪个？

一位美丽非凡、性情开朗的女子坐在隆伽诺右侧。她见女王答完了问题，便用甜美的声音说道：

最尊贵的女王啊，请务必细听我说的话。看在你们所崇拜的众神的分上，同时，也为了使我们尽情地享受这番消遣，请你一定要根据我的问题，提出有益的建议。

你知道，我出身贵族，生在本城，父母给我取了个很好听的名字。我姓卡拉，这个姓十分悦耳。众神和大自然又赋予我的脸独一无二的美丽，使它似乎也很好看。我这张脸与我的名字（而不是姓氏）更相配，我的相貌令人十分愉悦，对因见到我而愉快的人，我都友好相待。因此，不少人都极力想引起我的注意并以此为乐。我对那些人十分小心戒备，丝毫不为他们的进攻所动。但我认为，完全无视其他一切人都遵守的规矩，虽被众人爱慕，却一个也不爱，这很不正常。因此，我便决定去爱一个人。我有众多的求爱者，其中有些人的财富的确超过了弥达斯[①]，有些人的英俊则超过了押沙龙[②]，而（据众人的口碑）还有些人的慷慨大方出类拔萃。我从这些求爱者中选出了三个人，他们都很使我喜欢。

① 弥达斯（Midas）：古希腊神话中的弗里吉亚国王，曾被酒神狄俄尼索斯赋予点金术，一度极为富有。——译者注

② 押沙龙（Absalom）：《圣经·旧约》中大卫的第三个儿子。——译者注

这三人中，第一个身体强壮，气力过人，（我相信）他的力气可以超过赫克托耳[1]；第二个慷慨大方，（我认为）他的胸怀能容下整个世界；第三个则智力超群，是一切聪明人中的佼佼者。

然而，正因为（如你已听说的那样）这三人各具美德，我才不知该去爱谁，因为我发现：在古代，这三种人中各有毁于大胆妻子之手或屈从邪欲影响的先例，如得伊阿尼拉和赫拉克勒斯[2]，还有我们的克吕泰涅斯特拉与埃癸斯托斯[3]，以及卢克丽霞与塞克斯塔斯[4]。

请告诉我，我应当将自己交给这三人中的哪一个，才最无可指责，才更有保障？

听了这女子的问话，那美丽的女王答道："这三人中，没有一个不具备值得美丽淑女去爱的美德。不过，在这个例子中，我无法去攻城作战，无法赠人亚历山大大帝馈赠过的城堡，也无法拥有托勒密国王那样的财富，而唯有爱情与荣誉的价值才值得长期保留。爱情与荣誉既不能由强力来维持，也不能由慷

---

① 赫克托耳（Hector）：古希腊神话中的英雄，作战勇猛，曾在特洛伊战争中杀死帕特洛克罗斯，后为希腊英雄阿喀琉斯所杀。——译者注

② 据古希腊神话，英雄赫拉克勒斯（Heracles）之妻得伊阿尼拉（Deianira）嫉妒他爱上了伊俄勒（Iole），便误用有毒的长袍烧死了赫拉克勒斯，事后因悔恨自杀。——译者注

③ 据古希腊神话，希腊英雄阿伽门农（Agamemnon）之妻克吕泰墨斯特拉（Clytemnestra）与青年祭司埃癸斯托斯（Aegisthus）通奸，合谋杀死了阿伽门农。——译者注

④ 卢克丽霞（Lucretia）是古罗马美女，被罗马暴君塔奎尼乌斯·修珀耳布斯（Tarquinius Superbus，公元前534—前510年在位）之子塞克斯塔斯（Sextus）奸污后自杀。此事引起众怒，促使罗马人推翻了塔昆纽斯王朝。参见薄伽丘著《西方名媛传》（De Mulieribus Claris）第48章。——译者注

慨来维持，而唯有由智慧才能维持。所以我们认为：你和其他所有女子都应将爱情献给那位智者，而不是其他二人。”

“哦，你我的看法是多么不同啊，”那女子答道，“在我看来，其他二人都比那智者更应当得到爱情。其理由是：如我们所见到的，爱神的天性就是使一个人心中的爱情倍增，使它压倒其他一切，使心智消失殆尽，仅为爱神留下位置，使他能从心所欲。所以说，任何先见之明都无法抵御爱神，而只能（如我所言）顺从他，受他的主宰。谁会说柏彼丽丝[①]不知道爱上自己的兄弟是罪孽？谁说勒安得耳不知道若渡海去会海罗，自己便可能葬身赫勒斯滂海峡？任何人都不会认为帕西法厄[②]不知道人比公牛好看得多。但他们每个人都屈从了情爱的快乐，都彻底排斥了理性，做出了同样的事情。所以，倘若爱情的力量夺去了博学者的知识，夺去了智者的睿智，这两种人便一无所有了。然而，倘若爱神夺去了强壮者和慷慨者所具备的那点心智，他依然能使两者的美德有所增加，因此，他们便比智者更令人倾心。然而，爱神还有一种本性：他不能被长期隐藏起来，而一旦暴露，他往往会使恋人们去冒可悲的危险。此时，已失去理智的智者又能开出什么良方呢？他会一筹莫展。可是，强壮者却能靠自己的力量帮自己和他人战胜危险；而慷慨者也能依靠自己的美好善意赢得众人之心，因此他会得到帮助和关怀，其他人也会因他而受益。现在，请说说你是如何判断的吧。”

---

① 柏彼丽丝（Byblis，又作 Biblis）：古希腊神话中的水仙女，原为米勒托斯（Miletos）国王的女儿，因爱上了自己的孪生兄弟考诺斯（Caunos）遭到拒绝（一说考诺斯逃走），终日哭泣，变为一泓泉水。事见奥维德《变形记》第 9 卷第 224—227 行。——译者注

② 帕西法厄（Pasiphae）：古希腊神话中的克里特王后，与海神送来的一头白毛公牛生下了半人半牛的怪物弥诺陶洛斯（Minotaur）。——译者注

女王回答说："若真有你说的那样一位爱神，谁又能是智者呢？谁都不能。然而，倘若你所说的智者、你所爱的智者竟会变成傻瓜，你就不该选择他。众神绝不会让你说的那样一位爱神跻身于他们当中。我们并不否认：智者懂得邪恶，也能做出恶事来。尽管如此，我们还是要说，只要智者们尚未失去理智，无论他们何时愿意合理地遏止其欲望，他们都能恢复其平素的智能，使自己的行为得体而自然。这样的做法会让他们的爱情始终不为人知，至少能长期不为人知。毫无疑问，若智力不足，即使身体强壮或慷慨大方，也完全无法做到如此。智者的爱情即使碰巧被发现，他也随时有上百个计策，蒙上众人的眼睛，蒙蔽说三道四者的理性，以保护自己和所爱女了的名誉。在需要安全的时候，智者的帮助总是屡屡奏效。强壮者的帮助则很少会如此。当你身处逆境时，你在顺境中得到的那些朋友往往会对你退避三舍。既然智者能提供如此切实有效的帮助，哪个女子会糊涂地予以拒绝呢？倘若爱情被他人知道，哪个女子会如此糊涂、竟去寻求强壮者和慷慨者的帮助呢？我相信绝不会有这样的女子。你应当选择智者，因为无论遇到什么情况，智者的价值都会超过其他两个。"

V

第四问，由梅内冬提出

必须回答一段故事中提出的问题：丈夫、情人与魔法师当中，谁的行为最慷慨？

那女子露出了满意的表情。坐在她身旁的梅内冬说道：

“最高贵的女王啊，现在轮到我在你面前提问了。因此，倘若我的话很长，那么，我先要请你、还要请其余各位原谅。我若不先将故事讲得很长，各位便无法充分理解我要提的问题。”说罢，他便讲了起来：

我记得，我出生的那个国家里有位高贵的骑士，他无比富有。他最忠实地爱着一位本国女子，娶她为妻。因那女子美貌出众，另一位骑士也极为热烈地爱上了她，名叫塔洛尔弗。在这个世界上，塔洛尔弗只想得到那位女子，别无所求。他用尽各种办法去赢得那女子的爱，时而从她屋外走过，时而去参加骑马比武，时而凭栏顾盼，时而向她传送口信，间或还送给她大量礼物，以表明心迹。

对这些事情，那女子没有给那骑士任何答复和许诺。她对自己说：“这样做就能让这骑士知道他不可能得到我的答复和欢心，或许他会因此放弃对我的爱，不会再用这些东西来诱惑我了。”

尽管如此，塔洛尔弗仍不甘心，因为他想到了奥维德的那句话：“男人绝不可对女人的坚拒信以为真，因为滴水可以穿石”①。那女子担心此事会传到丈夫的耳朵里，所以认为应当

---

① 语出古罗马诗人奥维德（Publius Ovidius Naso，公元前43—公元17）的《爱经》（Ars amandi）。——译者注

亲口将它告诉丈夫，才能使丈夫明白原委。

不过，经过更审慎的思忖，她觉得："我若告诉丈夫，便会使这两人争吵不休，我的生活从此便会永远失去快乐。看来，我必须用其他的办法去摆脱塔洛尔弗了。"

于是，她想出了一个周密的计策。她派人告诉塔洛尔弗：倘若他真像他表示的那样爱她，她便要他送一件礼物给她。她以众神和诚实淑女的名义发誓：若得到了那件礼物，她便满足他的一切愿望。塔洛尔弗若无法将她要的送给她，他便应当到此为止，从此不再引诱她。他若还像以前一样，她便要将此事告诉给丈夫。

她说，她要的礼物是一月里在那个国家造一个花园。它应当非常美丽，并且很大。花园里应当遍生绿草，开满鲜花，树木茂盛，结满果实，如同在五月一样。她派人将这个要求告诉给了塔洛尔弗后，便自语说："这完全是不可能的事情，这下我终于可以摆脱他了。"

听了这个要求，塔洛尔弗便知道了那女子的用意，因为她这个要求完全不可能实现。但他还是回答说，他要一直努力下去，不得到她要的那件礼物便不来见她。随后，他带着一个愿意同行的伙伴，离开了自己的国家。

他寻遍了西部的地区，打听如何实现他的愿望，但没有找到他要的东西。他又到那些最炎热的地区寻找，经一位贤士指点，他来到了塞萨利①。他在那里盘桓多日，仍未找到所要的东西，几乎绝望了。一日黎明，太阳尚未升起，他独自徘徊在凄凉的平原上，那片土地浸透了罗马人的血。他在平原上走了很长一段时间，来到了一座大山的脚下。他突然看见山脚下有

① 塞萨利（Thessaly）：希腊东部一地区。——译者注

个人，既不年轻，又不算太老，留着胡须，身材矮小，瘦骨嶙峋。一见此人的模样，塔洛尔弗便知他很穷。此人正四处采集草药，用小刀挖出各种草根，将它们装进上衣的一个口袋里。见到此人，塔洛尔弗很是吃惊，生怕会遇到什么意外的事情。不过，此人的外表却表明他的确是个人，塔洛尔弗便走近他，向他行礼，问他是谁、从哪里来、这么早来这里做什么。

那老者回答说："我是底比斯[①]人，名叫忒班。我在这里采药。我用草药汁给各种病人做些必需的和有益的事情，以此谋生。我这么早来这里，此乃出于不得已，而并非出于快乐。你看上去像个贵族，却在此独自徘徊，你是谁？"

塔洛尔弗答道："我来自最西面的那个国家。我很富有，受幻想驱遣，前来寻觅一件东西，但未找到。我到这里徘徊，是因为在此可以更无拘束地悲叹我的命运。"

忒班对他说："难道你不知道这是个什么地方么？你为什么愿意到这个地方来？你很可能遭到暴躁鬼魂的诅咒。"

塔洛尔弗答道："神也会在这里，神无处不在。神在他的土地上赋予我生命和荣誉。我听凭神的安排，因为对我来说，死的确是最大的乐事。"

忒班说："你要找什么？你未能找到它，竟使你如此悲伤。"

塔洛尔弗答道："看来我永远无法找到它了，因为到现在为止我一直得不到指点。"

忒班说："你可否告诉我你究竟在找什么？"

塔洛尔弗答道："当然可以，但说出来又有何用呢？"

"或许无用，"忒班说，"但说说又何妨？"

于是，塔洛尔弗便说："我想知道：如何在最冷的月份造出

---

① 底比斯（Thebes）：古希腊城市。——译者注

一个花园，里面要开满鲜花，果实累累，绿茵遍地，如同五月的花园一般。我找不到帮助我的人，也没碰到鼓励我实现这个心愿的人。”

忒班沉吟了片刻，然后说：“的确，你和其他许多人都惯于根据人的衣服来判断其本领和人品。我若像你那样富有，你便不会先在那边徘徊良久再来问我了。你若碰巧看见我站在某位富有的王公身边，而不是像现在这样采药，你也不会如此。但很多时候，最粗劣的衣衫下面却掩藏着最伟大才识的宝藏。所以说，对提供忠告和帮助的人，谁都不必隐瞒自己的不足。说出自己的不足，也绝不会被看不起。可是，若有人能使你的心愿变为现实，你打算何以报答呢？”

听这番话时，塔洛尔弗一直盯着忒班的脸，担心忒班立刻会嘲笑他，因为除非忒班是神，否则，他很难相信忒班能帮他实现心愿。尽管如此，塔洛尔弗还是答道：

“我在自己的国家里拥有很多城堡以及大量珍宝，我会将这些东西的一半分给那个给了我如此大的快乐的人。”

“说实话，”忒班道，“你若肯如此对我，今后我便不必去四处采药了。”

“我保证，”塔洛尔弗说，“你若能兑现自己的许诺，让我得到那个花园，你便再不必为不能变富而发愁了。可是，你怎样兑现诺言，又何时兑现呢？”

忒班回答说：“时间由你来定，在你方便时即可。我相信你，相信你对我的许诺，和你一同去。到了你认为合适的那个地方，你可以做出吩咐，我会让你吩咐的事情变成现实，绝不会失败。”

塔洛尔弗对这样的好运非常满意，即使当时他能将那位心爱的女子抱在怀中，其快乐也比不上这个好运带给他的快乐。他说：“朋友，我正焦急地等你兑现这个诺言呢，所以，你我还是别再耽搁，即刻动身，到能使这个愿望成真的地方去吧。”

忒班放下草药，带上魔法书及其法术的其他必需之物，与塔洛尔弗一起上了路。不久，两人便来到了离那座要去的城市不远的地方，而时间已经快到那女子所要求的月份了。尽管如此，他们还是秘而不宣，闭门不出，等待着约定时间的到来。

进入了那个最冷的月份后，塔洛尔弗便吩咐按照那位心爱的女子的要求，造出那个花园。

忒班一听到塔洛尔弗的吩咐，便开始等待能使法术生效的那个夜晚，即能看见月亮由亏而盈、再度普照大地的那个夜晚。然后，他独自去了城里。他未穿衣服，裸着双腿，蓬乱的头发垂在肩上。夜渐渐深了，鸟儿、野兽和人都歇息了，万籁俱寂。树上挂着未掉落的叶片，一动不动。淡淡的宁静中，弥漫着湿润的空气，唯有夜幕上的星辰在闪光。忒班走到河边他常去的一块空地上，他将那里选作建造花园的地方。

他向着星星三次伸出手臂，又仰望着星辰，像往常在溪流中荡涤他的白色长发那样，并用最大的声音反复祈求星辰的帮助。然后，他跪在坚硬的土地上，说道：

“哦，众星啊，你们与月亮一道延续着光明的白天。而你，非凡的赫卡忒[①]啊，请帮助我完成这桩事情吧！还有你，神圣的刻瑞斯[②]，能使大地万物重新繁茂的女神。还有一切主管园艺花木的神，一切能使植物繁盛的神，还有你们——空气、风、山河湖泊之神、所有的森林之神和神秘的夜神啊，我在此要凭借你们的帮助，使奔涌的溪水倒流，迫使它们回到自己的水泉里，使跑动的东西静止，使静止的东西跑动起来。求你们让我

① 赫卡忒（Hecate）：古希腊神话中的司夜和冥界女神。——译者注

② 刻瑞斯（Ceres）：古罗马神话中的谷物女神，即古希腊神话中的得墨忒耳（Demeter）。——译者注

的咒语生效，让大海枯干吧！这样，我便可以随意到海底去寻找我要的东西，让阴云密布的时光云开雾散，用浓云随意填满晴空，让疾风停吹。我想，最好还能让我撕裂那可怖恶龙的坚硬双腭，使静止的森林移动，使高山战栗，使死者从冥湖的阴影中重返人间，使生者前往其葬身之所。月亮啊，求你不时显出浑圆的月盘吧！因为满月往往能助我一臂之力，并曾多次使太阳的清晰脸庞变得苍白。求你时时伴随我、帮助我吧。此刻，我必须去找草药的汁液了。依靠那些汁液，我能使一部分干土地越过使草木凋敝的秋日，越过使万物枯萎的严冬，让被它们损坏的花朵、水果和草木在其正常时节前生长和繁盛起来。”

说罢，他又低声说了其他许多话，加在他的祷告里。祈祷之后，他沉默了片刻。夜空依然星光闪烁。突然，他看见面前出现了一辆由两条龙驾着的车，其速度比飞得最快的鸟儿还要快。他上了车，抓起缰绳，驾车飞上了天空。

他飞过西班牙和非洲各地，又经过其他地区，先到克里特岛[①]去寻找。从克里特岛，又陆续去了佩里昂[②]、奥斯瑞斯和奥萨[③]、尼瑞厄姆、帕基努斯、派洛鲁斯和阿彭奈尼等山峰。在每个山峰上，他都采集了所需要的草药，或将它们连根拔出，或用锋利的镰刀将它们割下来。他也没有忘记先前塔洛尔弗见到他时在忒萨雷已经采到的那些草药。他还捡来了高加索山的石头，收集了恒河边的沙砾，又在利比亚找到了毒蛇的肺脏。

他又寻遍了罗达诺斯河、巴黎的塞纳河、意大利的波河、阿努斯河、罗马的台伯河、尼斯科斯河、塔纳河[④]与多瑙河的

---

① 克里特岛（Crete）：希腊在地中海的最大海岛。——译者注

② 佩里昂（Pelion）：希腊塞萨利沿海的山。——译者注

③ 奥萨（Ossa）：希腊塞萨利地区的山。——译者注

④ 塔纳河（Tana），东非埃塞俄比亚境内的一条大河。——译者注

河畔，采集最合用的草药，将它们与从山峰上采到的药材混合在一起。

他还去了列斯波斯岛[①]和帕特莫斯岛[②]。凡能见到他所需之物的地方，他都去了。

不到三日，他便带着采集到的一切回到了出发的地方。那两条龙刚一嗅到那些药材的气味，便蜕去了身上多年的旧皮，换上了新皮，变年轻了。忒班下了车，在绿色的土地上建起了两个祭坛。他右边的祭坛是供奉赫卡忒女神的，左边的则是供奉那位四处奔跑的女神[③]的。祭坛建好后，他又在祭坛上燃起了圣火。他将头发披散在年迈的肩头，开始低声祷告，并不时将血洒在熊熊燃烧的木头上。

他又将血洒在祭坛四周的土地上，那坚硬的土地立时变软，变得适合他要建造的那个花园了。然后，他用火、水和硫磺将那土地再度软化，又在燃烧的柴堆上架起一口大锅，锅中盛满了血、奶和水。他用火煮这些东西，煮了很长时间，又将从那些奇异的地方采集的草药放入锅中，还放入了潜水鸟蛋及无名植物的花，又放入了从世界最东端觅得的宝石、夜间收集的露水，还有声名狼藉的女巫的肉、一只狼的睾丸、一只胖狒狒的后腿和一张水蛇皮。最后加入的是一只极老的野兔的肝和肺，以及上千种其他的东西，我叫不出那些东西的名字，它们都奇特异常，我无法一一记住它们。

---

① 列斯波斯（Lesbos）：爱琴海上最大的希腊岛屿，又名米蒂利尼岛（Mytilene）。——译者注

② 帕特莫斯（Patmos）：希腊东南沿海斯波拉提群岛（Sporades）中的一个岛。——译者注

③ 此指谷物女神刻瑞斯（即古希腊神话中的得墨忒耳），她的女儿珀耳塞福涅（Persephone）被冥王强娶为后，为此她到处奔跑，寻找女儿，使土地荒芜。后来主神宙斯允许她每年春天与女儿团聚。——译者注

接着，他用一束橄榄树的枯枝搅动这些东西，将它们混合起来。此刻，那些枯枝开始渐渐变为绿色，片刻后生出了叶子。新叶长出不久，树枝上竟结出了青青的橄榄。忒班见了，便开始将锅中滚开的汁液和清水洒遍那块选定的土地。他已经在地里栽上了许多幼枝，种类也很繁多，它们将会长成树林。

那汁液一落在地上，那些幼枝便开始抽芽生长，开出了花朵，伸出了新枝。顿时，干枯的幼枝都变成了碧叶茂密、果实累累的植物。

做完这一切之后，忒班进城回到了塔洛尔弗那里，后者正在沉思。忒班担心自己会因离开的时间太久而受到责备，便说："塔洛尔弗啊，你要求的事情已经照你的意愿办妥了。"

塔洛尔弗听了，万分欢喜。恰巧次日城中要举行隆重的祭神，他便来到了那位心爱的女子面前，她已经有很长时间没有见到塔洛尔弗了。塔洛尔弗对她说道：

"夫人啊，我用了很长时间，吃尽了千辛万苦，终于按照你的吩咐，做到了你要求的事情，而无论你是因见到它而高兴，还是你愿意接受它，它都任你处置。"

那女子见到塔洛尔弗，已经是十分惊异，又听了他说的这番话，更无法相信这是真的，便回答说："这实在使我太高兴了。明天你领我去看看吧。"

次日，塔洛尔弗又来到那女子面前，说道："夫人啊，但愿去那花园能使你快乐，你要求我在这寒冷的月份造出那样的花园。"

于是，那女子便与许多陪伴她的人一道去了花园。人们一走进花园的入口，便不再感到园外的寒冷，因为园内非常温暖宜人。那女子走遍了花园的各个角落，见各种花草都极为繁盛，便采了些鲜花。花园中还有神奇的流水，而在这个严寒的月份，园中树木竟然结出了平素在八月才能结出的水果，众人纷纷品尝了它们。

那女子认为这花园美丽无比，令人惊异，前所未见。她知道这花园是真的，而那骑士也已满足了她的要求，便来到他面前，说："骑士先生啊，你无疑值得我爱。我打算兑现我的诺言。只求你答应我的一个请求：求你等待我满足你心愿的时间，等我的夫君外出打猎或出城去其他地方时，再来会我吧。如此你会更安全，而到时我也一定会使你快乐。"

塔洛尔弗同意了这个请求。他将花园交给那女子，然后离开了。国人虽在很长时间内都不知这花园的来历，却都知道的确有这样一个花园。那女子得到了它，离开它时却满腹愁肠。她回到家中，不知以哪种办法去兑现自己的诺言，不免心事重重，哀伤嗟叹。她想不出任何合理的推脱借口，便更加烦恼了。她丈夫多次见她如此烦恼，感到奇怪，便问她为何如此悲伤。她回答说：她悲伤不为别的，只因为羞于向丈夫承认自己为了得到那份渴望的礼物而做出的许诺，担心她若履行诺言，丈夫会将她看做淫妇。最后，她实在无法抵御丈夫的不断追问了，因为他一定要知道她苦恼的缘由，便将事情的原委和盘托出，以除去心中的哀愁。

丈夫听了妻子的告白，不但解除了心中多日的疑惑，也知道了妻子的贞洁，于是对她说道："悄悄去兑现你的诺言吧，不要顾虑，到塔洛尔弗那里去做你许诺过的那件事情吧。他吃尽了千辛万苦，有权得到你许诺的东西。"

听到这番话，那女子哭了起来，对丈夫说："众神绝不会允许我犯下这样的过失，我绝不会这样做。我宁愿结束我的生命，也不做任何使你不快、使你名誉扫地的事情。"

丈夫便对她说道："爱妻啊，在这件事情上，我既不愿你伤害自己，也不愿你因此而心怀丝毫悲伤。此事根本没有使我不快。去吧，去履行你的诺言吧。你这样做，绝不会让我对你爱减少一丝一毫，而只会使你从此更加当心这种事情，尽管你以为对方绝不可能弄到你要求的礼物。”

那女子知道丈夫的主意已定，便梳洗打扮，让自己格外漂亮，然后带着随从去了塔洛尔弗的住处，怀着痛苦和羞涩，走到了塔洛尔弗面前。塔洛尔弗一见到她，便惊异地离开忒班，万分高兴地迎了上去，毕恭毕敬地问她为何事而来。

女子回答说：“我是来听凭你吩咐的。只要你高兴，随你对我怎样吧。”

塔洛尔弗说：“你这个时候来，又带了随从，这使我不禁要仔细寻思。你和你丈夫之间绝不会没有发生重大的变故。请告诉我究竟出了什么事，求你了。”

于是，那女子便对塔洛尔弗讲了全部的经过。塔洛尔弗听罢，比以前更加赞赏她的丈夫了。他沉思良久，想到了那位将妻子送到他这里的丈夫是何等慷慨。他心中对自己说，无论是谁，倘若竟认为这样一位骑士的行为卑劣，都必定应当受到重责。

因此，他便对那女子说道：“夫人，你是位值得敬重的女子，你已经履行了对我的诺言，因为你已经自愿地向我伸出了你的双手。所以，倘若你愿意，你可以回到丈夫那里去，还要感谢他。也请代我向他表示谢意，因为这样做使我非常愉快，并使我此前对他做的蠢事能得到原宥。请他放心，今后我再不会如此行事了。”

那女子万分感激塔洛尔弗这番巨大的善意，愉快地离开了他的住所，回到了丈夫身边，将所发生的一切都告诉给了丈夫。

但这时忒班却来找塔洛尔弗，问事情进展如何。塔洛尔弗便将一切都告诉了他。忒班听罢问道："那么我呢？我会因此失去你许诺给我的东西么？"

塔洛尔弗回答说："不会。只要你愿意，随时都可以拿去我许诺给你的东西，就是我所有城堡和财产的一半。我深知你已经为我做了一切。"

忒班对他说道："那位丈夫慷慨地将妻子送到你的住处；对他和他给你的慷慨，你的态度也十分高尚；而我若做得不像你们这样慷慨，众神是不会高兴的。能为你这样的人服务，是世上最令我心满意足的事情。所以我认为：我那些为你辛苦奔忙所应得的报酬，依然应当属于你，就像它们此前一直属于你一样。"

如此，忒班也没有拿走塔洛尔弗的任何财产。

我现在要问的是：这些人中究竟谁最慷慨？是那位允许妻子去会塔洛尔弗的骑士；还是并未冒犯那女子、而将她送还给她丈夫的塔洛尔弗，他一直渴望得到那女子，并为此经历了重重困苦；抑或是现已年迈的忒班，他离开自己的国家，为获得许诺给他的回报，四处奔波，历经磨难，实现了自己的诺言，却将理应得到回报全数留给了塔洛尔弗，依旧像当初那样一贫如洗。

"这故事和提问都绝妙无比，"女王答道，"这三人的确都胸怀慷慨，因为第一个人能舍弃自己的荣誉，第二个人能舍弃自己的情欲，而第三个人则能舍弃自己应得的财富。我们若想知道谁最慷慨，谁胸襟最广，便要衡量这三种行为哪个最被认可。唯有仔细权衡这三种做法，方能辨明谁是最慷慨者，因为给予他人最多的，才是最胸怀慷慨的人。

“这三种被舍弃的东西中，第一种是荣誉，它最为珍贵。击溃马其顿王佩尔苏斯的阿弥琉斯[①]渴望的是荣誉，而不是财宝。第二种是维纳斯的那种淫荡之乐，我们应当规避它，因为索福克勒斯[②]和色诺克拉底[③]都说过：应像逃避暴政那样去逃避淫欲。第三种是财富，我们不该渴望它，因为财富往往会损害纯洁的生活；而有关寇提乌斯[④]、雷古卢斯[⑤]和普布里科拉[⑥]的著作都说明：适度贫困能使人生活得纯洁。

“因此，三者当中唯有荣誉才值得珍视，其余两者都不值得如此。那位丈夫允许妻子去会另一个男子，这做法虽说不算聪明，却最为慷慨。他是三位慷慨者之首。所以，按照我们的判断，那个牺牲自己的荣誉、舍弃自己妻子的人，要比其他二人更加胸怀慷慨。”

梅内冬说：“若真像你所说的那样，我便赞成你这番话。但我认为另外两人却更慷慨，且听我细说分明。第一个人虽然

---

① 鲍卢斯·阿弥琉斯（Paulus Aemilius，约公元前229—前160）：征服马其顿的古罗马将领，其父卢西乌斯（Lusius Aemilius）在公元前216年曾败于马其顿大将汉尼拔。——译者注

② 索福克勒斯（Sophocles，公元前496—前406）：古希腊悲剧作家，代表作有《俄狄浦斯王》、《安提戈涅》等。——译者注

③ 色诺克拉底（Xenocrates，公元前395—前314）：古希腊哲学家，柏拉图的弟子，一生贫困，口才极佳。——译者注

④ 寇提乌斯（Marcus Curtius）：公元前4世纪古罗马传说中的英雄。据说他曾纵身跳进古罗马广场上地震造成的裂缝，以祈求众神保佑罗马。——译者注

⑤ 雷古卢斯（Marcus Atilius Regulus，？—约公元前249）：罗马将领。第一次布匿战争时，被迦太基人俘虏（公元前255年），随使团去罗马议和，因力促罗马继续对迦太基作战，回迦太基后被杀。培根曾称赞他是“勇于为国家利益捐躯或赴汤蹈火的忠臣”（《论荣誉和名声》）。——译者注

⑥ 普布里科拉（Publius Valerius Publicola）：古罗马共和国第一批政治家之一，公元前375—前351年掌权；“Publicola”意为“人民之友”。——译者注

将妻子交给了另一个男子，但这做法中包含的慷慨，却并不像你所说的那样多，其理由是：他若不允许妻子去会塔洛尔弗，这便是不义，因为他妻子已经许下了诺言，因为他妻子理应履行诺言。所以说，他同意妻子去，这很可能是想使自己表现得很慷慨。他付出的很少，因此正如我所说，其余二人都比他更胸怀慷慨。

"其次，我们已经说过，塔洛尔弗长期渴望得到那女子，比其他任何人都更爱她。为了得到她，塔洛尔弗经历了长期的艰辛磨难，竭尽全力地去满足那女子提出的要求，去寻找那些几乎不可能得到的东西。既然他已经弄到了那些东西，便理应得到那女子，因为那女子发过誓。他要得到的，无疑就是那位丈夫因允许妻子兑现诺言而失去的荣誉。那位丈夫也愿意舍弃自己的荣誉，将它交给塔洛尔弗去处置。所以，对那位丈夫的荣誉，对自己那种长期的渴望，塔洛尔弗都有权随意处置。

"忍受了长期焦渴的人，来到清泉边却不去痛饮，却担心旁人喝不到泉水，这绝非易事。

"第三个人也极为慷慨，因为在世上最令人厌恶的诸事中，贫困最难忍受。这是因为，贫困会赶走欢乐和安逸，偷走荣誉，骚扰美德，引起剧烈的烦恼，所以人人自然都怀着一种烈火般的愿望去拼力奋斗，而那愿望便是摆脱贫困。为了过上豪华舒适的生活，摆脱贫困的愿望在许多人心中熊熊燃烧，使他们既不错过获取不义之财的机会，亦不放弃挥霍钱财，唯恐不能够满足自己的欲望，而那些欲望却屡屡将他们引向死亡或流放。

"那么，他们究竟应当获取并拥有多少财富才会开心，才算正当呢？若看见忒班为了让穷日子稍微好过些，星夜起身，到那些险恶的地方去采集草药，挖掘草根，谁又会说他不是最贫困的人呢？忒班的一贫如洗还有个证明：塔洛尔弗最初见到忒班时并未看重他，因为他一身衣衫褴褛。后来，塔洛尔弗方知忒班渴望摆脱贫穷而成为富人，知道他从忒萨雷去了遥远的西班牙，冒着生命危险，不畏旅途艰辛，忍受恶劣天气，去实现自己许下的诺言，以换取塔洛尔弗兑现自己的许诺。

“还有一点也显而易见：凡为摆脱贫困而甘愿如此冒险的人，无疑都深知贫困中充满了痛苦与哀愁。他们都知道：越能彻底摆脱贫困，生活便越会无忧无虑。

“一个人若是由贫而富，而富有的生活又使他愉快，却情愿放弃富裕生活，重新回到他千方百计地摆脱了的贫困境况中，这决定该何等伟大，这胸怀该何等慷慨啊！毫无疑问，忒班做的这件事无比伟大、无比慷慨。若想到忒班在自己年迈时决定放弃财富，其行为便更显得比另两人的行为要伟大得多，因为老年人通常都会比年轻人更贪婪。因此我才说：后两人要比第一个人更加慷慨，而第三个人则远比前两人慷慨得多。”

女王说道：“无论你认为谁最慷慨并为他辩护，你的理由都很充分。不过，我们却想简单地向你表明为什么应当采取我们的判断，而不是你的。

“你或许会说：那个丈夫同意将妻子交给另一个男人使用，这丝毫没有表现出他的慷慨，因为他妻子既已许下誓言，便理当去履行。那誓言若是合法，的确应当遵守。但那位妻子原本属于丈夫，或者可以说，她与丈夫本是一体。所以，妻子不经丈夫应允便做出如此许诺，乃是不合法的。她若立下这样的誓言，那便是无效的，因为任何后来的誓言，都不应破坏当初依法立下的誓言。那些并非出于正当理由而非法立下的誓言，便更是如此。

“在结婚仪式上，新郎与新娘发誓终生互爱，永不变心。这本是应当遵守的规矩。因此，既然那女子无权发誓，她后来立下的那个誓言便不合法，因为它与当初的婚誓相悖，而不应压倒婚誓。那个做丈夫的不应为逞一己之快，将妻子交给塔洛尔弗。他若将妻子交给塔洛尔弗，这便是他不看重自己的荣誉，而并非你所说的那样是塔洛尔弗不看重他的荣誉了。他随时都可以解除那誓言，因为它根本不作数，而这也算不得慷慨。

“现在，我们来说说塔洛尔弗自愿放弃其淫欲是否算得慷慨吧。他这样做，不过是尽了人人应尽的责任，因为我们理当消除恶德，遵循美德。而无论谁按照美德的要求做事，无论有无理由，都算不上（你所说的）慷慨，而唯有做出了美德要求之外的善举，才可被称为真正的慷慨。

“贞洁女子的名誉理应被丈夫如此看重，不过，为消除你心中对它的疑问，我们不妨多说几句，以使你对此看得更加清晰。我们想等一会儿再谈塔洛尔弗与忒班，他们根本不像那位丈夫那样慷慨。

“你该懂得：贞洁以及其他美德给予其拥有者的回报只有名誉，别无其他。在具备美德的人们当中，哪怕只有些许美德，名誉也会将它变为无比卓越的长处。若能谨慎地努力维护名誉，它便会使人与上帝结为朋友，因而在生前及死后都永葆美德。女子若能为了丈夫而维护名誉，做丈夫的便会生活得快活，对子女满怀自信，常能当众对妻子投以满意的目光，因为她的美德得到了那些最高贵的夫人们的尊重和赞誉。做丈夫的心中非常清楚：妻子心地善良，敬畏上帝，热爱丈夫。这会使丈夫快乐无比，因为他知道妻子会成为他的终身伴侣，唯有死亡才能将他们分开。人们会看到：因为得到了这种恩惠，丈夫的精神会越来越愉快，他的实际财富也会日益增多。

“相反，妻子的名誉若有污损，丈夫便没有一刻能感到真正的安慰。任何事情都无法使他愉快，甚至会希望对方死掉。

他会从十足的刻薄鬼口中听到飞短流长，他也无法使听到那些议论的人不相信它们。即使妻子具备了其他许多优点，名誉受损这个短处还是会使她遭人蔑视，终至彻底毁灭。

“所以说，名誉能促使女人保持贞洁和美德，成为上帝赐予她丈夫的最佳礼物，因而最被丈夫珍视。蒙上天恩惠而得到了这样的礼物的人是有福的，尽管我们知道：他们当中很少有人生来就会渴望得到如此大的恩惠。

“现在让我们回到你讲的这个故事上，看看那位丈夫究竟付出了多少吧。我们还记得你说过：在另外两人中忒班最为慷慨。他虽然经历了磨难而获得了财富，却决心放弃已经到手的财富，重新回到艰难贫苦的生活中去。你好像对贫困深恶痛绝，而事实上，倘若贫困女神来访，所有富人都应当感到高兴才是。

“现在我们不妨设想：忒班获得的那些财富会使他心中充满各种苦涩的烦恼。他会担心：塔洛尔弗若是个邪恶之徒，便会为了拿回自己的城堡而杀死他。他会陷入恐惧，害怕他的房客们欺骗他。他开始为与掌管他那些土地的人打交道而烦恼。他现在知道自己不得不想出种种诡计，去欺骗自己的合伙人。他看到自己因为富有而遭到众人的妒忌，怀疑那些人从此会暗中损害他。他心中充满了这样的念头和挂虑，而平静安宁也从此永远离他而去。这种状况使他回想起了从前的生活，那时没有这些烦恼，他生活得很快乐。于是，他会对自己说：我想成为富人，本来是想获得极大的安逸，但我现在明白了一点：财富只能增添你的麻烦和思虑，只能赶走安宁。因此，忒班才渴望回到他原先的处境里，因而将自己得到的财富统统还给了那位馈赠者。

“贫困是一笔被拒绝的财富，是一位无人认识的女神，是一团激人奋发的烈火，第欧根尼[1]对贫困了如指掌。他满足于天性所需的那一点东西。他一生平安，远离那些精心编造的谎言，却依然获得了我们所说的那种与纯洁生活相伴的巨大荣誉。因此，忒班拒绝了财富的诱惑，这便不是慷慨，而是明智。塔洛尔弗也会认为忒班很高尚，因为他高兴地看到忒班将那些财富还给了他，而没有送给别人。忒班本来有权将财富送给别人。

“总之，那位舍弃了自己的荣誉的丈夫最为慷慨。何况我们还应当想到一点：他一旦失去了自己的荣誉，便再也无法重新找回它。而其他许多东西却可以失而复得，例如战斗的胜利、威严等等，这次失去了它们，下次还可以获得，分毫不差。我想，这已经足以回答你提出的那个问题了。”

① 第欧根尼（Diogenes，公元前412—前323）：古希腊犬儒学派哲学家，据说他痛恨财富，一生住在一只木桶里。——译者注

VI

第五问，由克罗尼科提出

得不到情人眷顾的男人，与虽得到情人眷顾、却有理由嫉妒的男人，两者谁更不幸？

女王说罢，梅内冬也同意了。梅内冬旁边坐着一位体面的年轻男子，名叫克罗尼科。他开口说：

最尊贵的女王啊，这位先生讲的故事不但绝妙之极，而且很长，因此，我只想简要地向你述说我的想法，好让其他几位能有更多时间讲出各自的故事。至于我，我虽然很年轻，却也知道：若做了爱神的俘虏，心中便会充满忧虑和相思之苦，而长期以来，在能逃避爱神的时候，我仍旧能感到几分快乐。所以，我宁可远远避开爱神带来的快乐，也不愿去赞美它们。虽然多次受到爱神的引诱，我还是以英勇的决心，不顾激烈的嘲笑，去抵御那些诱惑。可是，因为我还不够坚强，所以根本无法抗拒爱神的力量，就像太阳神福玻斯无法反抗主神朱庇特一样。我在不觉之中便心甘情愿地做了爱神的俘虏。

且听我细说原委：一天清晨，我在外面散步，愉快地呼吸着清新的空气，并到海边去捡拾贝壳。我正望着波光闪闪的海浪，忽见一叶小舟朝我驶来，上有一名水手和四位年轻女子。那些女子的美丽世所无匹，宛如奇迹。

她们离我越来越近，我目不转睛地望着她们，见她们当中出现了一道极灿烂的光，而据我判断，我觉得自己看到了一位天使的身影。他非常年轻英俊,我从未见过比他更美好的模样。我望着他，仿佛听见他在对我说话，那声音与我们的大为不同：

“愚蠢的年轻人啊，何必因我们而烦恼呢？（此刻，小船已经来到了岸边）我带来了四个年轻姑娘，就让你的眼睛从她们当中选出你最喜欢的一个，做你的情人吧。”

听了这番话，我惊骇万分，极力让自己的眼睛和心灵避开这种我屡屡摆脱过的诱惑。但我的努力全不奏效，因为我的双腿已经无力挪动，何况那天使的神箭与双翼很快又追上了我。此刻，我看见了其中的一位姑娘。她美貌绝伦，和蔼可亲，楚楚动人，惹人怜爱。我想我已选中了她做我的恋人，唯一的恋人。我在心中说：这姑娘看上去是那样恭顺，绝不会像其他许多女子那样违抗我的心愿。虽说我见过不少女子总是在找恋人的麻烦，因而遭人耻笑，但我还是认为眼前这姑娘一定会为我驱除所有的烦恼。

想到这里，我回答说：“天啊，你右边坐的那位姑娘简直太美啦，这使我万分渴望成为你和她最忠实的仆人，因此我准备听从你的吩咐。就请你尽量吩咐吧。”

我的话音未落，便觉得一支闪亮的金箭射进了我的左胸。那箭来自那天使手中的弓，我想那弓也是金的。接着，我清楚地看见天使转身用一支铅箭射中了那位少女[①]。从此，我便落入了我长期极力逃避的那个陷阱中。

这年轻姑娘的确使我的眼睛得到了极大的满足，与之相比，其他一切快乐都仿佛微不足道了。她也对我瞩目良久，而这表明她也感到满意。可是，日后她知道了我迷恋这快乐而不能不去爱她，便马上对我施展出诡计，以不该有的轻蔑态度，使自己表现得如同我的一个最残忍的敌人。她看见我时总是将目光立即转向另一边，并用些不该说的话来贬低我。为此，我用尽了各种办法，做了各种努力，谦卑地乞求她，安慰她。但这些

① 据古罗马神话，被爱神丘比特（Cupid）的金箭射中者会得到爱情，被他的铅箭射中者会失去爱情。——译者注

都无法让她满意。我虽然常常感到伤心，悲叹我命乖运舛，却还是情不自禁地爱着她。我越是发现她的残忍，便越是感到她的快乐之火使我哀愁的心在燃烧。

日子就这样过去了。一天，我正在花园中独自叹息流泪，悲叹我的命运，碰巧来了我的一位好友。我向他吐露了我悲伤的一部分原因。他用同情的话语极力安慰我,但我根本听不进，还对他说我的痛苦超过了其他一切人的痛苦。听罢我的话，他回答道："一个人若是有苦而无法言表，那便苦上加苦了。但你一定要相信：我比你更有理由感到痛苦。"

我很是气恼，一脸不屑地追问道："怎么？谁有理由比我更痛苦呢？难道我没有得到恶报么？对我忠实不渝的爱情的回报，难道不是憎恶么？所以，虽然任何人或许会像我一样痛苦，但绝不可能比我更痛苦。"

"真的，"我朋友答道，"我理当比你更痛苦，请听我细说。你不是不知，长期以来，我一直爱着一位女子。凡能使她开心的事情，我没有一件没有为她做过。我想尽办法，竭尽全力讨她的欢心。说实话，她明白了我渴望得到什么时，便欣然应允满足我的心愿。我可以随时与她幽会。我当时以为，世上没有任何人能像我那样快乐。

"唯有一件事情让我气恼：我没有办法让她相信我是多么全心全意地爱着她。不仅如此，她见我那样爱恋她，更不将我的爱放在心上。不过，众神若赐予你实在的恩惠，也必定会同时让你吃些苦头，这是为了让你更加领会天意，因而更渴望得到上天的照拂。有一天，我与她在一处秘密的住所里，没有其他人看见我们。忽然，一个英俊的青年从我们的住所前经过，我看见她用火一般的目光注视着那青年。他走过去之后，她轻轻地喟叹了一声。见此情景，我说：'天啊，难道你这么快便

后悔了么？我看见你此刻正为了爱另一个男人而叹息。’

“这时，她脸上泛起了红晕，以众神的名义起誓，找出种种理由为自己申辩，极力让我相信与我目睹的喟叹相反的事情。但这一切都毫不奏效，因为她已经在我心中燃起了怒火，那火焰异常猛烈，几乎使我要对她大声斥责了，但我还是将怒火压了下去。

“那件事一直使我耿耿于怀，我始终在想：她对那青年或其他什么男人的爱，一定胜过了对我的爱。为了得到我的帮助，她平时也曾说出种种理由，使我相信世上她最爱的是我。而现在，我却只能从反面去理解她这些话，并认为她口是心非、言行不一了。从此我便开始承受无法忍受的悲苦，再也感受不到任何舒适，因为羞辱往往会抑制我的意愿，使我感到悲哀而不是快乐。我不愿继续我这种苦涩的悲哀，尽量不将它表现出来。不过，总之我从此无时不在发愁，无时不在深思，这使我万分苦恼。听了我的这番遭遇，你总该认为你的痛苦不那么沉重了，因为你已知道：我这个天性勇敢的人正承受着最大的痛苦。”

我回答他说：在我看来，他的悲苦虽说很大，却依然无法与我的痛苦相提并论。他反驳了我的话。于是，我们争论了很长时间，终于没有得出任何结论，便分手了。因此，我现在求你做出判断。

女王说：“年轻的先生啊，你的痛苦实在是很大，而那位姑娘不爱你，也是犯了大错。但你的悲哀随时都有望减轻，而你那位朋友却不能如此，因为他一旦心生猜疑，任何东西都无法驱走它。所以，只要他的爱情还在持续，他便会始终心怀哀愁，永无宁日。因此我们才认为：有理由嫉妒的男人，其痛苦要大于爱情得不到情人回应的男人。”

克罗尼科说："尊贵的女王啊，听你这样说，我便清楚地知道：你所爱的人一定始终在爱着你。不过，你却几乎不知道我的痛苦是什么。嫉妒能造成的痛苦，难道还有大于我所承受的么？这是因为：一个人宁可去忍受一个钟点的嫉妒之苦，也不愿以长期没有嫉妒之情为乐。尽管如此，他还是能凭借经验去判断自己的妒火，若发现那妒火毫无来由，他自会熄灭它。但我心中却怀着一种强烈的欲望：倘若我心中也能燃烧起那样炽烈的妒火，让它将我烧毁，让上千件使我妒火中烧的事情将我毁灭，我反倒会觉得好过得多。同样，在这件事情上，任何经验都不能帮助我，因为我越是经常地责怪她，便发现她会对我越是尖刻强横，所以我已束手无策了。然而，你的回答却似乎与事实相反，因为我坚信：有理由去嫉妒，这要比流着眼泪空怀渴望强得多。"

女王回答道："我们眼中闪耀的爱火，时刻都在使我们的目光令人欣悦的爱火，绝不会像你所说的那样证明我们的爱是徒劳的。但尽管如此，我们也并非不知道爱火与妒火能造成多么巨大的痛苦，能造成什么样的痛苦。所以，我们的回答完全符合事实。有一件事情可以让你明白这一点：最能使思绪不宁的，显然莫过于忧虑了。有些忧虑会产生快乐的结果，但我们也看到：另一些忧虑则会带来巨大的悲哀。在这种情况下，头脑能装满多少忧虑，便也能装满多少悲哀。而最重要的是：悲哀之情是有害的。嫉妒中包藏的害处，显然大于爱情中包藏的害处，因为你心中若燃烧着爱火，便不会去注意其他一切，而只想得到你心爱的姑娘的眷顾。得不到心上人的爱情，才是让你最痛苦的事情。

"但有一点确定无疑，即很可能出现一种情况：你心上的姑娘此刻还说爱你，过后却不再提起（因为女人的心是变化无常的)，这或许还能表明她依然爱着你。她或许会装出不再爱你的样子，但这只是想证明你是否还爱她。因此，一旦确信你依然爱她，她自会表明对你的爱。只要想到这些，希望便能减轻你最深的悲哀。

“然而，嫉妒者心中却充满了数不尽的忧虑，无论是希望还是其他快乐都无法消除或减轻他的痛苦。这是因为：嫉妒者企图管束心上人四顾旁骛的眼睛，而这是不可能的。他企图竭力去约束所爱姑娘的双足和双手，约束她的每一个行动。他会从反面猜度情人的想法和一颦一笑，认为她的一切表现都是在与他作对，以为每个男人都想得到并爱着他所爱的那个姑娘。同时，他还会认为那姑娘说的每一个字都包含着反面的意思，都充满了欺骗。若听到关于那姑娘的流言飞语，他会一直铭记至死，以为自己受到了她的欺骗。

“他会无端地认为自己已经走投无路。总之，天空、大地、小鸟、野兽以及他能想到的一切活物，都在阻碍他去实现心愿。即使他心中怀有希望，也根本不能消除这种想法，因为一旦有了这些成见，即便他发现情人很忠诚，还是会以为她已知道自己正被他监视，所以才不得不谨言慎行。他想发现那些令他嫉妒的事情，若并未发现，谁会比他更忧伤呢？你若以为他拥抱心爱的姑娘会非常快乐，会使他这些剧痛有所减轻，那你便错了。其实，那只会使他更加愤怒，因为他会想到其他男人也曾这样拥抱过她。即使那姑娘出于爱情而去取悦他，他也会以为这是为了消除他的猜疑，而不是出于对他的真爱。若发现那姑娘出语伤人，他更会以为她已经对他心生不满、另有所爱了。

“因此，我们可以告诉你：埋在嫉妒者心中的猜忌和忧虑简直不计其数。我们只能说他的生活比任何人的都要悲苦，此外还能说什么呢？他活着就是为了去相信那些不该相信的事情，去怀疑那些不该怀疑的东西，并一直在迷恋着那女子。这些心怀嫉妒者，其生活大多会毁于心中的这种恶意，始终心存恐惧。而这也不无道理，因为他们对情人的非难和指责，恰恰伤害了他们自己。

“鉴于前面所说的理由，你那位心怀嫉妒的朋友的确比你更有理由感到痛苦，因为你怀着获得爱情的希望，而他却生活在对失去爱情的恐惧里，况且他又很少会将失去爱情归咎于自己。因此，他若有理由比你更痛苦，便应当比你更加努力地安慰自己。你也应当抛弃心灵羸弱者的悲叹懊恼，还应当相信：你坚定不移的爱情绝不会得不到相应的回报。这是因为，尽管你爱的姑娘可能一时对你冷言冷语，但这只说明她还爱着你，因为爱神从不原谅任何被爱者再爱上别人。你当懂得：最易被狂风吹断的是坚挺的橡树，而不是柔顺的芦苇。”

VII

第六问，由一年轻女子提出

两少女爱上了同一个男青年，想让他在两人中做出选择。她们同意了这个做法，一个跑向那青年，拥抱亲吻他；另一个十分羞怯，只远远地站在原地。谁更爱那青年并更值得他爱？

克罗尼科身边坐着一位漂亮女子，身着一袭黑袍，头戴一方朴素的纱巾，听女王讲罢，便开口说道：

最高尚的女王啊，记得我还是个小姑娘的时候，我与哥哥（他相貌英俊，正值青春）一天正在花园中，园内只有我们两人。这时，两名年轻的贵族少女见我哥哥在园中，便站在远处偷偷地观望他。她们都很富有，都生于我们那个城中，也都对非常爱慕我的哥哥。

片刻之后，她们见我哥哥身边除我之外没有旁人，当时我还是个小姑娘，所以她们并未将我放在眼中，其中一个便对另一个说：

"我们都爱这青年胜过爱一切，却不知他是不是也爱我们。不过，看起来他也爱我们两个。因此，现在我们完全理当满足自己的心愿，弄清他究竟是爱我们两人，抑或只是爱我们当中的一个。这样，被他爱上的那个人日后便可以与他在一起，而另一个人则不可从中作梗。此刻他正独自一人，因此你我机会均等。我们何不跑到他面前，去拥抱亲吻他呢？这样，他便会在你我当中选定他所爱的那个了。"

下了这个决心之后，两位年轻女子便开始了这场竞赛。我哥哥看见了她们，又见她们这番举动，感到万分惊异。不过，其中那个离我们更远些的姑娘却非常羞怯，站在原地，欲动而未动。另一个姑娘则跑到我哥哥面前，拥抱并亲吻他，还坐在他身边，主动地自我介绍。

面对她这番大胆的爱慕之举，我哥哥有几分不知所措，对她说：她若真的爱他，便请她以实相告，她们究竟为什么要这样做。那姑娘毫不隐瞒，将一切都讲了出来。我哥哥听罢，便在心中仔细斟酌这两位女子的举动,既不知两人当中谁更爱他，也不知自己究竟更爱哪一个。

我哥哥那天离开了那两位姑娘以后，便为此向很多朋友请教，征求他们的忠告，但没有一个人能做出满意的回答。因此我才求你告诉我：在这两个女子中，谁更配得到那青年的爱？我相信：对我提出的这个问题，你一定能做出明确的回答。

女王对这女子说：

"这两名年轻女子中，那个羞怯地站在原地、没有跑过去拥抱你哥哥的姑娘其实更爱你哥哥，因此也应当得到你哥哥的爱。我这样想的理由是：众所周知，爱神总是使真心的施爱者心怀惧怕。爱情最深者，惧怕也最多。这是因为：施爱者不可能完全知道被爱者的心思。若能知道，施爱者早会做出很多事情，而它们原是因害怕冒犯被爱者而未做的，因为施爱者已经知道：被爱者若是不快，便绝不可能以爱相报。所以，惧怕总是和羞怯的爱情相伴，这并非没有道理。

"现在让我们回到方才的问题上。我们说，那个表现出惧怕和羞怯的女子才是真正爱你哥哥。另一个女子的行为却很轻佻放肆。因此，按照我们的判断，前一个女子更爱你哥哥，理应得到你哥哥的爱。"

那女子回答道："最尊贵的女王啊，诚然，每当爱神使爱情有所克制时，惧怕和羞怯便常会一同出现；但是，爱神若使人心中充溢着大量的爱，他便会消除哪怕是最聪明者的一切顾忌。我认为，这样的爱情中丝毫没有惧怕的容身之地，施爱者自然会情不自禁地冲向前去。所以，那个女子见她渴望的情郎就在眼前，心中燃烧起熊熊爱火，便忘却了一切羞怯，立即朝他跑了过去。她所爱的人在吸引着她，她已经无法站在原地不动了。而另一女子心中的爱火没有那么旺盛，还守着爱的规矩，正像你所说，她因为羞怯而留在了后面。因此，那个跑向爱人的女子最爱那青年，也最应当得到他的爱。”

“贤明的女子啊，”女王说，“过度的爱情确实会使人忘却一切顾忌，忘却在应当顾忌的事情上一切应有的克制。但属于爱神的事情却并非如此，因为爱情增多，这些顾忌也会随之增多。所以说，无论是谁，心中有多少爱情，同样就会有多少惧怕。的确，柏彼丽丝[①]那颗痛苦的心也向我们表明了这个道理。我们可以从后果看到她的爱情究竟有多少。她知道自己被所爱的人拒绝，没有胆量以恰当的言词说出自己的爱情，而只好将那种错误的爱写出来。同样，菲德拉[②]也曾多次屈服于诱惑，去见希波吕托斯，想大胆地向他表白爱情，但话到嘴边她又咽了回去。

“心怀爱情的人是何等胆怯啊！谁能比赫拉克勒斯[①]更威猛有力呢？他不满足于取得人间事务的胜利，还去承担支撑天堂的责任。尽管如此，他最终爱上的并不是位普通女子，而是一个女仆，一个被他俘获的奴隶。他还屈尊纡贵，对她百依百顺，

① 柏彼丽丝（Biblis）：见本书第 37 页第四章注释。——译者注

② 菲德拉（Phaedra）：古希腊神话中克里特王弥诺斯与帕西法厄的女儿，忒修斯之妻，爱上了忒修斯与希波吕特所生之子希波吕托斯，并向他提出推翻忒修斯，二人共享王位，遭拒绝后自缢身亡，并留遗书给忒修斯诬告希波吕托斯要强奸她。——译者注

① 赫拉克勒斯（Heracles）：古希腊神话中的英雄，主神宙斯之子，英勇无敌，曾完成十二项英雄业绩。此处原文为 Alcides，指赫拉克勒斯及其后代。——译者注

甚至情愿为她去做最琐碎低贱的事情[2]。还有，在自己所爱的人面前，帕里斯[3]既不敢举目注视，也不敢开口说话，而只能用手指蘸上洒出的红酒写下：我爱你。

“胆怯的帕西法厄[4]则远远超过了以上几例。我们不知她为什么爱上了一头公牛，也不知她为什么不敢向他表白爱情。她只是用纤手采来柔软的青草，竭力使他对她感到亲切，还时常对着镜子梳妆打扮，以赢得他的欢心，唤起他心中像她那样的爱情，其目的是想使他爱上她，而那是她不敢宣之于口的要求。

“心怀爱情的女子若仓促行动、过分主动，便十分不当，因为唯有我们心中的羞怯才应当成为保卫我们名誉的卫士。我们听说，很多男人都比我们女子更深知如何隐藏爱火，事实也是如此，而唯有我们女子心中产生的深深惧怕，才会阻止我们的冒失，才比男人心中的惧怕更有力量。我们知道，许多女子都不会首先表露心中的爱情，而她们却渴望唤起对方的爱情。若不是受阻于羞怯和惧怕，她们本来情愿先向对方表白爱情。不仅如此，每当她们口中说‘不’的时候，发自她们心底并重复了一千遍的却是‘是’。

“此外还有塞弥拉密丝[1]和克娄巴特拉[2]心中那类邪恶的爱

---

② 此指伊俄勒（Iole），她是俄卡利亚王欧律托斯的女儿，被赫拉克勒斯俘获。因赫拉克勒斯杀死了欧律托斯，伊俄勒为了复仇，百般诱惑戏弄赫拉克勒斯，终于使赫拉克勒斯的妻子得伊阿尼拉（Deianira）心生嫉妒，给丈夫送去了有毒的长袍，使他穿上后被焚而死。——译者注

③ 此指古希腊神话中的特洛伊王子帕里斯（Paris）和他所爱的美女海伦（Helen）。——译者注

④ 帕西法厄（Pasiphae）：见本书第四章注释。——译者注

① 塞弥拉密丝（Semiramis）：古代传说中的亚述女王，曾引诱儿子通奸乱伦，后被儿子杀死。——译者注

② 克娄巴特拉（Cleopatra）：埃及女王，曾先后诱惑并嫁给罗马统帅恺撒和安东尼。——译者注

火。她们并没有爱情，而只是在极力实现她们狂怒的淫荡计谋，而她们如愿以偿之后，却忘记了自己的身份。聪明的商人都不愿一次将全部财富交给命运女神去冒险，尽管如此，他们还是不在乎将一小部分财富交给她，而万一失去了它们，也绝不会感到悲伤。

“因此，那位拥抱了你哥哥的女子，其实心中的爱情并不算多。她交付给命运女神的很少。她会说：我若能以此得到这个男人，这当然再好不过；但他若拒绝了我，这也不要紧，就让他去爱另一个女子吧。然而，那羞怯地站在原地的女子，她爱你哥哥却胜过了一切。她不知该不该当面表白如此巨大的爱情，担心这会使对方感到不快而拒绝她，这样一来，她的痛苦便会使她死去。因此，你哥哥还是应当去爱这第二位姑娘。”

Ⅷ

第七问，由伽勒昂提出

爱情究竟是善还是恶？伽勒昂（或叫卡勒昂）用一首美妙的歌谣，解释了“菲娅美达”这个名字的含义。

一缕明澈的阳光穿过树林的绿叶，照亮了前面提到过的那池泉水，又被反射到那位令人崇拜的女王的美丽脸庞上。她全身也因此笼罩在金色的阳光里。上天使她身披拉托那之子[①]的光明，而只用其他星星的光芒照耀我们。后来，使她面庞熠熠生辉的阳光又照亮了绿荫，使所有在场者身上都披上了无比曼妙的光辉。不仅如此，此刻那反光还辉映在了女王头戴的那顶桂冠和她金色的卷发上，与两者浑然一体，宛若天成。一眼看去，你会说那些绿叶上仿佛燃烧着熊熊的火焰，它在女王头上扩散开来，使旁观者很容易看清她的赤褐色秀发。

伽勒昂最先看到了这个奇丽的景象，因为他恰好坐在女王对面，中间只隔着那池泉水。他全神贯注地望着女王，忘记了其他一切，更忘了此刻轮到他开口提问。

为了使那位机智的女子领悟她的回答，女王已经沉默了许久，这时才对伽勒昂说："你要看的东西留住了你的目光，请告诉我们：此刻究竟是什么让你如此惊异，连轮到你提问时你竟忘了开口？我想你是在凝望我们的头部，就像你从未见过它们一样。不过，还是请你先像其他人那样提问吧。"

这突如其来的话音使伽勒昂从痴迷中多少惊醒了几分。他正兴奋不已，头脑中充满了甜蜜的思绪，并意识到该他提问了。

① 拉托那之子：拉托那（Latona），古罗马神话中提坦巨人的女儿，即古希腊神话中的勒托（Leto），为主神宙斯所爱，与他生下了太阳神阿波罗（Apollo）。故"拉托那之子"乃指太阳神阿波罗。——译者注

不过，他突然又生怕打破自己那个金色的梦境，于是说道：

“最高贵、最著名的女王啊，我实在无法表达你在我心中的价值。我凝望你的脸庞时，心中充满了美好的思绪。看到灿烂的阳光倾泻在那清新的水泉上，又反射到你的脸上，我想自己仿佛见到那水中有个幽雅俊美的小精灵，将我的思绪拉回到那里，又使我向你凝望。那精灵仿佛生怕我的眼睛看不清令人如此欢欣的美景，便乘着那明丽的光线，来到了你的眼睛里，在那里长时间逗留，制造出奇迹般的欢乐，用更明丽的光芒使你的双眸熠熠生辉。

“我看到：那精灵又沿着这束光辉来到了你的王冠上，而他的足迹则留在了你的眼睛里。他与你头顶的光芒会合，创造出了一团新的火焰。昔日的塔昆纽斯国王[①]曾见到过这样的火焰，图里乌斯国王[②]小时候在梦中也曾见过这样的火焰。这个小精灵盘桓在你王冠周围，雀跃于它的重重翠叶之间，如同一只唱歌的多情鹦鹉，用各种姿势打动你的心灵，还时时藏身在绿叶中，但每次从中出来时都比以前更加快乐。在我看来，他实在是无比欣悦，并正用婉转的声音歌唱，仿佛在说：

在三重的高天上，是那亲切神圣的女王，
我对她爱慕无比，她迷住了我的目光。
我若是凡胎肉体，必会为她死去。
我在枝叶间穿梭，享受我的快乐，

---

① 塔昆纽斯（Tarquinius，古体作 Tanaquil）：这里指卢西乌斯·塔昆纽斯·普利斯库斯（Lucius Tarquinius Priscus），古罗马国王，公元前 616—前 579 年在位，曾建造罗马圆形竞技场和罗马广场，后被其子谋杀。——译者注

② 图里乌斯（Servius Tullius）：传说中七位罗马国王中的第六位，曾修建罗马城墙并改革罗马宪法。——译者注

看她的秀发正翻卷着层层金波。
我将自己点燃，这样我便能用这
火焰显示我这些神镖的力量，
它们威力无比，使我所向披靡，
让每个被射中的人，都用赞美的目光
去凝望她那双眼睛，忘却时间的流淌。
倘若这会使她快活，我便要在那里降落，
因为这女王的美名，已在我的王国远播。①

“那小精灵又接着说了许多，并继续四处游动，直到你将我唤醒。他一听见你说话，便立即回到了你的眼睛里。你的眸子宛若晨星，闪闪发光，那片清新的光芒照亮了每个地方。现在，你已经知道方才是什么快乐的新思绪让我忘情了。”

听了这番话，菲罗科坡和其他人都惊讶不已，仿佛不相信自己的耳朵，纷纷将目光投在那位女王身上。那女王谦逊地聆听着，明知这些话语说的正是自己，但依然神态自若，缄默不语。伽勒昂说过这番话，便开始提问了。

“最尊贵的女王啊，我极想知道一个人是否应为快乐而爱。我耳闻目睹过许多事情，也了解过很多人的种种见解，仍得不到这个问题的答案，所以才提出这个问题。”

女王对伽勒昂瞩目良久，然后轻叹了一声，回答道：“畅所欲言，这并无任何不妥。你提出的问题的确引起过争论，因此应当向你讲清。要回答你的问题，必须从头说起。明断的力量常能使我们出语谨慎，何况，我们的言词有时又出于情不自

① 这首歌表达了薄伽丘对玛利亚的爱慕之情。薄伽丘27岁时（正是写作本书期间）爱上了她，此时她已结婚。薄伽丘在作品中称她为菲娅美达（Fiammetta），其意为“小小的火焰”。——译者注

禁。我们是爱神的子民，所以，我们的话若是冒犯了他，他也会原宥我们，否则他早会因此将怒火降在我们头上了。我们和你一样，也是爱神的子民，也会大胆谛听你的话语，因此你根本不必改变初衷。

“为了将你的问题解释得更清楚，为了让你透彻地领会我们答案的真意，我们不妨暂且离开我们议论的话题，对爱做一番尽可能简明的解说：

“爱可分为三种，其对象各有不同，有的借助于某种美德，有的则借助于其他的力量,取决于被爱的事物和施爱者的不同。第一种叫做诚心之爱，每个人都应当获得这种善意、正直、忠诚的爱。上帝将这诚爱赐予他创造的一切生灵，用这诚爱使众生与他相连。依靠这诚爱，天堂、人世、国家、省州和城市都正常运行，各享安宁。依靠这诚爱，我们有幸永久拥有天界的王国。没有这诚爱，我们拥有的一切幸福便会丧失殆尽。

“第二种叫做为快乐而爱，而我们正是这位爱神的子民。他是我们的神，我们崇拜他，信任他，向他祈祷。他会成为我们的知己，会满足我们的心愿。你的问题恰与这位爱神有关，因此我们理当给你解答。

“第三种叫做为实用而爱。这位爱神给这个世界带来了不计其数的有用之物。他与命运女神时刻相伴：凡命运女神逗留的地方，这位爱神也驻足于斯。不过，这两位神明若不在一处，这位爱神便会挥霍大量的物品。不妨说句过分的话：与其说这位爱神会赢得爱戴，不如说他会遭到痛恨。

“关于你提出的那个问题，我们不必谈论第一种爱，也不必谈论第三种爱。我们要说的是第二种,即为快乐而爱。的确，凡愿过纯洁生活的人都不该让自己去追随这位爱神，因为这爱神会夺走名誉，会带来麻烦，会教唆恶行，会使你徒生众多烦恼，会使你无端侵占他人的自由，而自由乃是最值得珍视的东西。看重自己价值的聪明人，难道不该避开这样一个主宰者么？人毕竟应当自由自在地生活，尽力增进自己的自由，而让那些邪恶的主宰去驾驭那些邪恶的臣仆。”

伽勒昂说：“此时，我不想用我的话来败坏各位的雅兴，也不想用我的话去妨碍我们爱神的权威，更不想使各位心情不宁。你根据我和其他很多人的意思详细描述了这位爱神，因此，我本以为你会因此而将这爱神的子民看做勇敢者，并会鼓励心怀贪欲者臣服于这位爱神。但我却看到你的意思正与我的相反。你说过爱可分三种，对其中的第一种和第三种，我的见解与你一致。但第二种爱却与我的问题有关，而你说人们应当躲避它。在我看来，这位爱神能增进人的美德，所以追求荣耀生活的人都应当去遵从他。我可以用些实例向你说明这一点。

“众所周知，事实证明这位爱神情的确会在人心中发挥一种作用：当他使人心中产生爱情时，便会消除心中的全部傲气和暴躁，使每个行为都温良谦卑起来。玛斯[①]便是个明证。我们发现，当他爱上了维纳斯[②]以后，便从凶暴强悍的战神变成了最谦和恭顺的情郎。这爱神能使悭吝贪婪者变得慷慨宽厚。美狄亚[③]曾万分谨慎地保守她法术的秘密，但她听到伊阿宋[④]宣布爱上了她时，便将她自己、她的名誉和她的法术统统慷慨地交给了伊阿宋。谁比这位爱神更能激励男人们去甘愿冒险、

① 玛斯（Mars）：古罗马神话中的战神。——译者注

② 维纳斯（Venus）：古罗马神话中爱与美的女神。——译者注

③ 美狄亚（Medea）：古希腊神话中喀尔克斯王之女，精通巫术，曾帮助伊阿宋取得金羊毛。——译者注

④ 伊阿宋(Jason)：古希腊神话中忒萨利亚王子，美狄亚的丈夫。——译者注

经磨历劫呢？且看他激励帕里斯[①]和墨涅拉俄斯[②]做出了什么样的壮举吧。谁会比这位爱神更能平息怒火呢？他已让我们看到：阿喀琉斯[③]的怒火常常被波吕克塞娜[④]的祷告熄灭。而最重要的是，这位爱神还能使男人们英勇坚强。在这方面，我不知道是否还有比珀耳修斯[⑤]更伟大的例子。为救安德洛墨达[⑥]，珀耳修斯出色地证明了自己的英勇。这位爱神将种种卓越品质赋予所有臣服于他的人，使他们妙语连珠，使他们宽宏大量，使他们和善可亲。

"我认为，这位爱神能使他的所有子民都温文尔雅，心地高洁。世间有多少好事都来自于他啊！是谁感动了维吉尔[⑦]？是谁感动了奥维德[⑧]？是谁让其他诗人们百世流芳？没有这位爱神，我们便永远不会听到他们那些圣洁的诗篇。这位爱神的

---

① 帕里斯（Paris）：见本书第七章注释。——译者注

② 墨涅拉俄斯（Menelaus）：古希腊神话中的斯巴达王，美女海伦的丈夫。他联合众多希腊英雄进行了十年特洛伊战争，终于夺回了被帕里斯诱拐的海伦。——译者注

③ 阿喀琉斯（Achilles）：古希腊神话中的英雄，在特洛伊战争中战功赫赫。——译者注

④ 波吕克塞娜（Polyxena）：古希腊神话中的特洛伊公主，阿喀琉斯爱上了她，两人在阿波罗神庙相会时，阿喀琉斯被帕里斯用箭射中脚踵而死。她后来被阿喀琉斯之子俘虏，用来祭奠阿喀琉斯，自刎身亡。——译者注

⑤ 珀耳修斯（Perseus）：古希腊神话中的著名英雄，主神宙斯之子，曾杀死魔女墨杜萨，后又拯救埃塞俄比亚公主安德洛墨达，与她结为夫妻。——译者注

⑥ 安德洛墨达（Andromeda）：古希腊神话中的埃塞俄比亚公主。她得罪了海中仙女，父母被迫将她献给海怪，珀耳修斯奋力杀死海怪，救出了她，并与她结为夫妇。——译者注

⑦ 维吉尔（Virgil，公元前 70—前 19）：古罗马著名诗人，作史诗《伊尼德》12 卷。——译者注

⑧ 奥维德（Ovid，公元前 43—前 18）：古罗马著名诗人，作神话诗集《变形记》15 卷。——译者注

美德毋须多言。他能使俄耳甫斯[③]的竖琴发出无比甜美曼妙的乐音，它打动了整个森林和每一个听者，使奔流的溪水止步，使凶残的狮子、胆小的野兔及其他所有野兽都来到俄耳甫斯面前，友爱和善地一同聆听他的琴声。同样，俄耳甫斯还平息了冥界的狂怒，使受难的灵魂甜蜜地安息。他的美妙琴声终于使他的妻子得以重返人间。

“因此，这位爱神不会像你所说能使人抛弃名誉，不会给人带来无端的麻烦，不会使人徒生烦恼，更不会卑鄙地侵占他人的自由。所以，任何尚未认识这位爱神者，任何尚未成为他的臣仆者，都应当想方设法，勤奋努力，尽力去赢得这位天神的恩惠，成为他的子民，因为他会使人美德俱全。这位爱神能使众神及众人欣悦，因而最有力量，也理应使我们愉悦。愿这样一位天神受到爱戴，统驭众生，并永远存在于我等心中吧！”

女王说道：“你的见解蒙蔽了你。这也无怪，因为在我们看来，目前你心中的炽烈爱情无人可及，而深陷情网者，其判断必会出错，因为他们无疑已经丧失了明智的洞察力，于是以为理性在与自己作对，便全然将它抛弃。正因如此，我们往往会违背意愿地为这位给我们带来痛苦的爱神申辩，因为我们已经成了他的子民。不过，为了使你摆脱这个误念，我们暂且不谈这爱神的是与非，而只想让你弄清一点：这种爱情不是别的，而完全是一种毫无道理的愿望，它来自人们对放荡之乐的强烈渴望。我们都会目睹这种放荡之乐，闲逸怠惰滋养了它，它寄身于愚蠢者的记忆里和头脑中。这种欲望往往会占据人心，夺走人的心智，使人放弃正当做法而耽迷无益之举。

---

① 俄耳甫斯（Orpheus）：一译奥菲欧，古希腊神话中色雷斯诗人和歌手，擅奏竖琴。他妻子欧律狄克死后，他用琴声感动了冥后珀耳塞福涅，遂允许他将妻子带回人间。——译者注

“不过，你已经列举出了很好的实例，尽力说明一切善行和美德都来自这位爱神。因此，我们也要提出一些反证以说明你的错误。将本来属于他人的爱掠为己有，这绝不是谦卑之行，更不是正义之举，而是傲慢的狂徒所为。你认为玛斯曾因爱情而变得谦和恭顺，但他却从伏尔甘[①]那里夺走了维纳斯，而伏尔甘才是维纳斯最合法的丈夫。毫无疑问，恋人们脸上显露的谦恭并非来自良善之心，而是出于心计和作伪。同样，这位爱神也不会将其子民变得慷慨大度，像你提到的美狄亚那样。美狄亚虽然心中充满了爱情，却失去了心智，变得愚蠢无比，浪费了那些理当被她珍视的东西，不但不加意守护它们，反而徒劳无益地将它们抛弃。她本想获得快乐，却得到了烦恼。所以说，美狄亚滥施爱情，这毫无智慧可言，而不久之后她便后悔莫及了。她到后来才懂得：当初她若能恰如其分地运用她那些可贵的天赋，也不至落得那样恶劣的下场。[②]

“我们还认为，应当极力避免给求爱者造成伤害的求爱，因为与其自寻伤害，不如无所事事，尽管这两者都不值得赞许。帕里斯便是个自取毁灭的求爱者。他若能预见到他求爱的后果，那该多好。墨涅拉俄斯之所以变得坚韧不拔，并非因为爱情，而是为了像每一个有理性的男人应当做的那样，夺回他失掉的荣誉。

“这种爱情也不能平息愤怒，因为唯有善良的心灵才能使激起愤怒的事情成为既往，使那些事情化为乌有，使人宽恕对自己的冒犯。恋人们和处事谨慎者往往都会祈求恋人或朋友宽

---

① 伏尔甘（Vulcan）：古罗马神话中的火神，瘸腿而貌丑，维纳斯的丈夫。——译者注

② 据古希腊神话，美狄亚与伊阿宋婚后，伊阿宋另娶新欢，美狄亚设计烧死了新娘，又将自己与伊阿宋生的三个儿子全部杀死。——译者注

恕冒犯，祈求他们表现出宽宏大度，而他们无须付出任何代价即可获得恳求宽恕者的尊重。但在这个方面，阿喀琉斯却曾屡屡屈从于郁积在心中的怒火。[1]

“同样，虽然这位爱神似乎能使男人们勇敢高尚，但我也能向你证明恰恰相反。有谁比赫丘利[2]更英勇无畏呢？但是，当他心中有了爱情，他就变得行为可鄙，忘记了自己的力量，因此才和伊俄勒这个女人一起纺线。在毫无危险的情况下，最坚强的男人也会萌生爱情，而一旦危险来临，勇士却会坚强无比，勇往直前，这的确不假。但促使他们如此的，却不是爱情，而只是一点点理智而已，因为他们若如此坚强，事后便能使他们所爱的人以他们为荣耀。因担心失去心爱之人而宁愿被看做懦夫，也不愿以身犯险，这种男人虽说并不多，但毕竟存在。

“我们并不怀疑这位爱神曾使俄耳甫斯的琴声美妙绝伦。我们也认为你说得很对，即爱神的确曾赋予其子民甜美的歌喉和如此巨大的魅力，常让他们的歌声使顽石倾覆，不但能使意志不坚者入迷，而且能使卑鄙邪恶者神往。但我们又怎能说：由于这位爱神的遵从者的长处，我们便应当遵从这位爱神呢？他的确曾使心怀爱情的智者和好心的谋士遭到蔑视。帕里斯没有听从卡珊德拉[3]的忠告，这实在是特洛伊人之过。这位爱神还能使其子民忘却和轻视他们的好运，而我们本应永远铭记好

---

① 在特洛伊战争中，阿喀琉斯曾一度与阿伽门农不和，退出战斗，好友和老师的规劝也未奏效，使特洛伊人节节获胜。后来好友帕特洛克罗斯出战被杀，阿喀琉斯才重新参战，与阿伽门农和好。——译者注

② 赫丘利（Hercules）：即古希腊神话中的英雄赫拉克勒斯（Heracles）。他是主神宙斯之子，英勇无匹，曾完成十二项英雄业绩。——译者注

③ 卡珊德拉（Cassandra）：特洛伊公主，阿波罗赋予她预言的本领，但因拒绝了阿波罗的求爱，后者使她的预言无人相信。特洛伊战争爆发前很久，她就预言帕里斯诱拐海伦、特洛伊之战及该城的陷落，但帕里斯和特洛伊人都不相信。——译者注

运，让它始终伴随我们。虽然斯库拉[1]造成的危害丝毫不亚于帕西法厄[2]造成的危害，埃癸斯托斯[3]还是应当作为应受谴责者的一例。

“这位爱神难道不曾使人背弃纯洁誓言的神圣约束么？忒修斯[4]违背了婚誓的约束，一笔勾销了自己许下的誓言，将可怜的阿里阿德涅[5]抛在了荒岛上，他为什么会那样做呢？就是因为他朝菲德拉[6]的眼睛看了一眼，这一丁点快乐便使他犯下了那样的大罪，使他抛弃了已经得到的荣誉[7]。这位爱神也丝毫不顾法律，我们确实可以从忒瑞俄斯[8]的所作所为中看到这

---

① 斯库拉（Scylla）：古希腊罗马神话中的六头女妖，原为一美丽少女。她住在意大利墨西拿海峡的礁石上，吞噬来往的所有船只，曾吞掉英雄尤利西斯船上的很多朋友。——译者注

② 帕西法厄（Pasiphae）：古希腊神话中的克里特王后，与海神送来的一头白毛公牛生下了半人半牛的怪物弥诺陶洛斯（Minotaur），后者被养在迷宫里，每年都要吃掉七个童男和七个童女。——译者注

③ 埃癸斯托斯（Aegisthus）：古希腊神话中堤厄斯忒斯之子，为一青年祭司，在阿伽门农远征特洛伊期间，爱上了阿伽门农之妻克吕泰涅斯特拉，与她私通，杀死了归来后的阿伽门农，篡夺了王位，后被阿伽门农之子杀死。——译者注

④ 忒修斯（Theseus）：古希腊神话中的雅典英雄。——译者注

⑤ 阿里阿德涅（Ariadne）：古希腊神话中克里特公主，忒修斯之妻菲德拉的妹妹。她爱忒修斯，忒修斯杀死怪物弥诺陶洛斯后，她设法用线团帮他逃出迷宫，后被忒修斯抛弃在了那克索斯岛上。——译者注

⑥ 菲德拉（Phaedra）：古希腊神话中克里特王弥诺斯与帕西法厄的女儿，忒修斯之妻，爱上了忒修斯与希波吕特所生之子希波吕托斯，并向他提出推翻忒修斯，二人共享王位，遭拒绝后自缢身亡，并留遗书给忒修斯诬告希波吕托斯要强奸她。——译者注

⑦ 一说忒修斯此举是因雅典娜女神在他梦中谴责他杀死了弥诺陶洛斯，但据此处的文字，可知薄伽丘根据神话的另一版本认为忒修斯原对阿里阿德涅发过婚誓，后来却背信弃义地爱上了菲德拉。——译者注

⑧ 忒瑞俄斯（Tereus）：古希腊神话中的色雷斯国王，雅典公主普洛克涅（Procne）的丈夫，爱上了妻妹菲罗墨拉（Philomena），强掠成亲，并割去了她的舌头，将她关在一个塔里。——译者注

一点。他从普洛克涅可怜的父王那里得到了普洛克涅，并且占有了她的肉体，却毫无忌惮地破坏了与菲罗墨拉这位姐姐的婚姻誓约这个最神圣的法律。因为这位爱神能战胜众神的理智，竟使人们也将他称为神明。但谁又能用言语充分地说明他的不公？

“总之，这位爱神诱使其追随者犯下了所有的罪恶。那些追随者若偶尔也做出些善行(这极为罕见)，其初衷也是邪恶的，因为他们本打算以这些善行更快地满足私欲，以达到卑鄙的目的。这不是善行，而是罪孽，因为我们不该只去注意人们的行为，却更应当重视行为的目的，并根据行为者的目的来判断他们是善是恶。这是因为：罪恶之根绝不会生出善良之树，罪恶之树也绝不会结出善良之果。

“所以说，这位爱神是淫荡邪恶、毫无价值的。既然他毫不足取，人们便应当逃避他。凡能逃避罪恶之事的人必会得到善果，因而也会成为善良和具备美德的人。这种为快乐的爱情，其开始不是别的，而是恐惧，其结果则是罪孽，而必会以悲痛和苦难告终。因此，人们应当躲避这位爱神，应当谴责他，应当因他占据了心灵而感到恐惧，因为他的力量非常暴烈，他的行为毫无节制，并且全无理性可言。毫无疑问，他能毁坏人的心灵，给人带来耻辱、痛苦、情欲、悲哀和怨恨。心灵只要被他占据，人就会永远没有满足，永远满怀悲苦。除了蠢人，谁会祈盼自己成为他的追随者呢？

“若是可能，我们的确情愿去过没有这位爱神的日子。然而，我们却迟迟看不到他造成的危害，因此，由于身陷这爱神的罗网，我们往往去追随他，直至那道光明出现时方始醒悟。那道光明曾指引埃涅阿斯[1]走出黑暗，使他避开了可能出现在面前的危险火焰，将他引向了快乐。”

① 埃涅阿斯（Aeneas）：古希腊神话中的特洛伊英雄。特洛伊城陷落时，他背上父亲特洛伊王安喀塞斯（Anchises）逃出大火，却丢了妻子。后来他乘船远征，到了色雷斯、西西里、迦太基等地，并娶劳任托姆国女王拉维尼亚（Lavinia）为妻。——译者注

IX

第八问，由年轻女子葆拉提出

一青年男子同样爱着两个女子，一个因高贵出身、父母及财富而地位高于他，另一个在这些方面都不如他。他应当选择哪个？

伽勒昂的右侧坐着一位漂亮女子，名叫葆拉，性情活泼，又很诚实。待女王说完，她便开口说道：

“高贵的女王啊，你方才已做出了裁决，说无论何人都不该听命于这位爱神，对此我非常赞成。不过，在我看来，青年男女间却不可能不产生这种善意的爱。现在我想，且不考虑你所说的话，并暂且认为爱恋之情乃天经地义、而恶行也会产生善果吧。按照这个想法，若有一青年同样喜欢两个女子，一个出身贵族，其家族的财富和地位都高于那青年；另一个则在出身和财富上都不及那青年。请你告诉我，这青年应当去爱哪个？”

女王回答说：“漂亮的女士啊，我们若承认，无论男女都应当像方才所说的那样听从爱神，那我们的判断便是：无论这青年的出身如何，他都应当去爱那位出身、财富和地位比他更高的女子，而不该去爱那个在这些方面都不及他的女子。这是因为，人心天生就会追求高级的事物。因此，人们必会想方设法，极力提高而不是降低自己的地位。何况一句常见的谚语也说：

“觊觎更佳而两手空空，胜似将差的握在手中。

“所以，在我们看来，这青年该去爱那更高贵的女子，并理当拒绝那地位不及他的女子。”

漂亮的葆拉说道：“尊贵的女王啊，倘若是我，对这个问题会另有判断。且听我细说。我们天生都宁愿经历短暂的烦恼，而不肯承受长期的苦痛。所以，获得地位逊于自己者的爱，其烦恼显然比获得地位胜过自己者的爱要短暂得多。因此，应当选择那个地位不及自己的女子，因为可以说你已经赢得了她的爱，而那更高贵女子的爱却尚待你去争取。何况，一个男人若爱上了地位高于自己的女子，还会遇到很多危险，而他从中得到的快乐，也比爱地位不及他的女子少。

“我们知道，出身高贵的女子会有许多显亲贵胄，家族成员也很多，而他们都在监视她的一举一动，都会加意守护她的名誉。所以，倘若其中任何人偶然察觉了这种爱情，事情便会像我们所说的那样，那个恋人将会遇到巨大的危险，地位不及那女子的青年很难轻易躲过它们。他想必懂得如何躲避这些危险（他本来可以避开它们），因为受到伤害的人一定知道伤害来自何方、来自何人，知道是谁在挖苦嘲笑他，是谁在说他是个交了好运的暴发户。他若情愿遭此侮辱，那就让他去爱吧。可是，这难道不是让他不止一次地去死么？可见，一旦遇到这种情况，无论其理由如何，他都应当仔细思索每一种危险。我们完全相信：贵族女子很可能看不起这样的青年，因为她渴望去爱一位地位比她更高的男子，而不是地位不如她的男子。所以，这青年要想满足自己的愿望，实在是难上加难，或者简直全无可能。然而，他若去爱那地位逊于他的女子，情况便会截然相反，因为那女子会以有这样的爱人为荣，因而会竭力去讨他的喜欢，以使爱火不灭。即便情况并不如此，这青年也能毫无惧怕地去满足自己的愿望。所以我才认为：他应当爱的是地位逊于他的女子，而不是地位高于他的女子。”

“你的见识蒙蔽了你，”女王对这位漂亮女子说道，“因为爱情有这样一种性质：对方地位越高，人就越渴望去爱。我们从一些人身上便可看清这一点：他们因为有了那种爱情而更觉悲伤；可是，虽然爱情使他们万分苦恼，他们还是要继续加倍地去爱。任何人都不会真心渴望那种爱情立即完结，尽管他们嘴上并不这样说。懒人但愿麻烦越少越好，而对聪明人来说，克服了最多的麻烦得到的东西才最为珍贵、最令他愉快。所以，他若去爱地位不如他的女子，（像你所说）虽然不必克服多少麻烦便可得到她，但那爱情却既不热烈，又很短暂，其后果便是他的爱情将越来越少。这与我们所说的爱情正好性质相悖。反之，他若去爱地位高于他的女子，他会遇到重重麻烦，但结果却恰恰相反：经历艰辛才得到的东西最为珍贵，他自会竭尽全力地呵护已经得到的爱情。即使这份爱情让他吃苦，那女子在他眼里依然会一刻比一刻更加可爱，他的快乐也将长久不衰。

“你说贵族女子的亲戚会对这爱情疑虑重重，我们并不否认，因为男人正是因此才爱上那女子的。也正因为如此，爱上出身高贵的女子才会惹来种种麻烦。尽管如此，其中却自有其不为人知的妙处。我们毫不怀疑：无论是最高贵的女子还是最低微的女子，其亲属都会用各自的力量去维护她们的荣誉。因此，蠢人若像爱出身低微者那样去爱出身高贵者，那便是恶劣的冒险。

“可是，有人说彼西斯塔多非常残暴，说他冒犯了爱他的人们，但并未料到那少年竟会爱上这个暴君的女儿[①]。这又该如何解释呢？你说一个男人若爱上一位地位高于他的女子，他便永远无法实现自己的愿望，因为那女子渴望去爱地位高于她的男人，所以根本不会尊重他。这番话说明你并不懂得：男人只要具备美德，哪怕他地位再低，日后也会比世上最高贵的女子更有作为。无论女子爱慕哪个男人，也都希望他比自己更有

---

① 彼西斯塔多(Peisistratos，约公元前600—前527)：古希腊著名暴君，传说一雅典少年爱上了他的女儿，当众拥抱她。为此，彼西斯塔多之妻要求惩戒那少年。原文此处语焉不详，为便于读者理解，译者根据希罗多德的《历史》和但丁《神曲》（炼狱第15篇）有关注释对此句做了适当补充。——译者注

作为，因为纯洁的生活曾将许多卑贱者变为高贵者，而堕落的生活也已将很多高贵者变成了卑贱者。所以，无论女子地位高低，任何男子都可以向她求爱。一个男人若爱上身份高于他的女子，他遇到的麻烦无疑比爱身份不及他的女子更多。尽管如此，那高贵女子最终还是可能对他让步，使他如愿以偿。

“这是因为，我们常能看到绵绵滴水能穿透坚硬的岩石。所以，任何人都不应失去对爱情的希望。爱上地位高于自己的女人会使男人获益匪浅，因为这能使他竭力去让对方快乐，使他养成众多优良的品质，使他有机会与高贵人士相处，使他谈吐文雅，使他敢于勉力进取，使他的衣着华美脱俗。那女子若获得更大的荣耀，他心中的快乐便会随之增多。同样，这男子还会受到更多人的赞扬，并以心灵高贵而闻名遐迩。因此，愿他像我们已经说过的那样，去爱那地位高于他的女子吧。”①

① 本章是薄伽丘的内心写照，反映了他对王族之女玛利亚（即文中的女王菲娅美达）的爱情和对两人社会地位差异的思考。——译者注

X

第九问，由蒙托里奥公爵费拉蒙特提出

对年轻男人来说，处女、已婚女子和寡妇，爱上哪个更好些？

葆拉身旁是费拉蒙特，他是蒙托里奥的公爵。待女王说完，他便对她说：

"我赞成你的见解。在应当爱谁方面，你已经充分地回答了这位女士提出的问题。男人应当去爱地位比他高的女子，而不是地位不如他的女子，尽管后者更容易顺从他的愿望。你用各种理由说明了你的见解。不过，天下的女子多种多样，衣装各异，行为习惯更是各有不同，并且，（人们还认为）她们的爱情也各不相同，有多有少，有热有冷。请将你的意见告诉我：在已婚女子、处女和寡妇这三种女子当中，年轻男子应当去爱哪个才能最满足而快乐？"

女王对他做了这样的回答："在这三种女子中，选择已婚女子最不明智，因为她不属于自己，也不能随意将自己交给任何人。所以，无论去爱她还是得到她，都破坏了神圣的法律，都违背了天性的常理，而这将给我们自己招来上天的愤怒，并使我们受到上天的严厉审处。然而，有的男子至今仍不自省良心，常常更容易爱上已婚女子[①]，而不爱另外两种女子（即处女及寡妇），却是因为爱上已婚女子虽说非常危险，但更能唤起他的欲望。这种爱情何以更能频频唤起他的欲望，其理由就是：众所周知，爱火越吹越旺，不吹则灭。其他一切东西往往都会越用越减，而情欲却截然相反，它会越用越增。

---

① 这段话是薄伽丘借菲娅美达之口的自况与自警，因为他此时爱上的玛利亚就是已婚女子。——译者注

“寡妇长期得不到爱，她对爱的感觉几乎会像从未有过一样，因此，她宁愿将对爱的记忆保留在心里，也不肯屈从任何强烈的邪欲。

“处女尚不懂得爱的技巧，除了想象，尚不知何为爱情，因此，她们心中的爱火其实并不旺盛。可见，心怀强烈爱情的已婚女子，的确比其他两种女子更渴望得到爱情。已婚女子往往受到丈夫粗暴言词和行为的伤害，所以只要可能，她们便会寻机报复。将爱情交给自己心仪的其他男人，已婚女子报复丈夫，没有比这更便当的办法了。虽然这个办法很有效，又可以在暗中实行，因而绝不会招致羞辱，但她们心中仍不满足。何况，总吃同一种菜肴也十分单调。我们常会将美味菜肴留给别人去吃，等其他人满足了胃口以后，我们才领悟到那菜肴原来十分可口。

“我们已经说过，利用任何不正当的机会，渴望得到本属于另一个男人的女子，都是不合法的。因此，我们还是将已婚女子留给她们的丈夫，去考虑其他女子吧。在我们的城里，我们见到的其他女子也数不胜数。我们应当将爱情给予寡妇，而不是不懂爱情的处女。对爱情的奥秘，处女一无所知，所以，她若要满足男人的欲望，必会遇到巨大的麻烦，而寡妇则不然。不仅如此，处女即使有了爱情，也不知道自己渴望得到什么，因此不会像寡妇那样心领神会地遵从情郎的心思。得到了爱，寡妇心中那久违的爱火便会再度燃烧起来，使她们渴望得到那种长期缺失、已被遗忘的东西。若得不到爱，她们往往会悲叹失去的时光，悲叹在自己床上度过的那些孤独的夜晚。在我们看来，这些寡妇才是最应得到爱的人，因为在将自己交给其他男人方面，寡妇比其他两种女子更加自由。”

费拉蒙特回答说：“最贤明的女王啊，你对已婚女子的看法正与我早先的想法相合，现在听你这样说，我便更加深信不疑了。不过，说到处女和寡妇，我的看法却与你相反，因为（出于你方才说过的理由，略去已婚女子不谈）在我看来，应当去爱处女而不是寡妇。处女的爱情似乎比寡妇更可靠、更有保证。无疑，寡妇从前已爱过别人，阅历过爱的很多事情，知道那样的爱所引来的耻辱。寡妇比处女更懂得这些事情，所以寡妇的爱往往是浅淡平常的。她心存疑虑，心思游移，不知该将爱情给谁才能让自己最快乐，才能得到最大的荣耀，因为有些时候她既不属于这个人，又不属于那个人。可见寡妇心中充满了种种顾虑，她的爱情自然也会动摇不定。

“可是，处女却完全不是这样，因此，她会用善意的想法说服自己。她若喜欢上众多年轻男子中的一个，便不再多加审视，而是选定他做爱人，只向他吐露爱情，一心只想到快乐，而不知道怎样做出相反的举动。她对自己的爱情已不再有新的顾虑，不再去追问恋人对她的爱情是否牢靠。因此，她只有一个心思，凡能使对方快乐的事情也能使她快乐。她会让爱人很快知道自己受伤的心，并像侍奉主人那样去侍奉爱人。我已经说过，在寡妇身上很少见到这样的表现。所以，年轻男子应当爱的乃是处女而不是寡妇。

“此外，处女还渴望体验自己从未见过、听过和经历过的事情。显而易见，比起多次经历过那些事情的寡妇，处女的这种渴望更加强烈。生命之所以使我们无比快乐，我们之所以希望生命长久，其原因之一就是我们总是能见到从未见过的新事物。为了见到最新的事物，我们情愿用最快的步子奔向死亡，而死亡本是我们极力逃避的事情，是我们肉身的最后归宿。

“处女虽不懂得使我们来到这个世界上的那种愉快的结合，但每个生灵都会出于天生的欲望被那种结合所吸引。何况，处女还多次听到知情者说起那件事情，说它是何等甜蜜。这些话也能燃起处女心中的爱火，使她自然而然地渴望去验证那些尚未被她验证的事情。她听到的那些话使她产生了大胆的渴望。在这种情况下，除了那个已被她看做主人的男子，她还会去爱谁呢？寡妇自然不会有这种热情，因为她曾经体验过那种事情，当时她也被唤起过这种热情。所以说，与寡妇相比，处女的爱情更热烈、更持久，更能使爱人快乐。至此，我们是否还要提出更多的理由来说明处女比寡妇更值得去爱呢？”

女王说道：“你的理由很充分。你对自己见解的辩护也很有力。不过，我们会提出另一些显而易见的理由，以让你知道：你若洞悉爱的本性，便一定会赞成我们的判断。

“无论在处女还是在寡妇身上，我们都能见到坚定、强烈和持久的爱情。狄多[①]和阿里阿德涅[②]的行为便是例证。不过，因为爱神并未站在这两西方名媛子一边，所以她们的做法便不值得仿效。但若按照你我方才所说的道理，她们都理应获得爱情。所以说，若不考虑爱处女和爱寡妇哪个更明智（我们已经说过应当去爱寡妇），那么，我们便可以向你解释寡妇的爱情何以会比处女的更热烈、更令人愉快。

“一个女人无疑最珍视她的童贞，因为其中包含着她一生的全部名誉。因此，她必定不会急于尝试禁果，除了将自己交给她认为那个将通过合法婚姻成为她丈夫的男人以外，绝不会慷慨地委身于其他男人。所以我们不必到处去寻找处女的爱情，因为毫无疑问，唯有为了结婚而爱的人才应当去爱处女而不是

① 狄多（Dido）：传说中的迦太基女王，爱上了特洛伊王埃涅阿斯。埃涅阿斯奉神命回国，狄多失望而自杀。——译者注

② 阿里阿德涅（Ariadne）：古希腊神话中克里特公主，忒修斯之妻菲德拉的妹妹。她爱上了忒修斯，忒修斯杀死怪物弥诺陶洛斯后，她设法用线团帮他逃出迷宫，后被忒修斯抛弃在了那克索斯岛上。——译者注

寡妇，因为处女若知道男人爱他并不是为了娶她，便会失去热情，不愿委身于这个男人了。

“此外，处女通常都既很胆怯，也不够精明，找不出偷尝爱情欢乐的办法。但寡妇却无疑深谙此道，因为她未做寡妇时已经光明正大地将自己交给了一个等待她给予的男人，而无疑不肯将自己交给另一个将使她受到谴责的男人。所以，成了寡妇以后，她的胆量便会更大，因为我们已经说过，招致怀疑的最主要成分已不在她身上了。此外，她更懂得爱的种种隐秘方式，并会亲自实行。

“你说过：处女渴望去体验她从未体验过的东西，所以她的爱情比寡妇更热烈；而寡妇已经知道了爱的种种方式，所以她的爱情不会热烈。但是，处女急于尝试从未体验过的事情首先却不是为了快乐，因为对处女来说，这种事情的害处要多于快乐（尽管这种事情越是经常被见到、听到和感觉到，便越是引人入胜，人们也越是愿意去尝试）。这种事情的常理不同于其他许多事情：其他事情被体验过一两次以后，人们便不会再渴望它们了，但人们越是经常满怀热情地去做这种事情，便越是渴望再做一回。已经从中获得过快乐的人，会比从不知道它的滋味的人更渴望得到这种快乐。

“因此，寡妇在这种事情上付出的最少，给予的却会最好。她比处女更有自由，因为处女不得不付出她最珍贵的东西。同样，出于我们说过的理由，寡妇也比处女更容易被这种爱情所吸引。所以，年轻男子应当选择寡妇而不是处女。”

XI

第十问，由阿斯卡列昂提出

一美丽的贵族女子被众人所爱，但尤其为两名年轻骑士所爱。她遭到诬告，被判以火刑。但法官心存疑虑，给了她一条生路：倘若哪个骑士为了那女子的名誉，与第一个声言她有罪的人决斗并击败对手，她便可获释；但他若被击败，她便应被烧死。这两位情人开始决斗，其中一位为了那女子而有意败给了对手。这两位骑士当中，哪个更值得她爱？

轮到阿斯卡列昂提问了，他坐在费拉蒙特公爵身旁。于是他说：

最尊贵的女王啊，我记得，我们这个城里有一位年轻的贵族女子。她是寡妇，亡夫十分富有。她的美貌超群出众，很多年轻男子都爱慕她。这些男子当中有两位文雅而勇敢的骑士，都在尽力赢得她的爱。在这期间，这女子的亲族却在总督面前诬告她，还提出伪证，用不实之词使她被判了火刑。但是，那位良心未泯的法官却左右为难，因为他看出那些证据纯属捏造，便打算将这女子的性命交给众神和运气去裁决，所以在判词中附加了一个条件：宣布对这女子的火刑之后，任何一位骑士若为了这女子的名誉，与第一个声言她有罪的人决斗并击败对手，她便可获释；但他若被击败，她便应按照判决被烧死。

她那两位骑士恋人中的一个碰巧先得知了这个消息，立即披上盔甲，骑马来到了旷野上，去等待第一个到那里宣布说那女子应被处死的人，并与他决斗。

另一位骑士得知那个判决的时间比第一位骑士稍晚一些，又听说第一位骑士已为保护那女子去了旷野，便知道自己已失去了保护那女子的机会。他不知自己该怎么办，烦愁万端，认为他的疏忽已使他失去了那位女子的爱情，而另一位骑士已经名正言顺地得到了她的爱情。

他悲叹自己命运不济，却忽然想到：他若是带着武器比其他人更早到达决斗场地，说那女子应被处死，并且让自己在决斗中输给对手，便可使那女子逃脱一死了。于是，他便照此行事。

这样一来，那女子果然逃过了火刑，化险为夷。几天之后，第一位骑士去见那位女子，做了自我介绍，并使她回忆起他的行为：为了使她免遭一死，他自己一连数日都面对着死亡的危险，而多亏众神的护佑和他自己的力量，他已经使她和自己摆脱了如此艰难的处境。他说，按照他的功绩，他认为她应当愿意将爱情给予他，那是他一直最渴望得到的。

后来，第二位骑士也对那女子提出了同样的请求。他对女子说："为了你，我曾用生命去冒险；为了让你活下来，我自愿被对手打败，因而让自己的名声永远蒙受耻辱。而我本来可以凭我的力量打败你那位保护人，为自己赢得胜者的荣誉。"

那女子对两位骑士千恩万谢，并答应对两人的搭救给予应有的回报。两位骑士走后，她左思右想，愁肠百结，不知该将爱情给予哪位骑士，是给第一位还是第二位。因此，请你告诉我：你认为究竟其中哪位骑士应当得到那女子的爱情？

女王说道："我们认为，第一位骑士理应得到那女子的爱情，而第二位骑士则应当离去。这是因为：第一位骑士尽力表明了他坚定不移的爱情，他甘愿去冒未来的种种危险，因为他甚至可能在那场决斗中丧命。我们深知，那女子的敌人若与这位骑士决斗，双方的行为都是合法的。因此，这位骑士是在为了救那女子而拼死一搏。事实上，他并不知道哪个应战者会自愿输给他。而第二位骑士却明知自己不会死掉，也不会让那女子死掉。所以说，他搭救那女子时冒的危险最小，因此他获得的回报也应当最少。让第一位骑士获得那美丽女子的爱情吧，他理应得到它。"

阿斯卡列昂说："最聪明的女王啊，你在说什么？善举得到一次回报难道还不够么？难道还应当希冀更多的回报么？当然不是。第一位骑士已在决斗中取胜，人人都会赞美他，他已经得到了回报。除了荣誉（它是对美德的回报），难道他还需要更大奖赏么？他获得的荣誉已经大大超过了他的作为。而另一位骑士明知决斗中主动败北会名誉扫地，却仍去参加决斗，难道他就该毫无回报么？

"不仅如此，他在决斗中失败，人人都会嘲笑他，但他也像第一位骑士一样，帮助那女子逃脱了死亡，难道不是如此么？能预见决斗双方的实力，这难道不是智慧么？这位骑士运用了全部智慧使那女子平安脱险，难道不该承认他的功绩么？上帝不允许发生这样的事情。第二位骑士没有先得知那判决的消息，这并非由于他的疏忽大意。他若比第一位骑士更早得知那个判决，肯定也会像第一位骑士那样去做，而不会采取那种深思熟虑的最后补救方式。因此，第二位骑士才应当得到回报，而那女子若能正确地看待他的行为，便应给他爱情。可是，你的裁决却正好相反。"

女王答道："上帝可不会赞同你这个看法，因为你认为：不良动机得出的好结果，也应当与出于美德得到的好结果一样受到奖励。不良动机本该得到匡正，因此，任何得益于精明算计的功绩都不应被称作美德。我们虽然提不出明显的理由，却还是要说：第二位骑士见到第一位骑士先知道了判决，不免心生妒意，因此才想出了那个计谋，意在破坏第一位骑士的好运，而不是出于对那女子的爱情，只是未能如愿而已。谁会否认这一点呢？装扮成应战者，却极力使对手获得了报偿，这个人未免太愚蠢了。

"我们还能提出无数的理由，以让你明了：第一位骑士公开展示了他的友谊和爱情，而第二位骑士却先扮作敌人，然后又用花言巧语索取回报。但愿我们这番话已经足以回答你的问题。你的年纪最能使你做出贤明的思考。我们相信：一旦你仔细思索了这些事情，便绝不会认为我们的判断是错的，而会认为它是对的，因而应当听从。”说完，女王便沉默了下来。

XII

第十一问，由年轻女子格拉乔萨提出

对青年男子来说，看见恋人出现在眼前，或是不能见到她，而只能在心中思念她，两者哪个更使他感到快乐？

阿斯卡列昂身旁的女子名叫格拉乔萨，活泼而温柔（她的名字正与她的性情相符[①]）。她用谦恭柔和的声音说道："现在轮到我提问了。最出色的女王啊，眼看我们的闲谈已经接近尾声，而上午的饮宴很快就要重新开始。因此，我只打算简要地提个问题，而倘若可以，我本不想再提问。不过，为了遵守你定下的规矩，为了不破坏提问的次序，我还是要提个问题：对年轻男子来说，见到情人在眼前，与见不到情人，而只能在心中思念她，哪个更使他感到快乐？"

"娴雅的格拉乔萨啊，"女王说，"我们认为思念情人远比见到情人快乐，因为思念我们所爱的事物时，全部能感觉的精神都会感到愉悦无比，因而只需借助意念便能用快乐满足种种炽烈的愿望。可是，目睹可爱的事物时却并不如此，因为只有那些能看见的精神才会感到愉悦，而其他精神虽然也被这种愿望所唤醒，却无法持续下去，所以仍被抑制着。能看见的精神有时会激起极大的快乐，使人无力抗拒，不能自已，因此，其他精神便会异常微弱，乃至完全窒息。所以我们才认为，思念情人的快乐要超过见到情人的快乐。"

格拉乔萨答道："被爱的事物越是经常被见到，便越能使我们快乐。因此我认为目睹的快乐大于思念的快乐。因为美的事物无不最先愉悦视觉。唯有依靠不断的注视，快乐才会在心

① 格拉乔萨（Graciosa）这个名字来自 Grace，意为美惠、优雅。——译者注

中得到确证，由此才会萌生爱情，而这快乐则来自爱神。在任何情况下，美的事物若不能使视觉感到愉悦和满足，便不会激起如此强烈的爱。所以，人们见到恋人才会心满意足，而爱欲会更加强烈。因此，与恋人见面的快乐一定会超过独自思念的快乐。

“拉俄达弥亚[①]的故事便能向我们表明见面之乐大于思念之乐，因为我们应当记得：她虽然时刻都在思念她的普洛忒西拉俄斯，却仍旧不能摆脱悲哀之情。她拒绝梳妆打扮，不肯穿上华美的衣服。当见到丈夫时，她却并不如此。她在丈夫面前心情愉快，温柔可爱，并总是开朗快活，衣着整洁。要证明见面之乐大于思念之乐，还有比这更鲜明的证据么？这是因为，唯有通过外在的举动才能理解藏在心中的感情。”

女王回答说：“无论令人快乐的事物还是令人不快的事物，离我们越近，带给我们的愉快和烦恼便越多。谁会否认思想寓于心智，而心智并非来自眼睛呢？虽然眼睛依靠心智的特殊长处具备了视觉，但还是会以各种方式将其所见转变成栩栩如生的意念。

“因此，头脑中有了对所爱的美好思念，便犹如置身于由那思念引起的行动中，置身于所爱的事物里。所以，他的眼睛便如同见到了爱人，即使相距遥遥，也能一览无余。他会在思念中与爱人交谈，还会用哀怨的语调向她倾诉相思之苦。他能在思念中合法地拥抱恋人，而不必胆怯。他也能按照自己的心愿与恋人共享美妙无比的快乐。在思念中，他还能长久地保留

① 拉俄达弥亚（Laodamia）：古希腊神话中阿卡斯托斯（Acastus）的女儿，普洛忒西拉俄斯（Protesilaus）的妻子。她丈夫在特洛伊战争中阵亡后，众神答应她的哭求，让她丈夫复活三小时，此后她在丈夫怀中死去。——译者注

愉快之情，而在与她见面时却不能如此，因为视觉虽然能在最初唤起愉快之情，却不能使它持久。

“我们说过，爱情是逡巡胆怯的，见到恋人的确能使心脏战栗不已，它能使思绪和魂魄荡然无存。这是因为，很多男人若久久望着恋人，便会失去其种种天生的力量。不少人会失去行动能力，呆立不动；另一些人则会手足无措，甚至绊倒在地上；还有些人会语无伦次，甚至不能开口说话。我们知道，与恋人见面时还会有其他许多类似的表现，而若没有这些表现，他们本来会使恋人非常满意。与恋人见面的快乐何以会使人情愿逃离恋人呢？我们承认：若与恋人见面时毫无惧怕之情，见面便是一件极大的乐事。相反，见不到恋人时，人们不但几乎不会产生畏惧之情，而且会非常快乐。

“我们在思念中会顺从恋人的心愿，会做出更多使恋人快乐的事情，因为我们发现：思念恋人的确宛若置身仙境，仿佛品尝着永恒的安宁。思念之乐大于见面之乐。你说拉俄达弥亚因思念而忧愁，我们并不否认。不过，令她苦恼的却是悲伤而不是爱情。她的苦恼其实是她自己造成的，因为她始终在担心丈夫普洛忒西拉俄斯会不会战死，为此忧心忡忡。我们方才说的那些快乐思绪根本无法占据她的头脑。她的思虑使她显得满腹愁肠，心情沉重。”

XIII

第十二问，由隆伽诺提出

一女子品尝了爱情，爱着自己的恋人，但恋人不得不去流放，并且再无返回的希望；而命运从未允许另一女子与恋人品尝爱的欢乐，这两个女子中，哪个更不幸？

坐在菲罗科坡身边的年轻男子名叫隆伽诺，彬彬有礼，文雅高贵。他开口说：

卓越的女王啊，前面的问题实在是非常出色，使我担心自己的提问不能给各位带来什么快乐。不过，我可不愿使自己与在座的高贵伙伴们有所不同，所以还是要提个问题。且听我道来：

不几天前，我在自己的小楼中独处，爱的欲望使我被团团纷乱的思绪缠绕。这种欲望经过一场惨烈的激战，已经侵占了我的心房。忽然间，我听到了一声哀怨的叹息。那声音离我不远，我仔细谛听，方知它来自两位女子。我站起身来，想看看她们是何人、现在何处。我从小楼的窗子朝外望去，听见了另一座小楼的窗内传来的声音。楼中有两位女子独坐，容貌都美丽无匹。我听她们在叹息，便躲到了暗处，不使自己被她们看见，然后长久地观望她们。我虽然听不清她们流泪倾诉的全部话语，但从她们的叹息判断，我想她们谈论的似乎是爱情。我很同情她们，也庆幸自己有了如此良机（因为她们的处境与我很相似），不觉流下了眼泪。

后来，由于我对她们的悲苦感同身受（就像我很熟悉她们，就像我是她们的亲戚一般），我决定去弄清她们悲伤的起因，于是去见她们。她们刚一见到我，便羞怯地止住了眼泪，竭力镇定下来，向我致意。

我对她们说："两位小姐，不要让自己烦恼，也不要因我到来而强忍心中的悲伤，因为此刻你们的眼泪正好唤起了我的同感。我无须向你们掩饰，而你们也不必因羞涩而对我隐瞒叹息的起因，因为我就是来听你们诉说的。请放心，我绝不会说出任何伤害你们的话语，绝不会做出任何伤害你们的举动，而只想尽力帮助你们。"

两位女子多方解释，说自己的悲伤微不足道。不过，经我再三恳求，她们终于明白了我渴望了解她们何以如此悲伤。于是，其中那位年龄大些的便开口说：

"向你泄露我们的秘密，这是能使众神欣悦的事情。请听我细说：我们两人比其他任何女子都更顽强地抵御着丘比特[①]的锋利箭矢，因此，他很长时期都无法将任何一支箭射在我们的心上。可是，他后来更加恼火，决心定要完成他那孩子气的把戏，便挥起他稚嫩的胳臂，取出最好的、最珍贵的神箭，用强大的力量将它们射在了我们伤痕累累的心上。我们的心经受了以前的各种打击，早已疼痛难忍，虚弱不堪，而我们从前的抵抗反而使这次的箭伤更加深重了。这样一来，为了两位最高贵的年轻男子的快乐，我们便成了这位爱神的子民，比其他任何女子都更忠实、更狂热地听从他的吩咐。

"可是，我马上便要告诉你：我们虽然有幸得到这两位青年的爱情，却全都不得安宁。首先是我，我在妹妹之前爱上了其中的一位青年，并竭力去满足爱的欲望。我得到了那青年的爱，发现他也像我爱他那样深深地爱着我。说实话，经过如此努力而获得的爱情，其火焰不但没有熄灭，现在反而烧得更旺；爱欲非但没有减弱，现在反而更加热

---

① 丘比特（Cupid）：古罗马神话中的爱神，携弓箭在空中飞翔，中了他的金箭者会得到爱情，而中了他的铅箭者则会失去爱情。——译者注

烈了。现在，我正被他的爱火燃烧，那火焰比以往任何时候都猛烈。我压抑了胸中燃烧的爱火，将它秘密地保留在心中。在月亮由两角弯弯变成一轮玉盘的时候，他无意中犯下了一个过失，被判处终身流放，永远离开本城。因此，他便带着对死亡的恐惧，从此离开了本城，再无返回的希望。我现在比任何女子都痛苦，心中的爱火比以往任何时候都要炽烈。失去了爱人，我感到悲伤绝望。在所有让我悲伤的事情中，最使我苦不堪言的，是知道自己无论想什么办法都不能随着爱人而去。现在你知道我是否有理由悲叹了。”

我又问道：“使这位小姐悲伤的，又是谁呢？”

这女子回答说：“这是我妹妹。像我一样，她爱上了另一位青年。那青年爱她也胜过了一切。为了不使自己错过爱的欢乐，她曾多次打算努力满足自己的爱欲，却每每事与愿违，自尊总是与她作对，总是挡住她的去路。由于无法如愿以偿，更不知如何才能实现心愿，她忧伤不已，热烈的爱情使她身心憔悴。你若陷入爱情，必会知道个中滋味。我们二人在这里思索各自厄运的来由，知道我们的不幸超过了其他所有女子，因而禁不住哭泣流泪，悲叹我们命乖运舛，这你已经看得一清二楚了。”

听了她们的遭遇，我也感到悲伤不已。我用最恰当的话语安慰了她们，然后告辞了。此后我多次想到她们的悲苦，有时还问自己：她们当中谁更痛苦？有时我认为姐姐的痛苦大于妹妹，而有时我又认为妹妹的痛苦超过了姐姐。在我看来，她们都有理由感到痛苦，但我说不出她们谁更有理由痛苦，所以至今仍旧无法做出决断。我想请你为我澄清这个问题，告诉我这两位陷入爱情的不幸女子中谁更悲伤。

女王答道："她们的确都非常悲伤。不过，对那位品尝过幸福的女子来说，不幸会使她更加痛苦。我们认为，那位失去了爱人的女子更悲伤，她的命运也更悲惨。法布里希乌斯[①]从不悲叹命运的沉浮，而庞培[②]却相反，这是显而易见的。未尝过甜美的东西，便不知酸为何味。美狄亚[③]自己说过，她与伊阿宋相爱时，从来不知幸福是何滋味，因为她早已预见到伊阿宋将抛弃她，所以悲痛欲绝。谁会为不曾拥有的东西悲叹呢？任何人都不会如此，而只会渴望得到那些尚未拥有的东西。所以我们才认为：这两位女子当中，姐姐的哭泣乃出于悲伤，而妹妹哭泣则是绝望使然。"

"高贵的夫人，我的看法很难与你一致，"年轻的隆伽诺说，"得到过自己渴望的东西的人，理应比从未得到的人更满足。何况，失去本来有希望得到、却并未得到的东西，这也是再轻不过的损失。没有足够的意志去获得希望得到的东西，这也应是无可估量的悲哀。悲叹由此而生，忧虑和烦恼也由此而来，因为倘若意志不足，欲望便会乏力。不过，对恋人们来说，求之不得的东西若近在眼前，便会比远离他们时使他们更欲火难忍，更伤心惋惜。请告诉我：折磨坦塔罗斯[④]的究竟是什么？

① 法布里希乌斯（Fabritius，又作 Faburicius，？—公元前 270）：古罗马执政官，以廉洁诚实著称。——译者注

② 庞培（Gnaeus Magnus Pompeius，公元前 106—前 48）：古罗马军事家、政治家，公元前 60 年成为罗马三巨头之一；公元前 48 年被恺撒（Caesar）打败，在逃亡埃及途中被杀。——译者注

③ 美狄亚（Medea）：古希腊神话中的科尔喀斯公主，精通魔法，爱上了忒萨利亚王子伊阿宋（Jason），帮助他获得了金羊毛。她与伊阿宋结婚后，伊阿宋弃她另娶；美狄亚设计烧死了新娘，杀死了与伊阿宋生的三个儿子，使伊阿宋自刎而死。——译者注

④ 坦塔罗斯（Tantalus）：古希腊神话中的吕狄亚国王，宙斯之子，因将儿子剁碎给神吃，宙斯罚他永世站在水中，使他口渴时喝不到头下的水，饥饿时吃不到头上的果子。——译者注

在地狱中，折磨他的唯有那些果子和水，因为那果子下垂、那水上涨得离他的嘴越近，便越使他感到饥渴（因为坦塔罗斯虽然看见了它们，却得不到它们）。我的确相信：希望得到本来可能得到的东西，却因受到阻碍而无法得到它们，此人的悲伤一定会超过为得而复失、又无法挽回的东西而嗟叹的人。”

女王说道："对于已经过去的悲哀，你的回答可能十分正确。但我们还可以这样来回答：忘掉悲哀，便可减少对所渴望事物的欲望，因为障碍重重，无时不在，所以才无法得到那些东西。这便如同失去了那些东西一样，而我们不该希冀重新获得已经失去的东西。

“不过，我们却能提出理由，来说明你见到的那两位女子谁更悲伤。根据你的述说，我们要做出这样的判断：那位失去了恋人、再也不能与他相见的女子（尽管我们应当说：爱得深，永不忘，但人们还是很容易失去不可复得的东西），其悲伤要大于另一女子，因为我们若仔细思索，另一女子日后尚有可能完成自己未能做到的事情。这是因为，希望能够大大减轻悲伤。珀涅罗珀[①]的故事告诉我们：在那漫长的时光中，使她保持了贞节、减轻了心中愁苦的，正是希望的力量。”

① 珀涅罗珀（Penelope）：古希腊神话中英雄奥德修斯之妻。丈夫远征特洛伊十几年间，她拒绝了无数求婚者，终于等到丈夫归来。——译者注

XIV

第十三问，由玛萨莱妮提出

在她讲的故事中谁更伟大？是高尚的情人，还是幸运的丈夫？后者重新获得了失去的妻子(他原以为她已死去)，但她却被情人从坟墓中救活。那情人并未冒犯那女子，而将她还给了她丈夫。

玛萨莱妮坐在隆伽诺旁边，是坐在圈中的最后一人，因为她右边便是那位女王了。她说道：

现在轮到我最后一个提问了。因此，我想先讲一个令人愉快的故事，再提出些更有趣的问题。我给各位讲的这个故事不但值得一听，并且其中包含的那个问题也很适于作为结尾。

我听说，本城有一位非常富有的绅士，他妻子是位美貌超群的年轻女子。他爱妻子超过了爱世上的其他一切。本城的一位骑士也全心全意地爱着这位女子，但这女子却根本不爱他，也不喜欢他，所以那骑士从未听到过她的好评，也从未见到过她的好脸色。

那骑士为了这份爱情而饱受煎熬，终日不宁。他被派去管辖离本城不远的一个城市。到了那个城市之后，他不辱使命，在任期内将那城市治理得很好。在那期间，一天忽然来了一个信差。据说，那信差对他说：

“先生，我不得不让你知道：我城那位你全心爱着的女子，今天早晨因分娩时难产死去了。我亲眼看见她父母隆重地埋葬了她。”

那骑士听到这个消息，万分悲恸，脸上的表情始终未改，一直坚强地等到信差将话说完，才对自己说：“哦，万恶的死神，我诅咒你的力量！你夺走了她，她是我最爱的人，是我最愿为之效劳的人，尽管我知道她比世上任何人对我都残忍。但现在这一切都已成了过去，因此，在她死后，爱神便不能拒绝给我她生前不肯给我的那份爱了。现在只要能亲吻她的脸庞（她活着的时候我是那样爱那张脸），即使去死我也毫不犹豫。”

怀着这样的决心，他一直等到了夜间，才带着一名最信任的仆人，在可怖的黑夜中赶路，终于回到了那女子所在的城里。一到那里，他径直来到了那女子的陵前。

他先要仆人不必害怕，然后打开墓门，走了进去。他悲痛万分，叹息着亲吻了那女子，又将她抱在怀中。他并不满足仅仅如此，便开始抚摸她的身体，将一只手放在了她冰冷的乳房上。接着，他更大胆地将手伸到她华美衣服下面，胆怯地四处抚摸，却忽然感到那身体轻微地动了一下，仿佛是脉搏在微微跳动。

他非常害怕，但爱情使他的胆子大了起来。他更仔细地观察以后，终于知道那女子并没有死。他喜出望外，先将她抱出了陵墓，然后用一件大斗篷裹在她身上（陵墓的门还开着）。他和仆人将那女子秘密地送到了他母亲家里。他要母亲在神的面前发誓，绝不将那女子的此番经历泄露给任何人。

他吩咐点起旺火，使那女子冰冷的肢体复苏，让活力重新回到她的全身。像处于这种情况下的聪明人一样，他又吩咐仆人备好一间完备的暖房，里面撒满各种药草，然后将那女子放在暖房里，并悉心照料她。那女子进了暖房后，房里的热气便使凝结在她心脏里的血液流动起来，传遍了她冰冷的血管，她原先半死的精神也各归其位了。

那女子刚一恢复知觉，便唤来了骑士的母亲，问自己身在何处。不等母亲回答，骑士便回答说，她在一个十分安全的地方，请她放心。那女子又昏迷了过去，骑士便请来一个名叫路西娜的女子帮忙。在众神的保佑下，那女子经过千般磨难，竟出人意料地生下了一个漂亮的儿子。骑士如释重负，为新出生的孩子而高兴，吩咐几名看护去照料那女子和她的婴儿。

那女子经历了这番苦痛之后，终于恢复了神智。她最先见到的是她新生的儿子，而不是那位深爱着她的骑士。他也爱自己的母亲，恳求母亲照料这位女子。这女子也没有见到父母和任何亲戚来看望她。因此，她非常惊诧，便开口问道：“我在哪里？到底发生了什么奇迹？是谁将我带到了这个我从未到过的地方？”

骑士回答她说：“夫人，且莫惊奇。请放心，你见到的一切都使众神欣悦。我会将经过告诉给你。”于是，他将她的经历从头至尾地讲了一遍，并说是他救活了她和她的儿子，所以他们都应当随时听从他的吩咐。

那女子知道骑士的话是真的，也深知自己完全是通过骑士所说的方式才落入他手中的。她首先虔诚地感激不朽的众神，又对骑士千恩万谢，并答应向骑士奉献自己，随时满足他的快乐，为他服务。

骑士说道：“夫人，你已经知道了我爱你，所以，你若想报答我，就安心在这里住下来吧。我要回去继续履行我的公务。我离开办公地的时间已经太久，而我的任期也快要届满了。此外，你还应当向我诚心保证：没有我的许可，绝不让你丈夫或其他任何人知道你还活着。”

那女子回答说，她无法拒绝骑士的任何要求，并保证安心地住下来。她还发誓说，不经过骑士的许可，绝不让任何人知道她还活着。

骑士见那女子已经脱险，也恢复了体力，便又照料了她两天，然后将她和她的儿子托付给了自己的母亲，就回去继续上任了。不久之后，他光荣卸任，回到了自己的家。那女子温柔亲切地迎接了他。

回家几天以后，骑士举办了一次盛大的宴会，邀请那女子的丈夫、兄弟以及许多朋友参加。他的许多朋友也出席了那个宴会。来宾落座后，那女子便按照骑士的要求出现在了众多宾客面前。她的服装、头冠、戒指和其他珠宝首饰都与她下葬时一模一样。他按照骑士的吩咐，坐在了餐桌旁边，一边是她丈夫，另一边是那位骑士。那天上午，她始终一言未发。

这女子的丈夫不时地注视她和她的衣饰。在他看来，这女子就是自己的妻子，何况她身上的衣服首饰也与下葬时毫无二致。但他又想，他已经将妻子送入了陵墓，所以不相信她会死而复生，便不敢对她说话，以免错认一个酷似他妻子的女人。他想，发现一个衣着首饰很像亡妻的女子，这比相信死人复活要容易得多。

尽管如此，他还是多次向骑士打听那女子是谁。骑士回答说："你去问她吧，因为我不知道。我是从一个那样令人不快的地方将她救出来的。"

于是，这位丈夫便去问妻子她究竟是谁。那女子答道："我也不知道自己是如何被这位骑士救活的，人人都渴望美好的生命。"

听了这番话，那位丈夫虽然惊异万分，但仍旧不敢继续追问，如此一直到了宴会结束。骑士领着那女子的丈夫、那女子以及其他宾客走进了一间屋子。众人看见里面有个保姆抱着一个漂亮的男婴。骑士将孩子放到他父亲手中，说："这是你的儿子。"他又将右手伸向那女子，对她丈夫说："这是你的妻子，是这个孩子的母亲。"然后，骑士向那位丈夫和众人讲述了事情的全部经过。

人们惊诧不已，都非常高兴，尤其是那位丈夫以及那位带着孩子与丈夫团聚的妻子。夫妻二人谢过了骑士，高高兴兴地回了家。他们一连数日都快乐极了。

这位骑士对那女子温柔体贴，又以礼相待，将她看做了自己的姐妹。我要问的是什么更伟大：是这位骑士的高尚，还是那位重新获得妻子的丈夫（他原以为她死了）的欢乐？请说说你的看法和理由吧。

女王回答说："我们认为，最快乐的是那个重新回到丈夫身边的妻子和她的孩子。同样，那位守礼的骑士也非常高尚、非常伟大。然而，为失而复得而感到高兴乃是人之天性（这不可能不使人高兴），尤其是重新获得曾经爱过的妻子，又得到了一个孩子，这样的欢乐不是能轻易得到的。但我们认为：与遵照真正的美德行事（这可以被看做高尚）相比，这样的欢乐便不算什么了，因为那欢乐既可能是高尚的，也可能并不高尚。所以我们才说：一个男人不去冒犯他如此渴慕的女人，这就是为了遵守礼法而做出了最伟大、最高尚的事情；他心中的高尚比那位丈夫的快乐伟大得多。我们的判断就是如此。"

"不错，"玛萨莱妮说，"声名赫赫的女王啊，我相信你这番话。但我认为：那位重新得到了妻子和孩子的丈夫的欢乐更大，因为他的欢乐会与他的另一种感情（即他失去妻子的悲痛）一样大，因为最大的悲痛莫过于因所爱死亡而永失所爱。此外，那位骑士若像我们说过的那样以礼行事，那也只是尽了他的本分，因为我们的行为都理当符合美德。他的做法是出于责任的约束，所以只能说他的行为正派，但它们算不上高尚。所以，我认为那位丈夫的欢乐更大，而那位骑士的行为却算不上伟大。"

"你的话有些自相矛盾，"女王说道，"因为神的仁慈也应当通过美德的作用而使人感到欢乐。倘若神的仁慈能压倒那位丈夫的悲哀，能战胜那位骑士的私欲，它便符合你的判断。按照无法逃避的天性法则行事，这算不得壮举；但服从绝对的法律却是头脑的一种美德。无论是为了追求高尚还是追求其他，我们都应当选择头脑的美德而不是肉体的欢娱。倘若符合美德的行为（它们自会得到应有的报答）的确战胜了其他的作用，我们便可以说高尚会更加持久。而欢乐却可能突然变成悲哀。一旦失去了造成欢乐的事物，欢乐很快便会减少或消失。因此我们认为：那位骑士的高尚理当比那位丈夫的快乐更伟大。”

XV

结　论

玛萨莱妮说完后便无人再提问了，因为每个人都已经提过了问题。此刻太阳正在西沉，空气也凉爽起来。菲娅美达置身于这群爱慕她的人中，见此情景，便起身说道：

“先生们，女士们，感谢众神，各位都已经提出了问题，我们也根据自己的浅陋知识一一做了回答。我们意在进行令人愉快的评理，而不求每个答案都让人人满意。不错，我们也知道：同一个问题可能还有更多不同的答案，而那些答案完全可能比我们的回答好得多。不过，我们所说的一切已经足以让各位消磨时光了。至于剩下的问题，还是留给雅典的哲人们去探讨吧。我们此刻已经看不到福玻斯的正脸了，并已感觉到了空气的凉爽，所以知道：我们的同伴马上便要再度开始那场因过分暑热而中断的饮宴了。因此，我们还是回到他们那边去吧。”

说罢，她用纤手从头顶上取下那顶桂冠，放在了她坐的地方，说道：“我将这顶代表我和各位荣誉的王冠留在这里，待我们为了类似的原因再来时使用。”

菲娅美达说完，便拉起了菲罗科坡的手。其他人也都站起身来。众人一同回到宴席上去。

此时，四处又响起了各种乐器的声音，空中回荡着迷人的音乐，花园里的人都在欢宴。人们愉快地度过了一整天。夜幕降临，星光闪烁，菲娅美达和众人该返回城里去了。进城后，菲罗科坡便向人们告别。他对菲娅美达说：

“最高贵的菲娅美达啊，倘若众神允许我属于我自己（因为现在我并不属于自己），我的心无疑会属于你。可是，因为我还不属于我自己，我实在无法将自己的心交给另一个人。尽管如此，我这颗受苦的心中还是能容纳奇特的火焰，因为你无与伦比的高贵已经将它点燃。它将一直燃烧下去，使我充满渴望，使我永不忘怀你在我心中的高贵地位。”

与菲罗科坡分手时，菲娅美达向他表示感谢，还对他说：一旦他因满足了心愿而心情宁静，便一定会使众神感到欣悦。

爱的摧残

译　序

《爱的摧残》又名《菲洛斯特拉托》(*Filostrato*)，是薄伽丘用意大利佛罗伦萨方言写的长篇叙事诗，完成于1340年秋冬之际。据作者的解释，“Filostrato”意为“被爱情击倒的人”。长诗内容取材于古希腊神话中特洛伊罗斯与克瑞西达的故事：特洛伊战争中，特洛伊王子特洛伊罗斯（Troilus）爱上了祭司卡尔卡斯的女儿克瑞西达（Cressida），两人秘密幽会，并发誓忠实于爱情。为交换被俘的特洛伊将领，克瑞西达被迫回到投奔了希腊人的父亲卡尔卡斯身边。她很快爱上了希腊贵族青年狄俄墨得斯。特洛伊罗斯得知后万分悲伤，绝望地上阵作战，被阿喀琉斯杀死，特洛伊城也很快陷落了。

作者热情歌颂了真挚的爱情，为它在现实中的碰壁扼腕痛惜，同时也揭露了自私与贪婪：“但愿那班可鄙的守财奴将此事细想分明。无论是谁坠入了爱河，他们都要大加斥责。他们自称：赚钱发财比恋爱更加快乐。他们爱财如命，愿他们仔细权衡：金钱虽能使他们开心惬意，但那快乐是否可与爱神赐予他们的片刻欢乐相比？……他们往往嘲笑揶揄，将恋爱称作令人痛心的蠢举，却看不到他们自己及其钱财皆会一瞬即逝。终其一生，他们都不懂得何为快乐开心。愿众神让这些人悲哀缠身，而将他们的钱财赐予恋人们。”（第三部）此外，长诗又一唱三叹，反复泣诉失去爱情的苦痛与绝望，如意大利传统民歌，充满忧郁的哀怨与无奈的喟叹，且格调清新，具有中古骑士恋歌的浪漫风格。相反，无论是卡尔卡斯对特洛伊人的背叛，还是克瑞西达对爱情的背叛，则都遭到了薄伽丘的强烈诅咒和无情鞭挞。

值得一提的是，这部作品与《爱情十三问》完成于同一年，也真实地反映了青年薄伽丘对恋人菲娅美达的爱情。他将此诗献给了菲娅美达，因为唯有菲娅美达才是它的成因。看来，薄伽丘将这个古老的爱情故事演绎成长篇诗体传奇，并非对这段故事情有独钟，而是要借古人之口，消解自己心中爱情的块垒，正如他在“序言”里对菲娅美达所说：“当你展读此书时，若读到克瑞西达离去后特洛伊罗斯如何在啜泣悲伤，那么，你便能够清晰地知道并了解我的哭泣、热泪、叹息与忧伤。你若读到关于克瑞西达的美丽容貌、优雅举止与其他值得赞颂的品质的描写，也应知道它们写的正是你。”此外，在全篇当中，薄伽丘还数次离开叙事主线，对一位“夫人”倾诉爱恋与相思，而她无疑也是菲娅美达。可见，全诗两个主要人物都被赋予了薄伽丘时代青年男女的真实感情，尤其反映了作者本人的心灵体验。

特洛伊罗斯与克瑞西达的传说最早见于12世纪，1287年被意大利人圭多（Guido delle Collone）收入了他的《特洛伊故事集》(*Historia Trojana*)。薄伽丘《爱的摧残》即取材于该书，并增加了克瑞西达的表兄潘达洛斯这个人物。作品的成就，标志着薄伽丘的创作开始反映现实的社会心理，在艺术上走向了成熟。同时，《爱的摧残》也为后世（直到现代）不少艺术家提供了再创作的依据。

1385年，英国文艺复兴早期文学名家乔叟（Geoffrey

Chaucer，约 1343—1400）写出了长达 8239 行的叙事诗《特洛伊罗斯与克瑞西达》（*Troilus and Criseyde*）。这部作品的情节与《爱的摧残》大致相同，只是在内容上做了更多的生发和渲染，有不少段落近于对后者的逐句翻译，乔叟也暗示说这部作品“系译自拉丁文原作”（第二部第 14 行）。所不同的是，他笔下的潘达洛斯已从克瑞西达的表兄变成了她的叔父，从一个与特洛伊罗斯同样多愁善感的青年，变成了一个精明开朗、滑稽诙谐的世故儿。或许，这是因为乔叟认为薄伽丘笔下这位潘达洛斯尚不足以担当撮合勇士与美人的使命。此外，在长诗开篇之始，乔叟也没有像薄伽丘那样向心中的恋人吁求诗意的灵感，而是向希腊神话中的复仇女神提西福涅（Tisiphone）发出了恳祈，求她们助他“写出这些哀痛的诗行，它们如泪水自我笔端流淌”。此时的乔叟已经去过文艺复兴发祥地意大利（1372 年和 1378 年），亲身感受了那里的新兴资产阶级文化，更渴望自己国家的市民阶级进一步觉醒。因此，他的长诗更热情地表达了这种渴望。

两百多年后的 1602 年，英国戏剧大师莎士比亚在创作著名悲剧《哈姆莱特》的前后，也写出了悲喜剧《特洛伊罗斯与克瑞西达》，并沿用了乔叟对潘达洛斯的处理方式。剧本更鲜明地谴责了对爱情的背叛，揭露了战争的无谓，其中流露的悲剧气氛是作者这一时期抑郁心理的折光。现实政治的黑暗，使他此时对希腊黄金时代的理想似乎很不以为然。可以说，在莎翁的这部剧作中，特洛伊罗斯与克瑞西达的爱情已不再占据主导地位，而古希腊人的荣誉观、战争观和爱情观已成了他怀疑和嘲讽的对象，因为他已看到：爱情至上的人文主义理想远离了英国的社会现实。在莎翁的全部剧作中，这一部的长度（3496 行）位居第三，又被称为一部讽刺悲剧。

1679 年，英国著名诗人、戏剧家德莱顿（John Dryden，1631—1700）用诗歌《特洛伊罗斯与克瑞西达》道出了爱的奥义：

生命能否是福，
是否值得拥有？
失了爱情，生命能否是福？
哦不！爱神使人彻夜不眠，
整日用忧愁将我们磨难，
但他甜了，甜了我们的苦，
至少回报一个钟点的甜。

每当有了爱情，
有了销魂的爱，
每当有了这苦所结的果，
恋人们便忘了漫长的苦，
无论苦是什么，均有所得，
只要有望重新获得幸福，
悲叹与憔悴也全是快乐。

从 1948 年开始，英国作曲家沃尔顿（Sir William Walton，1902—1983）用六年时间创作了三幕歌剧《特洛伊罗斯与克瑞西达》。剧本由克里斯托弗·哈萨尔（Christopher Hassall）创作，在情节上做了较大的变动，如将克瑞西达约定等待的十天改为十个星期；在父亲的诡计胁迫与狄俄墨得斯的引诱下，克瑞西达答应嫁给狄俄墨得斯；特洛伊罗斯与狄俄墨得斯决斗时被卡尔卡斯从背后杀死；希腊人将卡尔卡斯逐回特洛伊，扣留克瑞西达；克瑞西达自杀，等等。

以上几例，已经充分说明了《爱的摧残》对西方文学艺术的深远影响。

《爱的摧残》是薄伽丘早期的重要诗作之一。在这部作品里，“他第一次塑造了两个具有古代姓名、现代心灵的人物”，“我们听到了真正的薄伽丘——《十日谈》未来创作者的声音”[①]。更重要的是：将勇士与美女、战争与爱情、生命与死亡紧密地交织起来，倾情讴歌忠诚与挚爱，罄力声讨背信与变节，感情饱满，情绪跌宕，色彩纷呈，正是这些特点使这部长诗成了不朽的经典之作。

肖 聿

2002年9月

---

① Henry & Dana Lee Thomas：*Living Biographies of Famous Novelists*， Doubleday & Company. INC，1959.

作者序言

本书名为《爱的摧残》(*Filostrato*)，其理由乃是此名完全切合本书要旨。Filostrato 意为“被爱情击倒的人”，特洛伊罗斯正是如此，本书讲述了他的爱情故事。他被爱神击败了，因为他先是热烈地爱上了克瑞西达，后又因她的离去而无比忧伤，乃至除了死亡他几乎别无所求。

最高贵的夫人[①]啊，从童年至今，我几乎一直是爱神的忠仆，并曾多次不知不觉地来到爱神的宫廷里，置身于高贵男士与美丽淑女当中。他们也像我一样到了那里。我听见他们在提出并讨论一个问题：一个年轻男人炽烈地爱着一位使他倾心的女子，但命运女神并未给他任何照拂，而只允许他或能见到那女子，或能与她说上几句话，或只能在心中甜蜜地思恋她。这三种事情当中，究竟哪个最使他快乐？恋人们并非都有这三种机会：这个人会有其中一种机会，而那个人则会有另外一种。不少满腔热忱、见解敏锐之士都曾为它们辩护。我的爱情来自炽烈的激情，而非来自好运的垂青，因此，它显得与这个问题尤其有关。记得我曾惑于徒有其表，屡屡跻身辩论者之列，口若悬河，滔滔不绝地为一种见解辩护，它

① 此指薄伽丘的恋人菲娅美达（Fiammetta），即西西里王的私生女玛利亚。——译者注

认为：时时思念自己所爱，其快乐要比另外两种情况带来的大得多。我提出了许多理由来证明这个见解，认为能随心所欲地思念所爱之人，并想象她的亲切与眷顾（即使这想象只能在你思念中持续也好），乃是恋人的莫大幸福，因为你与她见面或与她交谈时，肯定不会出现这样的情况[①]。啊，这想法是多么愚蠢！这见解是多么荒谬！这论据是多么无用！它们离真理又何等遥远啊！现在，这番苦涩的经验已向我证明：我那时是那样地可悲。失意者最甜蜜的希望，被爱神之箭刺穿的心脏的唯一安慰啊，我不再羞于向你倾诉了。我要告诉你：当时是什么力量进入了我糊涂懵懂的头脑，使我看不清真理，竟使我全力为它声辩。倘若不向你，我又能向谁倾诉这一切？谁能减轻我因坚持那些谬见而受到的惩罚呢？那惩罚究竟是来自爱神还是来自命运女神，我说不清。

最美丽的夫人啊，你在一年中最迷人的季节，离开拿波里这座令人愉快的城市，去了桑尼诺之后，便从我目光里消失了。现在我要对你坦言：我最渴望见到的，便是你天使般的目光。当还能见到你时，我本该懂得这个，但我却没有；而现在恰恰相反，一见不到你，我反而立即领悟了这一点。这使我心中无比悲哀，使我清清楚楚地知道了你亲切而美丽的目光曾带给我多么巨大的幸福，尽管我当时对此还几乎一无所知。

此刻，这个真理显得越发昭然，因此我既不会心有踌躇，不肯对你表白心迹，也不想保持沉默、对此只字不提。在你离开之后，我要对你诉说我的经历，讲述我犯下的那个大错，尽管我在另一处讲的比在这里讲的篇幅更长。

所以，我要祈求上帝，让我能尽快见到你的美丽面容，

---

① 薄伽丘在他的《爱情十三问》（1340 年作）的第 12 章中即主张这个观点。——译者注

让你的目光驱散我眼中的愁翳。自从我得知你已离开，而我又没有任何正当理由到你去的地方看你，我的双眼（正是通过它们，你爱情的柔光才进入了我的心田）便多次用泪水浸泡我的脸，用大量无比苦涩的泪水填满了我愁苦的心。说实话：我的眼泪不但令人惊奇地浸透了我的脸与心，而且会唤起怜悯，不单是你的怜悯（我想你天性善良，肯定会对我心生怜悯），还可以唤起我的敌人、铁石心肠的仇人的恻隐之心。每次想到再不能看到你美丽的身影，我的双眼便会充满悲情。不仅如此，它们见到的事情若使我想到更大的痛苦，它们也会这样。

唉，为了不使它们如此痛苦，我的眼睛曾多少次主动将目光从教堂、凉亭、回廊与其他地方移开啊！以前，它们曾在那些地方热切地搜寻你的身影，并且有时确实见到了你。曾有过多少次，它们用悲伤迫使我在心中重复着耶利米的诗句："这城邑以前满是人众，为万国之主母，而今却孤坐独处！"[①]我并不是说一切都会使我的双眼感到如此悲伤，但我敢说：它们唯有朝一个方向观望才会如此伤怀，那便是当它们巡览那些国度、群山与那一片天空的时候，因为我相信你正在那些地方，正在那片天空下面。

自那时起，每一缕吹到我脸上的轻柔微风，便无一不似已接触过你的脸庞。但即使如此，这也只能使我有片刻的释怀。

① 见《旧约·耶利米哀歌》。原文为："怎么！这个人烟稠密的京都，却孤坐独处！从前是万民的主母，现在好像成了寡妇。"（天主教旧、新约合订本《圣经》1992年版，第1299页）又作："先前满有人民的城，现在何竟独坐！先前在列国中为大的，现在竟如寡妇！"（基督教《新旧约全书》1994年"神版"第749页）——译者注

可是，在那些因你而显得圣洁的事物[1]上，我们有时却能看到闪烁跳动的火焰，这样的美妙在我饱受折磨的心上盘旋，并突然使我更觉悲伤，因为我马上会想到我已无法与你相见，因而我的渴念燃烧得更旺，无以复加。

昔日，我胸中燃烧的爱火常会使我为爱情与美好希望而发出阵阵叹息，对此我又能说些什么呢？我只能说：一次次最大的忧伤将我的叹息放大了，每过一个钟点，它们便会增强一千倍，而这强力使它们冲出了我的口唇。除此之外，我实在无话可说。昔日我不时脱口而出的话语也是如此。如今，不知你宁静的脸使我感到了何种奇特的欢乐，竟使我唱出了爱情之歌，使我滔滔不绝地说出洋溢着爱情的话语，使各处的人们都听见我呼唤你美好的名字，听见我祈求爱神的垂恤，听见我恳求死神结束我的哀伤，使我近旁的每一个人都听见了我最强烈的悲叹。

因此，在这样的生活里，我虽然住在远离你的地方，却更深地领悟到了你的双眸曾给了我多么巨大的恩惠与欢乐，尽管我过去对此几乎不懂。

眼泪与叹息赋予我足够的时间来赞美你的价值。现在，你潇洒娴雅的举止、女性的高贵气质与美丽无比的姿容，无疑都超过了其他一切女子，我心中无时无刻不在冥思这一切。因此我不否认：经过这些话语与沉思之后，我的心的确体验到了某种快乐。尽管如此，这快乐中依然混合着一种十分狂热的欲望，它猛烈地燃烧着，压倒了其他所有愿望，而凝聚成了想见到你的强烈渴望。我几乎不能控制这个渴望。尽管我理应恪守种种本分、理应考虑种种合理的顾忌，但仍然禁不住想去你居住的

---

① 指上文所说的（菲娅美达到过的）“教堂、凉亭、回廊与其他地方”。——译者注

那个地方。然而，我更渴望保护你的名誉而不是随心所欲，因此，我克制了去看你的冲动。我别无出路，不知此外还有什么办法能见到你。你虽然离我很近，我却囿于上述原因而不能去见你。因此，我只能再次抛洒一度收敛起来的热泪了。唉，命运女神对我的快乐是多么残忍、多么不满啊！她始终是我严苛的女主人，始终在匡正我的过失！现在，我已知道自己是何等不幸，并已深深领悟了一点：与我思念中那些不实的夸张相比，你我对视时，你双眸的真实光辉赐给了我更多的幸福、更多的快乐与更多的柔情。

如此，我心中灿烂的光辉啊，命运女神已使我不能见到你那唤起爱情的目光，从而驱散了那团谬误的迷雾，而我以前曾在它下面苦斗挣扎。可是，荡涤我的无知，却实在不必使用如此苦涩的药剂；仅用一种更温和的惩罚即可使我重归正轨了。在这种情况下，我又能用什么力量去抵挡命运女神的力量呢！无论我提出什么理由，它们都不能抵御命运女神。由于你离开了我，我只好想出了上面提到的那个办法，但最使我苦恼的是：这件我最初尚不知该不该做的事情，经过我的一番质疑，最终还是被我否定了。不过，现在我必须得出一个结果，而我到目前为止的写作也正是为了达到这个目的。我要说，看到你的离去使我陷入了如此巨大而剧烈的苦难，最初我决定将痛苦留在我悲伤的心中，否则，这痛苦一旦泄露，便可能引来更大的痛苦。强忍痛苦使我濒于绝望的死亡，而倘若死亡来临，我一定会无比珍视它。但我后来又有了一个新的想法，不知是否受到了那个暗中希望的驱使，我认为我注定将有一天能再次见到你，我的眼睛注定将有一天能看到那个使它们无比幸福的对象。因此，我不但惧怕死亡，而且渴望长命，无论生活得多么痛苦，只要还未见到你，我便要一直活下去。我很清楚，若如我所说，我真的将聚集起来的悲伤隐藏在了心底，它便不会上千次地突然涌起、冲出我的心扉、突破一切限制，也不会时时战胜我那业已十分微弱的力量了（而那无疑会使我死去，因而再不能与你相见）。但是，我却听从了更有利的劝谕，改变了主意，决定写出一曲凄美的哀歌，以排遣我心中的悲伤。这样，我便能活下去并再次见到你，便可能与你一同度过更长的余生。这个想法连同实现它的方式，一同出现在我的头脑中。结果，我仿佛得到了一位神祇于冥冥中赐予的灵感，想出了预见美好未来的最佳方法，那便是：借某个如我一样的饱尝爱情煎熬者之口，用诗歌来讲述我的痛苦哀愁。于是，我开始仔细思考古代的那些故事，以找出一个在各方面都与我相似的人物，让他作为面具，掩饰藏在我心中的爱的悲伤。

在我想到的人物当中，最符合我的要求的，莫过于那位年轻而英勇的特洛伊罗斯。他是特洛伊最高贵的国王普里阿摩斯的儿子。爱情与所爱的女子使特洛伊罗斯的生命中充满了悲哀。若古代的历史尚有几分可信，那我们便会知道：他热恋的女子克瑞西达回到她父亲卡尔卡斯那里以后，他的心情恰与我在你离开后的心情极为相近。因此，我从他的个性与遭遇中获得了绝好的启发，找到了倾诉衷肠的形式，即用我的佛罗伦萨方言写成短诗，用哀婉的风格抒写特洛伊罗斯的（与我的）悲伤。我常常吟诵这样的诗行，并发现它们非常有用，正好符合我当初的期望。诚然，特洛伊罗斯在经受最大的悲苦之前，也曾品尝过生命中同样大的快乐。我记录他的那些快乐，并非想使人们以为我也能有幸得到同样的幸福（因为命运从未对我如此仁慈，而我也不能通过强迫自己期盼那种幸福，而让自己相信它会到来），而只是因为倘若将他的幸福写出，人们便会对它有所了解，因而更懂得随那幸福之后来临的是什么样的苦难以及它有多么深重了。然而，在我目前的处境中，这种幸福却遥不可及。尽管如此，你的眼睛带给我的快乐，仍曾像克瑞西达的眼睛曾带给特洛伊罗斯的快乐一样多，而它曾是命运赐给特洛伊罗斯的爱果。

因此，高贵的夫人啊，我已将这些短诗汇成了一本小书，让它作为永久的见证，向未来读到它的人们证明你的美德（它受到了我的衷心赞美）与我的忧伤。写成此书以后，我认为不最先将它送入你的手中便极为不当，因为唯有你才是它的成因。

将此书送给你这样一位尊贵的夫人，这礼物实在是太过菲薄。尽管如此，由于我这个馈赠者怀着爱恋之情与无比赤诚，我还是斗胆将它送给你，并自信你接受它并非出于对我的恩赏，而是出于你的仁慈与善良。当你展读此书时，若读到克瑞西达离去后特洛伊罗斯如何在啜泣悲伤，那么，你便能够清晰地知道并了解我的哭泣、热泪、叹息与忧伤。你若读到关于克瑞西达的美丽容貌、优雅举止与其他值得赞颂的品质的描写，也应知道它们写的正是你。除了那些描写，诗中还写了其他许多事情，但我已说过，其中没有一件与我有关，我写出它们也并非出自本意，而完全是因为不写出那些事情，便无法讲述这位高贵青年的爱情故事。你若如我所想的那样心有灵犀，便能据此懂得我的欲望是什么，我的愿望有多么强烈，其目的何在，它们最渴望得到的究竟是什么，以及它们是否值得怜悯。现在，我虽不知道你读到这些话时它们能否产生奇效，能否让某种同情打动你贞洁的头脑，但我仍要祈求爱神赋予它们这样的力量。果能如此，我会谦卑地竭力恳求你：尽快回来吧！这样，当我见到你时，我的生命便可欣然恢复它最初的自信，而你我分开时，我的生命却系于一线，仅由希望勉强维持。你若不能像我所希望的那样马上回来，也求你至少为了我用叹息或令人同情的话语向爱神祈祷，求他在我受折磨时赐予我几分安宁，求他在我的不幸生活里赐予我些许安慰吧。我这番长篇表白理当结束了，因此便让它打住吧。我向爱神祈祷，求他将我的生死交到你的手中，求他在你心中点燃爱的火焰，唯有它才能给我带来幸福安宁。

I

《爱的摧残》由此开始。本部写的是特洛伊罗斯为爱情遭受的痛苦与他爱上克瑞西达的经过。他不能对任何人吐露这秘密的爱情，只好独自悲叹流泪。本部始于作者的祈祷。

于诗章开篇之始，有人常会虔诚地祈求朱庇特[①]的恩赐，有人常会祈求阿波罗[②]的神力，而我则常为己之所需，向帕纳塞斯山上的缪斯[③]女神恳乞。然而，爱神近来却使我改变了这一弥久的积习，因为，夫人[④]，我已爱上了你。

夫人，你是一道明朗美丽的光，在它的引导下，我生活在这个满是阴影的世界上。你是北极星，我在它的指引下航行。你是我安全的船锚，是我的全部财富与全部欢乐。你即是我的朱庇特；你即是我的阿波罗；你即是我的缪斯。对此我已证实，我已深知。

你的离去使我万分忧伤，它甚于死亡。因此，我才着手叙写可爱的克瑞西达离开特洛伊之后特洛伊罗斯的痛苦运命，以及此前她对特洛伊罗斯的缱绻柔情。我若想完成此番努力，便要吁求你的仁慈美意。

因此，美丽的夫人啊，我一直是你的忠实臣仆，此情永驻。啊，爱情之光在你美丽的双眸中闪动，爱神已将我的全部快乐置于其中。啊，我爱你胜过自己，你是我唯一的希望。求你以纯洁无瑕的爱情引导我的手，在我即将写出的诗行里指引我灵

---

① 朱庇特（Jupiter，又作 Jove）：古罗马神话中的主神。——译者注

② 阿波罗（Apollo）：古希腊神话中的太阳神，主管光明、青春、医药、畜牧、音乐和诗歌等。——译者注

③ 缪斯（Muses）：古希腊神话中的九位文艺及科学女神，住在帕纳塞斯山（Parnassus）上。——译者注

④ 此处的“夫人”乃指菲娅美达。——译者注

感的去向。

在我忧伤的胸中，我想象着你的形象，它的强力已将我战胜。我哀伤的声音被这力量驱动，竟使我能借另一人的悲痛倾诉自己的缕缕愁情，并使它能将听者感动，使其心中怜悯顿生。倘若我这些诗歌会赢得赞美，那么，被赞美的既有你的灿烂芳名，也有我的万千苦衷。

恋人们啊，请谛听我这些洒泪的诗行！你们若感到心中哪怕有一丝怜悯在悸动，我也要恳求你们为我向爱神祷告，因我也像悲伤的特洛伊罗斯一样，由于罹陷情网，生活得比世上任何生灵都更痛苦忧伤。

希腊诸王全副武装，包围了特洛伊城，人人强悍无畏，个个高傲骁勇。他们率军攻打特洛伊城池，日复一日。为海伦王后遭到帕里斯的凌辱而复仇[①]，乃是他们的共同意志。

此时，卡尔卡斯[②]的法术已能通晓大神阿波罗的所有秘密[③]。他想听到关于未来的真情，想预知究竟是特洛伊人能长期固守，还是英勇无畏的希腊人会攻陷此城。他早已看清：经过旷日持久的战争，特洛伊人纷遭屠戮，其国土将被踏平。

因此，他的先见与心智使他打算秘密逃离特洛伊。他选定了时间与地点，逃到了他希腊主人的营盘。许多希腊将领兴高采烈，皆来迎接，都希望从他那里得到最准确的预言，以了解

---

① 此指特洛伊王子帕里斯（Paris）在爱与美的女神阿佛洛狄忒（Aphrodite）的帮助下，诱拐了希腊王后海伦（Helen），引起了十年特洛伊战争。——译者注

② 卡尔卡斯（Calchas）：忒斯托耳（Thestor）之子，特洛伊的预言家，在特洛伊战争中投奔了希腊联军，并启发奥德修斯想出木马计，攻陷了特洛伊城。——译者注

③ 据古希腊神话，阿波罗神还掌握着预知未来的法术。——译者注

未来的全部事变与危险。

特洛伊全城皆知卡尔卡斯的出逃，众人纷纷高声喊叫。各种议论虽有不同，却无一不是严词声讨。人们最后一致认为：他犯下了重大的罪恶，其行为如同卑鄙的叛国。大多数人强忍心中的愤怒，只差去他的家宅放火。

卡尔卡斯在他的罪恶冒险中，将一个女儿留在了城里，向她隐瞒了自己的意图。她名叫克瑞西达，是个孀妇，容貌美丽，宛如天使，而不像凡胎肉体。我听说，她也像所有生于特洛伊的贵妇一样，温柔聪慧，谦淑达礼。

克瑞西达听到众人因她父亲逃离而悲愤喧哗，又被危险的混乱包围，自然惊慌惧怕，便身穿丧服，满眼泪花，跪在了赫克托耳脚下。她的声音与容貌可怜楚楚，为自己辩白，又谴责了父亲，再恳求仁慈的宽恕。

赫克托耳天性慈悲，听到这美丽无双的女子的哀告，便用软语安慰，说道："你父亲大大地得罪了我们，但愿他厄运缠身。但你只要愿意，仍可以与我们一同留在特洛伊，不必烦恼悲戚。

"请放宽心，你仍能得到我们大家的喜爱与尊重，正像卡尔卡斯还在城中时，你渴望得到它们一样。愿众神将应有的惩罚降给你的父亲！"克瑞西达为此对赫克托耳万谢千恩，并想付出更多谢忱，却未被应允。于是她站立起身，返回家中，平静如常，起居安稳。

她在特洛伊城的家中居住，操持适合其身份的家务，行为端庄，不逾法度。

她没有儿女，所以无须将此挂在心上。所有认识她的人都爱慕她，将她赞扬。

特洛伊人与希腊人之间争端不停，不久便爆发了战争。特洛伊人常常出城鏖战，顽强地抗击希腊人。倘若传说是真，希腊人的攻势甚猛，甚至攻到了城边的堑壕，将特洛伊团团围困，并焚毁了众多城堡与村镇。

特洛伊人虽然抵御着希腊劲敌的强攻，却并未因此忘记向神祇献祭。他们在各个神庙举行传统的祭礼。但对帕拉斯女神，他们却比对其他所有神祇都更加崇敬，其仪式也最是隆重[①]。

因此，当那美好季节来临之际，野地间又生出了薰草与鲜花，所有的动物都情欲勃发，用各种行为来表达爱欲。特洛伊城的长老们便吩咐，为至关重要的帕拉斯节备好传统的庆典祭礼。众男女都能在这个节日恢复生机，都乐于参加这个典礼。

庆典的人群中也有卡尔卡斯之女克瑞西达，一身玄色衣衫。如同玫瑰的美丽胜过紫罗兰，她的美貌在所有女子中将鳌头独占。这盛典只因她一人才分外灿烂。她站在神庙中，离门口不远，仪态高贵，温柔可爱，风采绚然。

像其他年轻男人一样，特洛伊罗斯与众扈从也在这宏伟的庙宇中游逛。他东张西望，走走停停，时而赞美这位女子，时而又将另一位女子夸奖。接着，他又用同样的随意将女子们贬抑，仿佛谁都不能使他满意。这些品评随心所欲，让他乐此不疲。

不仅如此，他四处漫步时，有时还会无意瞥见某个男人正痴情地望着某位女子，正兀自叹息。他便会手指此人，对扈从笑道：

“快看！那边有个男人已失去了他的自由。他将自由交给那女子，因它已成了自己的沉重负担。一定要看仔细，他的烦恼是多么枉然！

① 帕拉斯（Pallas）：指古罗马神话中的智慧与战争女神密涅瓦（Minerva），即古希腊神话中的雅典娜（Athena）。特洛伊王子帕里斯将金苹果判给了阿佛洛狄忒（即古希腊神话中的维纳斯），激怒了密涅瓦，使她在特洛伊战争中站在希腊人一方，故有此说。——译者注

“为何要将爱情给予女人？女人的心一日千变，如同树叶随风旋转。她们都不在乎恋人为她们感到的痛苦，全然不知自己需要何物。啊，未被女人魅力征服的男人是多么快活！懂得如何规避女人魅力的男人是何等幸福！

“我也曾愚不可及，也曾像此人一样，将这该诅咒的爱情品尝。若说爱情从不曾慷慨地给过我快乐的时光，那我便是在扯谎。但与我因爱所吃的苦头和我的悲苦叹息相比，那快乐却简直不值一提。

“现在我已摆脱了这般苦境，过上了平静安宁的日子。这要感谢朱庇特，他对我格外仁慈。他是真正的神祇，一切恩惠全是他的赐予。我虽有幸旁观他人，却万分小心谨慎，不使自己重蹈覆辙，而只是愉快地嘲笑那些落入爱阱之人。我不知他们该叫恋人，还是该叫屡陷爱阱的健忘之人。”

啊，凡人的盲目头脑！它们如此频繁地与我们的本意相拗！特洛伊罗斯此时责怪他人的焦灼爱情与弱点，却未料及片刻后上天会使他遽然改变。不等他离开神庙，爱神已使他第一个中了爱的神箭。

特洛伊罗斯到处踯躅，不时嘲笑这人或那人，并常常有意向这个或那个女子瞩目。他目光四顾，扫视人群，突然见到迷人的克瑞西达，顿觉眼前一亮。在这个如此隆重的节日里，她头戴素白面纱，全身黑衣，与其他女子们站在一起。

她身材颀长，四肢与身高恰成佳配。她的脸庞闪耀着天仙般的美丽光辉，全身都显示出女性的尊贵。她用一只手摘去面前的纱网，将众人推到两旁，为自己挤出一小块地方。

她又罩上面纱，动作中似带几分傲气，仿佛在说：“你们不可在此站立。”这使特洛伊罗斯十分欣喜。他不断打量着克瑞西达的脸，心想它比其他所有的脸都更值得赞誉。在人群里，他久久凝望着她明亮的双眸与天使般的面容，感到实在是快乐无比。

片刻之前，特洛伊罗斯还十分机智，挑剔他人的过失，殊不知爱神已带着箭矢，来到了那对美丽眼睛的光芒里。他忘了自己方才在扈从面前说过的那些令人难堪的评语。他更未留意朝他心上飞来的神矢，直到它使他感到刺痛不已。

这位全身黑衣的女子最让特洛伊罗斯心醉神迷。他说不清究竟是什么使他如此良久地伫立，只是从远处窥望他最渴慕的这位佳丽，不遑旁骛，直到向帕拉斯女神献祭的仪式结束。然后，他才带着扈从离开那座庙宇。

可是，他离开神庙时已与进去时判若两人：进去时他自由自在，轻松开心；离开时却满怀爱情，思绪纷纷，连他自己都不相信。他小心翼翼，将这爱情深藏心底，这样，若有人得知他陷入了爱的激情，便不会用他从前说的伤人之词去反驳他自己。

克瑞西达离开了那座庄严的神庙，特洛伊罗斯与扈从们也回到了他的王宫，宫中的愉快生活已将他们久等。为了更好地隐瞒爱伤，特洛伊罗斯继续嘲笑那些坠入爱河的情郎。他佯称必须处理其他事项，吩咐每个人都去他指派的地方。

待众人都已走完，他便独自走进寝宫，坐在卧榻脚下轻声喟叹。他在头脑中重温当天上午见到克瑞西达时的快感，回忆着她脸上的美丽五官，将它们逐一地夸赞。

对克瑞西达的举止与华贵，他倍加赞美。从她的风度与马车，他断定她的出身非常高贵。他想，爱上这样一位女子实在是极好的运道，而他若能经过长久的努力，使这女子像他爱她那样给他回报，或至少不拒绝他这个求爱者，那自然更好。

这天性快活的青年，几乎预见不到自己未来的悲伤痛切。

他以为自己绝不会因这女子而痛苦不已、叹息不绝；以为他的心愿一旦被旁人了解，必会大受赞扬，因此他的痛苦即使被发觉，也不致过于剧烈。

于是，他决心追求这爱情，且欲谨言慎行。他先想到隐藏心中的爱情火苗，除非必要，不让任何友人及臣下知晓。他认为，这爱情若被众人知道，那将不会带来欢乐，而只会招致种种烦恼。

此外他还想了许多主意：怎样让自己为那女子所识，如何引起她的注意。然后他高兴地开始歌唱，满怀希望，只将克瑞西达放在心上，既不想日后将见到的任何女子，也早将曾使他倾心的女人遗忘。

他不时敬慕地祷告爱神："啊，我的主人，从此你便是我的灵魂。这使我欣悦万分，因你已赐给我侍奉伊人的机运，我不知她是淑媛还是女神。缟巾玄衣的女郎，都不及这位出现在我眼前的女子漂亮。

"啊，真正的神祇，你正在她的眼睛里，那里恰与你的神力相契。所以，我的祷告若还能让你感到几分欣喜，我便要恳求你从她眼中找到治愈我心伤的药剂。我的心灵已受重创，扑倒在了你的脚旁。当你让我看到伊人的可爱脸庞，你射来的锐矢便已将我的心儿射伤。"

这炽烈的爱火并不放过这位王族后裔，全然不顾特洛伊罗斯的高贵与意志，更不屈从他的体魄与强悍。这爱火有了合适的柴薪，干或半干，因此这位新恋人的五脏六腑便全都被它点燃。

他从中获取的情思与欢乐，一天比一天更多。这正如同在他高傲的心中，备好了引燃爱火的火绒。他想从她的明眸中汲取清水，以平息他如火的激情。于是他巧妙地尝试，以更经常地见到她的眼睛，却不知它们反而会使爱火烧得更猛。

现在，无论他在何处，或行或坐，或吃或喝，或独处或结伴，或黑夜或白天，无论在什么地点，他总是将克瑞西达思念。他相信：她的高贵与美丽容颜，既超过了波吕塞克娜，也超过了海伦。

一天当中的每个钟点，他都要对自己重复千遍："哦，美丽的克瑞西达，你正是那明媚的光辉，它用爱情充满我心！我恳求众神，让你的高贵（它使我面色苍白）能使你赐我几分怜悯！除了你，谁都不能使我快乐，唯有你才能帮助我。"

其他各种思虑，无论是重大的战事还是自己的安康，已全然不被他挂在心上。他心中只能听见对伊人卓越之处的赞扬。怀着如此重负，他只急于治愈自己的爱伤。他现在的唯一工作，便是罄力思索，从中得到快乐。

旁观者都说：无论那一场场激战，还是赫克托耳与众兄弟（他们都是特洛伊人的统帅）令人痛惜的公开争执[①]，都几乎不能使他忘却这爱情，尽管众人常常见到他在最危险的交锋中身先士卒，屡建奇功。

他这般英勇并非来自他对希腊人的仇恨，亦非因他渴望用胜利解救特洛伊城（他目睹此城正被围困），而唯有他对荣誉的渴求，才使他如此英勇。倘若传说属实，他是因为爱情才变得如此强悍勇猛，使希腊人对他胆战心惊。

爱神已夺走了他的睡眠，又使他饮食大减，使他万分焦虑，乃至尽管他用强颜欢笑与巧言虚掩，他的脸现在还是苍白渐显。众人见此，都以为这是因为他对战事焦虑不安。

---

① 此指赫克托耳（Hector）、帕里斯（Paris）、埃涅阿斯（Aeneas）、得伊福玻斯（Deiphobus）几位特洛伊王子，均为特洛伊罗斯的兄长。"公开争执"指的是他们在战场上为进退攻守而争吵。——译者注

我们不得而知，是他这些行动的隐秘使克瑞西达无法察觉他的心思，还是她故意佯作不知。但有一点却极为分明：她好像对特洛伊罗斯与他对她的爱漠不关心，一直无动于衷，仿佛心中并无爱情。

因此，特洛伊罗斯的忧伤无法表白，时时担心克瑞西达另有所爱，并因此而蔑视他，而不将他当做求爱者看待。他将千种良策斟酌盘算，以找出恰当办法，让克瑞西达知道他的强烈心愿。

所以，当他有了片刻余暇，便离开众人，独自抱怨爱神。他自言自语：“特洛伊罗斯，你以前惯于嘲笑别人，自己现在却坠入了爱河。谁都不曾像你这样身心俱焚，因为你不知如何抵御爱神。现在，落入爱阱的是你。你曾屡屡责怪别人的这种不幸遭遇，自己却照样无法将它逃避。

“你这份爱情若被旁人看破，他们会怎样说你这个恋人？他们都会嘲笑你并议论纷纷：‘现在看吧，那个深信自己不会动情的人，昔日他常责怪我们因爱情而生的怅叹与怨情，而现在，他却与我们在爱途上同行。赞美爱神，因为爱神已使他陷入了这样的窘境。’

“你这份爱情若被众位国王陛下与贵族们知道，他们又会做何议论？他们都会对此反感，说：‘看哪，在这重重忧患的危难关头，这个男子汉最近竟做了爱神的俘虏、失去了理性！他本该去顽强作战，但他的全部心思却在耽迷爱情。’哦，愁肠寸断的特洛伊罗斯！既然上天注定你心中生出了爱情，所以，哪怕一丁点爱情便该足以使敏于爱情的人知道你的苦衷，这样才能安慰你的心灵！可是，你为之啜泣的伊人却像顽石一样不为所动，始终硬比磐石，冷若寒冰。而我却如同火边的冰雪，正被消融。

“现在我若能到达厄运引领我去的那个港埠，便是对我的怜悯与最大安抚，因为死亡能消除我的一切痛苦。我的烦恼尚无人晓得，一旦它被发现，我的生活必会日日遭受千般羞辱的折磨，我将被称为天字第一号的蠢货。

“爱神啊，求你帮我得到爱情。使我洒泪哭泣的女郎啊，你最让我魂牵梦萦。求你对此人发一点点慈悲，他爱你超过爱自己的生命。啊，女郎，但愿这能使你感动，并向他转过你那可爱的脸庞，以平息他心中的忧伤，他是为你才变成了这样。啊，求你千万不要拒绝给我这个恩赏。

“女郎啊，你若能这样做，我便能翩然复活，如同春天鲜嫩草地上的花朵。这样，等待将不会再使我烦心，你将不会再被我视为倨傲骄矜。倘若我的爱情使你痛苦，也求你至少残忍地对我高喊一声：‘你去自杀吧’。我会随时甘愿从命，因为若想到这能让你开心，我会毫不犹豫地了断我的生命。”

特洛伊罗斯还说了万语千言，不住地啜泣悲叹，又将克瑞西达的芳名呼唤，因为尽管他常因爱情而痛苦不堪，他的愁怨却一直未得到她的垂怜。因为那些徒劳的悲叹全虚掷给了清风，却无一传入克瑞西达耳中。因此，他的痛苦便百倍地与日俱增。

一天，特洛伊罗斯在房中独自沉思，忽然来了一位特洛伊青年，出身高贵，热情充沛。见特洛伊罗斯躺在卧榻上，满面

II

《爱的摧残》第二部由此开始。在本部里，特洛伊罗斯让克瑞西达的表兄潘达洛斯知道了他的爱情。潘达洛斯安慰了他，又将这隐秘的爱情透露给了克瑞西达，并用祈祷与恭维劝说她去爱特洛伊罗斯。特洛伊罗斯先说了许多话，然后将他对克瑞西达的爱全都告诉给了潘达洛斯这个特洛伊贵族青年。

泪水，他便叫道："亲爱的朋友，出了什么事？难道眼前的艰辛时光已将你击溃，已使你如此意冷心灰？"

"潘达洛斯，"特洛伊罗斯说，"是什么运气让你来这里看我死去？你若还看重我们的友情，便请离开这里。因为我知道，看见我死，你会比任何人都悲戚。我将不久于人间，我的大部分生命已被耗完。

"莫以为我现在的忧伤是因为特洛伊遭到围困、作战艰辛或是我惧怕敌人。那些事情我最不关心。我不希望死去，是另有不得已的原因，所以我才悲叹自己的不幸命运。仅此而已，朋友，不必挂虑。我隐瞒真情是为了得到最好的结果，所以我不会将它对你诉说。"

潘达洛斯很想知道真相，心中涌起了怜悯。

因此他说："此刻你我的友情若仍能像平素那样使你快乐，便请告诉我：究竟是什么残酷的事情让你如此求死若渴。朋友之间不该隐瞒什么。

"即使我无法安慰你的忧伤，也愿分担你的苦痛，因为朋友间本来便该苦乐与共。我相信你最懂得我是否爱你，无论对错。你也深知我是否能为你全力效劳，不管你想要什么，想做什么。"

特洛伊罗斯深深地吸了一口气，言道："潘达洛斯啊，既然你乐于听我诉苦，我便用一个字告诉你是什么使我如此凄楚。这不是因为我希望你能使我得遂心意，只是为了满足你的迫切恳求，我不知道如何拒绝你。

"人越想抵御爱神，便越会落空。爱神已在我心中燃起了爱情，我已因为爱神而疏远了其他神明。你已看到，这使我如此忧愁，我上千次几乎抑制不住自杀的念头。

"我亲爱的朋友，你知道了我的忧愁，这已足够，我不会对你细说来由。当着众神我向你恳求:你若忠实于我们的友情,便不要向任何人透露我的心愿,因为那会给我带来重重麻烦。你已知道了想知道的事情,便请快走,让我独自在这里与我的忧愁苦斗。”

“啊,”潘达洛斯说,“你怎会一直对我隐瞒如此强烈的火焰?我本可以给你建议与帮助,想出办法,使你平静安然。”特洛伊罗斯对他说:“我知道你也总在为爱发愁,你连自助的办法都没有,我怎能要你向我伸出帮助之手?”

潘达洛斯说:“特洛伊罗斯,我知道你的话洵然无误。但也常有这样的情形:有人虽不知如何不让自己中毒,却深知如何使他人避免中毒。古代也有先例:独眼人能走到双目明亮者不曾到过之地。一个人虽不能听取忠告,但仍可以为他人提供良好的建议,救他人于危难之际。

“我的爱情虽有过不幸,但无奈我至今仍未舍弃爱情。这是因为,我不曾像你这样暗自钟情。凡众神想做的事情,最终必能做成。我向你保证:我过去爱你,现在爱你,将来也爱你,任何人都不会听到你告诉我的一切隐情。

“因此,我的朋友,请相信我,对我直言:是谁使你如此痛苦,是谁使你活得如此艰难?切莫担心我会责备你的爱情。对于爱情,古代智者曾有贤明的论说:若想熄灭心中的爱火,唯有通过长期的自我解脱。

“切勿痛不欲生,叹息不断,而要用交谈来消除忧烦。唯此才能度过难关。而一个恋人若能觅得同病相怜的伙伴,他的痛苦便会大大削减。你知道,我的爱情并不符合我的心愿,但我的痛苦虽说未见消除,却也并未增添。

“我或许能对那个使你痛苦的人做些什么,使你得到快乐。只要我有能力,一定会帮你实现心意,而你会看到,我会比为了自己还要努力。告诉我她到底是谁，竟使你如此痛透心肺。起来，莫再躺在那里，告诉我你的心意，正像对你自己。”

特洛伊罗斯起身立定，神色略带困窘。他深深吸气，羞耻使他脸色发红。他回答说：“亲爱的朋友，出于一个非常高尚的理由，我不能向你透露我的心意，因为那使我如此忧伤的女子，正是你的一位亲戚。”说罢，他便沉默不语。

他又仰面倒在卧榻上，痛苦地抽泣，用双手遮住了脸。潘达洛斯对他说：“久经考验的朋友啊，你怀疑我会不以为然，这说明你对我信心不坚。好啦，莫再继续可怜的哭泣悲叹。听了你的告白，我不会大惊小怪。你爱的若是我的姐妹，我会尽最大努力，使你对她的心愿得遂。

“起来吧，快告诉我你的心上人是谁，我也好设法让你得到安慰。我别无所图。那女子是否属于我的家族？快些告诉我，因为她若正是我想到的那一个，我便相信：用不了六天，我便能让你摆脱目前的愁苦。”

特洛伊罗斯不回答这番追问，反将脸蒙得越来越紧。但当他听到潘达洛斯的许诺，心中又有一线希望萌生，欲言又止，因为他羞于讲明实情。但他经不住潘达洛斯的频频催促，只好吐露苦衷：

“我的潘达洛斯，想到爱神将我逼到了如此窘境，我真希望我已死去。我若既能对你隐瞒实情又不得罪于你，便不致如此躲闪回避。但我已无法隐瞒下去。你若像平素一样见识不凡，便应懂得爱神并不强令男人在爱情上循规蹈矩，无论他的心选择了哪位女子。

“你已知道，爱神常会使男人爱上自己的姐妹，使姐妹爱上自己的兄弟，有时使做女儿的爱上父亲，有时使做公公的爱上儿媳，有时甚至使继母爱上继子。但最让我心痛忧伤的却是：

爱神使我爱上了克瑞西达，你的表妹。”说罢，特洛伊罗斯又扑倒在床榻上，满脸泪水。

一听到克瑞西达的名字，潘达洛斯马上破颜而笑，说道：

“感谢众神！我的朋友，千万不要丧气灰心。爱神对你实在是格外施恩，因为他已在最恰当的地方放上了你的心。若有权评判克瑞西达的良好出身、高尚心灵、美丽容貌与种种优点，我便要说：她确实值得你爱恋。

“没有任何女子比她更配得上你的爱，世上所有的女子，没有一个能比她更活泼，更知趣，更讨人喜欢，更勇敢大胆。对她来说，世上没有任何事情如此高不可攀，使她不敢像国王们那样欣然承担。只要她有力量，她完全有勇气将它们实现。

“除了以上所说，我这位表妹只有一点会让你感到有些不便，那便是她比其他女子都更看重贞洁，鄙视偷情苟且。不过，倘若此外再无别的使我们担心，那便请你相信：为了满足你的心愿，我会好言相劝，让她点头应允，所以，你应耐心守住你的灵魂，约束你的炽热情欲，务必谨慎小心。

“这样你便会明了：爱神在激励你鼓起勇气。因此请坚定信心，深信你的爱伤一定能够痊愈。我想，这不久便会实现，只要你不再用忧愁使爱伤加剧。你值得她爱，她也值得你爱。我会用全部聪明才智，去促成这件好事。

“特洛伊罗斯，莫以为我全然不知：一位有身份的女子，可能并不喜欢此类风流韵事。也莫以为我不懂：倘若此事传到众人耳中（人们常常品评她的名声），倘若人们说她竟会如此顺从爱神的命令，倘若我们的蠢举使她遭到众人的批评，我、她与她的家人将因此陷入何种困境。

“但只要欲望还为行动所抑制，只要与欲望有关的一切还是秘密，我便有理由说：唯有谨言慎行，巧加伪装，不给畏惧羞耻、看重名誉的人带来耻辱，恋人才能去满足自己的最高欲望。

“我的确相信，凡女子都渴望生活中充满爱情，除了对羞耻的恐惧，没有其他事情能限制她们的行动。若能对症下药，将这爱疾治疗，男人不去征服女子便是愚不可及。我想这惩罚几乎不会使女子嗔恼。我表妹是个守寡的女人，也心怀爱欲。她若对此一口否认，我可不会信以为真。

“因此，我知道你聪明达理，所以我能使你们二人都快活满意。只是你必须严守秘密，必须装作若无其事。我若不全力为你效劳、促成此事，那便是不义。因此，你若精明，便切莫让旁人知道这件事情。”

听了潘达洛斯这番话，特洛伊罗斯感到十分满意。潘达洛斯以为他几乎已从极度痛苦中逃离。于是，特洛伊罗斯的爱火便再度平添。不过，他沉默片刻，又转身对潘达洛斯说：“我相信你对伊人的评断，但正因如此，依我看，这事情才难上加难。

“何况，我也从未见她将我的爱情留意，我心中的激情又怎会减弱毫厘？你若将我的爱情告诉给她，她一定不肯相信你的话。不仅如此，出于对你的惧怕，她还会谴责我的爱情。你将一事无成。即使她心中同意，为让你知道她的忠贞，她也不会听从你的主意。

“潘达洛斯，何况我也不会让你相信我渴望一个并不情愿的女子。唯有她同意，我才会向她表明爱意。我若得到伊人的应允，那便是她对我的最大恩宠。想到这个，我对你已别无所求。”说完，他局促不安地低下了头。

潘达洛斯笑答：“你不必为此发愁。将此事交给我去办理，我有的是能唤起爱情的隽辞妙语。我知道曾有古人，在不同寻常的情况下，完成过比这还要艰巨的重任。这件事情全交给我，请你静候美妙结果。”

特洛伊罗斯敏捷地从卧榻跳到地上，拥抱亲吻潘达洛斯。他发誓说，与他心中牢固的爱情相比，赢得对希腊人作战的胜利实在不算什么：“我的潘达洛斯，我已将自己交入你手，你是哲人，你是朋友。你知道我别无所求，只渴望结束我的痛苦忧愁。”

潘达洛斯很爱特洛伊罗斯，急于为朋友出力，便立即向他告辞，到了克瑞西达家里。克瑞西达远远见到表兄走来，早起身向他行礼。潘达洛斯还礼以后，两人便携手走进屋去。

起初，潘达洛斯只是笑着用玩笑拉家常，如同亲戚平素见面时那样。接着，他开始目不转睛地望着克瑞西达的可爱脸庞，等待一有机会，他便将来意细说端详。

克瑞西达见了，便笑着说：“表哥，你这样仔细地打量我，莫非你从未看见过我？”潘达洛斯答道：“你很清楚我看见过你，并希望能继续看见你。只是我见你的容貌美丽超群，为此，你比其他任何一位美女都更该去赞美众神。”

克瑞西达问：“这是何意？为何我现在比从前更该去赞美众神？”潘达洛斯马上高兴地回答：“因为我若没有说错，在天下所有女子的脸中，你的脸得到的命运恩宠最多。我听说，它还给一位极有身份的男人带来了无边的快乐。你的脸已使他失魂落魄。”

听潘达洛斯如此说，克瑞西达有几分羞涩，双颊泛绯，宛若清晨的一朵玫瑰。她对潘达洛斯说：“莫取笑我，因为但凡你能说出什么好事，我便该谢天谢地。那个人一定是闲来无事才会喜欢我，因为除此之外，这样的事情我生来从未遇到过。”

“你我莫再说笑话，”潘达洛斯说，“告诉我，你是否已知道他？”她回答：“我未留意过任何男人，因为我希望生活得安安稳稳。我的确常见到有个男人，从我这里经过时盯着我的屋门。我不知道他是想来看我，还是想知道其他什么。”

潘达洛斯追问:“这男人是谁？”克瑞西达便将话回:

“我真的与他素不相识，实在无法对你细说此事。”潘达洛斯看出她说的是另一个人，而不是特洛伊罗斯，便对她说:“并非人人都认识那个为你忧伤的男子。”

克瑞西达问:“那么，见到我如此高兴的，究竟是何人？”潘达洛斯答:“夫人，自从开辟世界的造物主造出了第一个人，我不相信他曾让谁的心灵比爱慕你的那个男人更完美。我永远无法向你描述他有多么完美的心灵。

“他心地高尚，英勇开朗，谈吐不凡，美德俱全，具有超众的智慧与无人可及的学问，又乐于助人。我无法对你一一讲明他的优点。啊，你的美貌是多么幸运！因为这样一位男人盛赞你的美貌天下第一！

“你的聪明若与你的美貌一样出类拔萃，那么便是美上加美，如同将钻石镶上戒指。倘若你属于了他，他也属于了你，那便像星星有了太阳做伴。你若头脑聪明，那么，世间便再没有一对男女青年，能像他与你这样恰似天造地设一般。你若愿应允此事，会对你大有裨益。

“及时抓住眼前的好运，才能生活得幸福如意。而将眼前的幸运放弃，却只能独自叹息，怪不得别人。你的脸庞美丽无匹，最是可人。它已为你找到了幸运，你现在应当懂得如何将它利用。

“我要为自己哭泣，因我出生的时辰不吉，既得不到众神的欢心，也得不到世人的喜爱，更得不到命运的垂青。”

“你是在试探我，还是真有此事？”克瑞西达说，“要么你便是失去了理智。若不首先成为我的夫君，谁有权从我身上获得彻底的快乐？这个男人是谁？你一定要告诉我，这个如此毁坏我的人究竟是来自异乡，还是我们特洛伊城公民？你若愿意，便请告诉我。你若还记得自己的责任，便请对我说出此人。莫再无端地枉自悲叹命运。”

潘达洛斯说：“他是本城公民，地位绝不比公民更低，是我的一位高贵友人。大概是命中注定，我才将自己发现的事情讲给你听。你的绝色美貌让他心中燃起了爱情的火焰，他现在已经形容憔悴，生活得苦不堪言。现在你可以知道是谁对你如此迷恋：特洛伊罗斯便是那位对你朝思暮想的青年。”

克瑞西达怔了片刻，看着潘达洛斯，脸儿苍白得如同清晨的天色。她强忍着将要夺眶而出的泪滴。后来，待她恢复了勇气，便自言自语，又对潘达洛斯叹息：

“潘达洛斯啊，我本该想到是他！我若如此愚蠢，竟去觊觎特洛伊罗斯的爱情，为了保护我的名声，你不但应该将我制止，而且应该将我痛斥。

“主神啊，救救我吧！你竭力让我去服从爱神立下的规矩，旁人又会如何看待此事！

“我深知特洛伊罗斯品德高贵，英勇无比，贵族女子都乐于与他在一起。但自从我丈夫撒手而去，我一直希望将爱神远远躲避。现在，丈夫的死依然让我悲情难泯。只要我一息尚存，便会将他的死铭记在心。

“若有人得到了我的爱情，我当然应当给他，只要我认为这能让他高兴。但你现在已经看清：特洛伊罗斯现在的幻想常会出现，仅仅能延续四到五天，然后便会消失。心思频转，爱情也会随之改变。

“因此，还是让我去过现在的生活，命运已为我将它备妥。他很容易觅得一位女子，既温柔又顺从，可以随意给她爱情。

而保持贞洁才是我的本分。潘达洛斯，当着众神，求你莫为我这番回答感到痛心。你可以用新的乐事与其他消遣，去尽力帮他消除愁烦。”

听了年轻女郎这番回答，潘达洛斯感到自己像被回绝，便起身准备离开。他又停了下来，转身对她表白：“克瑞西达，我向你推荐的这位男子，倘若我有，我一定会将他推荐给我的姐妹，我的女儿或我的妻子，并祈求上天赞成我的主意。

“因为我深信不疑，特洛伊罗斯配得上比你的爱情更伟大的东西。

“昨天我见他因爱情苦恼万分，心中非常不忍。你对此或许不信，因而才漠不关心。我很清楚，你若像我一样了解他的激情，必定也会心生怜悯。啊，为了爱我，也请你对他有一颗恻隐之心。

“我不知世上哪个男人比他更值得信任，比他更加忠诚。说到忠心，他实在无人能比。他只渴望你，他只想见到你。虽然你身着黑衣[①]，却依然年轻，依然有爱的权利。切莫虚度光阴，因为年迈与死亡将会夺去你的全部美丽。”

“唉，”克瑞西达叹道，“你的话真切了然。岁月正是这样带着我们向前。销魂的爱火所开辟的路，很多人没来得及走完便已命陨魂散。但我们此刻还是不要将这些思索。请告诉我：我是否还能得到爱情的抚慰，是否还能得到爱情的欢乐？你又是如何注意到了特洛伊罗斯在受爱的折磨？”

于是，潘达洛斯笑着答道：“既然你想知道，我便如实相告。前天双方休战，一切平静安然，特洛伊罗斯要我与他同去阴凉的林间散心消遣。我们刚在林中坐定，他便先对我说起爱情，

---

① 此指克瑞西达是寡妇，因黑衣为丧服。——译者注

又自语低声。

“我当时离他并不太近，但因听见他的低声自语，便注意细听。我记得，他在抱怨爱神对他的折磨，说：‘我的主人，我的面容与叹息已表明了我的苦心。正是温柔的渴望使我如此消沉。她的美丽已将我心攫紧。

“‘我心中想象着伊人的形象，而你却与她的形象同在一个地方。她的形象给予我的快乐，其他一切都不能与之相当。你看：我的心灵已被你的光芒征服，正在沉思冥想，你的光芒使我的心狂跳不止，日夜不宁，使它一直在乞求得到甜蜜的平静。尊敬的神，唯有伊人美丽可爱的眼睛，才能将平静给予我的心灵。

“‘所以，我要在众神面前向你恳求：倘若我的死还会使你伤怀，便求你让伊人知道我对她的爱，让我用对她的恳求得到那种欢乐，它常能使你的臣民欣慰释怀。哦，我的主人，切莫如此狠心，眼看我因爱命殒。

“‘你看，我这颗被打垮的心一直在日夜痛哭，因为它害怕伊人会将它屠戮。

“‘我的主人，求你尽快在伊人的玄衣下将爱火点燃。没有任何东西能比这爱火更灿烂。我心中的愿望折磨着我，求你将它也装入伊人的心窝。啊，我乞求你，仁慈的神祇，求你为我将此事斡旋，让她用芬芳的轻叹来慰藉我的心愿。’说完，他深叹低头，又说我丝毫不知个中缘由。他几乎是哭着瘫倒在地，沉默不语。见此情景我心中生疑，不知他遇到了什么难题。我决定等待良机，来日再以婉言去问他究竟为何哭泣，再问它缘何而起。

“但直到今天我才有了这个时机，因我见他独自一人。趁他在房中，我便走了进去。他正躺在床上，见我进来，连忙将头转开。我带着几分疑惑，走近看个仔细，见他正在抽泣叹息、痛苦无比。

“我尽量去安慰他，又用尽心计与各种办法，先向他发誓绝不对任何人透露他的秘密，才让他说出了此事的缘起。他的悲伤使我感动，为了他我才来见你，我愿为他尽力办好一切事情。

“你愿做些什么？你是否仍要高傲如常，让这个爱你胜过自己的人去面对如此残酷的死亡，去承受悲惨厄运与忧伤，让如此有身份的人为爱你而亡？倘若你为他所爱并非仅仅因为你可爱的身材与美丽的眼睛，那么，你还能救他，使他免于悲惨的丧生。”

克瑞西达说道：“你见他在床上哭泣，便从远处发现了他胸中的秘密，尽管他将那秘密深深地藏在了心底。因此，愿众神使他与我都幸福开心，因为你这番话已让我于心不忍。你知道我既不狠心，也不如此缺少怜悯。”

她沉吟片刻，深叹了一口气，才痛苦地说：“我已看出你的同情将去往哪个方向。我愿对你言听计从，因我知道这会使你高兴，况且他也值得我这样去做。不过，为了避免羞辱或比羞辱更糟的灾祸，求你让他谨言慎行，万莫做出会使我与他受到指责的事情。”

“我的表妹，”潘达洛斯说道，“你说得很对，我会将这个要求向他转达。说实话，我想，除非有什么意外发生，他一定不会弄坏这件事情，因为我深知他举止文雅，谨慎精明。此事不成，连众神都不会答应。我会为此竭力报答你，让你开心满意。就此告辞，莫将你的责任忘记。”

潘达洛斯走后，克瑞西达回到卧房，心中将方才听到的每个字反复思量，回味潘达洛斯说话的方式与他带来的这个消息。她自言自语，心情欢畅，又不时叹息，禁不住在心中想象着特洛伊罗斯的模样。

“我年轻漂亮，一切都无须挂怀。我是寡妇，富有、高贵又可爱。我生活得平静，没有子女后代。我为何不该去爱？若顾及名誉使我欲爱不能，我便应谨言慎行，将欲望深藏心中，不让旁人知道我心中的爱情。

“我的青春正随着每一个钟点飞逃。难道我要将青春如此虚掷轻抛？

“真不知这片土地上哪个女子没有情郎。据我所知所见，大多数人都坠入情网。难道我便该虚度时光？像众人一样行事不是罪过，我不会因此受到任何人的指责。

“待我青春不再，谁还会将我渴慕？当然没有。那时后悔只能徒增哀伤，于事无补。事后追悔，或嗟叹‘当年你为何不去爱’，这些全无益处。所以，上策乃是未雨绸缪、预做准备。这位情郎出身高贵，聪明智慧，相貌英俊，比花园中的百合还要清新。他是国王之子，美德俱备，表兄将他说得十全十美。你将如何行事？何不像他对你那样，将他迎进你的心房？何不将你的爱情给他？莫非你没听到他可怜的悲伤叹息？哦，你爱他若像他爱你，与他一起该有多么幸福甜蜜！

“现在还不是找丈夫的时候，所以，远为明智的做法是保持自由。从完美的友情中迸发出的爱情，更能使恋人们喜在心头。无论多么超群出众的美女，很快都会在已婚男人眼里显得平淡无奇，因为男人每天都渴望得到新鲜的东西。

“偷饮到的清水，远比自己储存的大量红酒甜美。爱情的欢乐亦然。秘密的爱情，总是比被丈夫永远抱在怀中的爱情更甜。因此，满怀热情地去悦纳这位甜蜜的恋人吧！他已遵照众神之命，来到了你的面前。你应当去满足他燃烧的心愿！”

她停了片刻，又从反面将此事斟酌，对自己说：“你这可怜的人儿，你到底打算做什么？

“你难道不知，当激情退去，与情人在一起的生活是多么悲凄？因为其中必会充满不断的哀怨、痛苦、嫉妒与叹息，这还不如悲惨地死去。

“至于现在爱你的这个男人，他的地位远远高于你的出身。他的爱欲会消失，他会虐待你，会离你而去，让你独自痛苦，让你不知所措，让你含羞蒙辱。当心你要做的事。良好的常识若来得太迟，无论过去、现在与将来，它都无济于事。

“即便这爱情能够持续长久，你又怎能肯定它能一直不为人知道？相信运气实在徒劳，而在紧要关头，他人的忠告往往全然无效，懂得这一点才有头脑。此事若被众人得知，你便无法保住名誉，你会永远将它失掉，而它迄今还一直完好。

“所以，我不如将这样的爱情留给那些能以此为乐的人。”说罢，她唏嘘长叹，无力阻止特洛伊罗斯的英俊形象进入她纯洁的心。因此她脸上的神情又像方才那样左右为难，忽而赞美，忽而责怨，百般踌躇，良久辗转，仍旧做不出最后决断。

潘达洛斯离开克瑞西达，心中满意，马上去见特洛伊罗斯。他远远便向特洛伊罗斯说道：“请放宽心，兄弟，因为我想我已完成了你的大部分心意。”他坐下来，将一切告诉给特洛伊罗斯。

特洛伊罗斯听罢，凋萎的精神立即焕然一新，犹如寒夜中低垂闭拢的小花，一旦被阳光照亮，便在花茎上挺直绽放。他仰望着天穹，像获得了解放：“美丽的维纳斯啊，我要将你的卓越神力与你的儿子爱神[①]高声颂扬！”

他将潘达洛斯上千次地紧紧拥抱亲吻。他快乐万分，便是

---

① 指爱神丘比特（Cupid），他是战神玛斯与维纳斯之子。——译者注

面对一千个特洛伊人，他也不会给他们那样多的拥抱亲吻。然后，他便与潘达洛斯一道，去留心观看美丽的克瑞西达，看她的行动是否因为潘达洛斯的规劝而有所变化。

她正站在自己窗前，看外面有何事情出现。特洛伊罗斯望见了她，她的神色既不凛厉，亦非拒人千里，而是不时回眸，向他投来柔情的盼睇。离开时，特洛伊罗斯十分欣喜，对潘达洛斯与众神万分感激。

使她犹豫不决的冷漠已全无踪迹，她心中赞美特洛伊罗斯的翩翩风度、优雅举止与彬彬有礼。她突然被一种欲望征服，对恋人的渴望超过了渴望其他一切幸福。她还后悔自己对他的爱情知道太晚，竟至抛废了如许的时间。

特洛伊罗斯唱着歌，高兴地参加比武，慷慨地赏赐臣仆。他还频频换上新装，他的爱情每时每刻都在增长。他发现，追求爱情、暗中去观看克瑞西达，非但不再使他厌烦，反而成了消遣。克瑞西达也将谨慎记在心怀，时时让自己出现在恋人眼前，容貌可爱，心情愉快。

然而，屡屡的经验已让我们明白：木柴越多，火便越旺；希望增加，爱情便常会随之增长。从此，在特洛伊罗斯那颗被俘获的心中，引燃爱火的柴薪便产生了不同以往的力量。因此，他又开始痛苦叹息，像从前一样。

特洛伊罗斯多次对潘达洛斯吐露抱怨之情：

“我多么苦恼悲痛！克瑞西达用她美丽的眼睛攫走了我的生命！我心中炽烈的欲望几乎已将我置于绝境，它压在我的心窝，我正饱尝它的煎熬与烧灼。啊，唯有伊人的巨大安慰才能让我心安，我该怎么办？

“她在将我观望，也接受了我投去的谦卑目光，这已足以燃起我的爱火。但热切的心愿也常常阻止我渴求更多。激起欲望的热情正受着严格约束。若不曾体验过，谁都不会相信这与时俱增的爱火使我受着怎样的折磨。

“我该如何？美丽的克瑞西达，没有你的帮助，我不知该怎样去做。无比美丽的女郎，唯有你才能帮助我。唯有你才能熄灭我的爱火。啊，我心中的灿烂光芒，我心中的珍贵火焰！只要能与你共度冬日的一个夜晚，便是在地狱中过上一百五十天，我也心甘情愿！

“潘达洛斯，我该怎么办？难道你不发一言？你目睹我被爱火焚烧，却显得对我的忧愁毫不知晓。我诚心恳求你帮助我。告诉我该如何去做，给我出个主意，助我脱离苦境。若不能从你或她那里得到救助，我便会落入绝望的陷阱。”

潘达洛斯答道：“我十分明了，你说的一切我也听到，我一直愿意、今后也愿意帮你摆脱所有的痛苦烦恼，并随时准备为你效劳。我不仅会为你去做该做的事情，也会为你去做任何事情，而这既非出于强迫，亦非出于恳请。让我们开诚布公，说说你心中的火热激情。

“我知道，在一切事情上你都比我六倍地谨慎小心。

“尽管如此，我若是你，还是会亲手给她写信，诉说我的苦痛。我还要恳求众神、爱神与她的恩惠，求她对我怜悯。

“你若写好此信，我将它送到伊人手中，不会耽搁半分。

“除此之外，我还要尽力劝说她怜悯你。你会看到她给你的答复。我心中已深信不疑，她的回信一定能让你欣喜。

“所以，你还是在信中道出你全部的赤诚与忧伤，写上你的强烈渴望。什么都不要漏写，一定要写出你想说的一切。”

这个建议使特洛伊罗斯喜在心上，但他的回答却又像个畏葸的情郎：“我的天！潘达洛斯，你会看见，女子常会羞于脸面，所以克瑞西达会严词拒绝我请你带去的那封书函。这样一来，你我的处境便会更糟、更不如前。”

潘达洛斯回答说：“倘若你愿意，便按我说的去做，然后将此事交给我。因为爱神不会与我作对，我相信，我会将她的亲笔信为你捎回。倘若你不愿意，便只能为爱继续踌躇忧伤。我也再不会来安慰你。”

于是特洛伊罗斯言道：“便依你的主意。我马上去将此信写好。

“我祈求爱神的恩惠，求他让我写成此信，求他让此信将佳音带回。”他走进书房，马上像聪明人那样写信给他最爱的女郎：

“夫人，像我这般为爱你受尽痛苦、满心忧愁，又怎能使别人快乐无忧？

“我当然无法这样做。所以，我现在不会去影响其他人的快乐。唯有你才会为此失去快乐，因为除非你肯将快乐给我，我才能给你快乐。

“我不能违背爱神的心愿，从前他从未使我这样勇敢。爱神吩咐我写就此信，而你会看见，他将会听从我的吩咐，像他往常一般。因此，我这封信若得罪了你，那便请你去责备爱神，而请将我原谅。我恳求你，求你原谅我含泪的希望。

“你美丽高贵，可爱的眸子放出灿烂的光辉。你的风度完美无瑕，谦淑娴雅。你的女性风采卓越无双，你的举止最受赞赏。这些都在向我证明：爱神即是我的主人，你即是我的恋人。除了死亡，任何力量都不能将你攫出我的心房。

“无论我做什么事情，你的美丽形象都永远让我梦系魂萦。除你之外，我任何人都不去想。我想不出其他任何女郎的形象，因为与你的美惠相比，她们只能算是侍女。我的希望完全贯注在你身上。我时刻都在呼唤你的芳名，它每时每刻都在我心中激起更强烈的渴望。

“夫人，从这一切当中燃起的那团爱火，日夜都在将我的灵魂折磨，不让我歇息片刻。我的眼睛充满热泪，我的心因它而忧伤叹息，我觉得自己渐渐被这爱火烧得身心俱悴。所以，我若想得到缓解，便不得不求助于你的仁慈恩惠。

“你若愿意，唯有你才能让我这些剧痛的创伤平复。我心上的女郎，唯有你，才能消除我这些烦愁痛苦。唯有你，才能用温柔的照拂将我所受的折磨祛除。唯有你，我心上的女郎，才能让我如愿以偿。

“因此，有些人若能因为纯洁的诚心、伟大的爱情而得到仁慈的结果，倘若强烈渴望必得回报，无论是善是恶，那么，亲爱的夫人，务必求你也算上我。让我成为他们当中的一个。我要到你那里寻求庇护,因为正是你造成了我所有的叹息悲苦。

“我很清楚：凭我尝到的这些痛苦，我绝不配如此向你寻求帮助。可是，使我心受伤的人唯有你；唯有你，只要愿意，才能让我配得上去完成更伟大的业绩。啊，我心中无比珍贵的夫人，求你放下你高贵的轻蔑，屈就纡尊，给我怜悯，像你的举止一样温馨。

“我深知，你生得姿容美丽，亦能怜悯我的剧痛忧戚。你温柔和蔼，心地高尚，因此绝不会坐视我因对你的深爱而濒于死地。令我心仪的佳丽，唯有你才能让我转忧为喜。倘若我的祈求不会落空，我便要以爱情的名义恳求你的怜悯之情，现在你或许更能将它挂在心中。

“我属于你，这无可置疑，尽管我只是一份菲菲薄礼，尽管我力不从心，尽管我配不上你。我若未能说清我的衷情，凭你的聪颖，你也会知道我不善辞令。同样，但愿你的行动会大大超出我的渴望。愿爱神让你的心如我所想。

“我心中还有万语千言，但为了不使你心烦嗔怨，我不得不将它们强压心间。最后，我要向我尊敬的主人爱神祈祷，因为他既已让你燃起了我的爱情火苗，也定愿让你的渴望燃烧。既然我已属于你，我便要祈求爱神使你属于我。或早或迟，从此永远不会被他人夺去。”

他将这一切写在了纸上，将它折叠整齐，又将信封紧贴在脸庞，那里早已是热泪滴滴。他将信笺封好，交到潘达洛斯手里。他先上百次地亲吻这封书简，并对它轻叹：“我的信笺，你是何等蒙福无边！因为你将去往伊人指间！”

潘达洛斯手执这封令人同情的书信，去见克瑞西达。当她看见表兄，便离开同伴，独自相迎。她的外表宛若一颗东方的珍珠，畏惑与渴望正搅得她心绪不宁。两人远远地互相问候，再上前握手。

克瑞西达问：“你为何事来到这里？莫非有了进一步的消息？”潘达洛斯答道：“夫人，我给你带来了唯有你才愿听到的佳音。他已写就了这封可怜的书信。我见他为了你几乎要死去，而你却对他并不十分在意。

“将它拿去，读个仔细。无论你的回答是什么，都能使他欢喜。”克瑞西达逡巡地站在一边，并未接过这封书简，只是脸上的表情略有改变。然后她又轻声言道：“我的潘达洛斯，我希望爱神能让你得到平静，希望他对我与那位青年稍加怜悯。

“想一想你此刻的要求是否恰当，你可以自己对此做出衡量。想一想我接受此信是否应当，想一想你的这个要求是否庄重，想一想我是否应该做出如此冒失的举动，去平息那位青年的伤痛。啊！千万莫给我将此信留下，我的潘达洛斯，为了对众神的爱，求你将此信带还给他。”

潘达洛斯对此有些不满：“每个女子都最渴望得到这样一

封书简，却竟会当众显得心烦气恼，这实在让我感到莫名其妙。此事我已对你细说分明，因此你不该对我如此故作正经。我求你向我承认你言不由衷。”

克瑞西达听罢嫣然一笑，便接过信笺，将它藏在了胸衣下面，然后又对表兄陈言：“若有时间，我会尽力将它细读一番。我若不能将信中之辞完全领悟，那便是因为我能力不逮，无法使你开怀。但愿天上的众神为我作证，并使我简单的头脑变得聪明。”

潘达洛斯交出信笺，便起身离开。克瑞西达渴望知道书简的内容，迫不及待，因此一有机会，她便离开同伴，独自回房将它展开。她将信读了一遍又一遍，心情愉快。她已懂得：特洛伊罗斯心中的爱火，比他已写出的更加炽热。

这对她是个安抚，因为她曾感到心中的灵魂已经麻木。她的外表虽然显得若无其事，心中却为此悲伤愁苦。她读罢信中的每一个字，不禁为此将爱神赞美感激，自言自语：“我理当找出时机，去将他的爱火平息。

“因为我若听凭它烧得过旺，我心中的渴望便会流露在我苍白的脸上，而这将给我带来莫大的耻辱。若能欣然避免我与他的忧伤，我可不愿死掉，也不愿另一个人命丧。

“我当然不该再像以前那样。潘达洛斯若来问我的答话，即使会让我付出某种代价，我也会在所不计，欣然做答。我不再会让特洛伊罗斯称我为狠心的女子。我真渴望此刻便投入他温馨的双臂，让我们的脸儿紧贴在一起，相偎相依！”

经不住特洛伊罗斯的频频催促，潘达洛斯又来见克瑞西达，笑着问话：“夫人，对我这位朋友的信笺，你做何评价？”她马上面露红潮，顽皮地说道：“众神才知道。”潘达洛斯说：“你是否已将回信写好？”她笑道：“难道要如此争分夺秒？”

“我若要继续为你传递口信，”潘达洛斯说，“你现在便该给我回音。”克瑞西达对他说道：“我不知怎样回答才好。”潘达洛斯说：“啊，你应当去安慰他的痛苦。爱情便是最好的师傅。我万分渴望自己能够安慰他，说实话，你大概不会相信我的话。唯有你的回信才能安慰他。”

“我写回信是因为这能使你快乐。不过，但愿众神确保此事不出差错！”潘达洛斯说：“哦，只要此人值得，众神一定会这样做。众神已经赐给了他最大的快乐。”言讫，他便离去。克瑞西达坐在屋中最安静的角落，写出了如下的话语：

“贤明而尊贵的朋友，我向你送去致意。爱神好不糊涂，竟将我赐给了你，让你错将我克瑞西达爱恋，并保护她的名誉。她万分谦卑地向殿下自荐，因为她急于使你心欢，只要你能让她的名誉与贞洁得到平安。

“我的表兄对你无比爱惜，这已使他毫不顾及我的良好名誉。他给我带来了写满你话语的信纸。我怀着悲苦细读了你生活的伤悲，并希望自己也有如此好运，它对我是如此珍贵。你的话语虽然装饰着泪水，我还是怀着疑虑，将它们沉思百回。

“我已用理性斟酌了一切事情，又将你的痛苦、恳求、诚意与希望反复权衡。我不知如何才能体面地满足你的恳请，因为我非常看重那世上最令人渴望的东西，那便是生前死后的良好名声。

“这世界若是它应当是的模样，让你快乐便是我求之不得之事。但这世界既然是现在这样，我们便不得不尽力趋利避祸。你我若不这样去做，便可能招致极大的痛苦劫磨。我虽然并不情愿，还是不得不将对你的怜悯弃诸一边，因此，你从我这里得到的满足只会是少得可怜。

“不过，我深知你具备出众的美德，所以知道你很清楚什么最适合我。我还知道你会满意我的这番回答，并会克制你的悲伤，它使我肝肠寸断，无比怅惘。说实话，此事若能不失体面，为了让你快乐，无论做什么我都会心甘情愿。

“你知道，我这信中的辞令并无多少用途。我本希望它能带给你更多快乐，只可惜它几乎不能带给你任何益处。付诸行动的力量有时太弱，可能无法将良好的意愿满足。我没有答复你的所有要求，请你暂且不要因此而感到悲哀，倘若这不会使你不快。

“你不必明说，因为我相信你能做到一切事情。我自己虽说不配得到你的爱情，但我相信你一定既能得到我，甚至得到上千次，同时又不会让那残忍的火焰将我烧灼，我深信你一定不愿让我遭到那般折磨。就此搁笔，求众神能让你我称心如意。”

她写完回信，便将信纸折起，又封好信封，将它交给潘达洛斯。潘达洛斯马上去见年轻的特洛伊罗斯，万分高兴，将回信交到他手中。特洛伊罗斯接过信笺，急切地将它读完，忽而痛苦，忽而喟叹，心情随着信中的字句变换。

他又看了一遍信中的词句，自言自语：“我若没有误解她的意思，是爱神限制了她的行止，但尽管她感到内疚，却仍在盾牌后面潜行蹑足。不过，爱神若给我力量去忍受痛苦，那么，过不了多久，伊人便会做出截然相反的答复。”

潘达洛斯也赞成他的想法，又与他将此事仔细商量。于是，特洛伊罗斯又怀着前所未有的新希望，暂且忘掉了痛苦忧伤，期盼着那个时刻尽快到来，届时他遭受的苦痛将会得到报偿。他日夜祷告，朝思暮想，一心只盼克瑞西达尽快来到他身旁。

他的热情日日增长。他虽有希望的支撑，却依然心事沉重。他必定是忧思万种，心神不宁。因此我们便可猜得：他一定狂热地给克瑞西达写过很多信，但她的回复却有时温柔，有时严苛，相隔的时日也时少时多。

所以，特洛伊罗斯时常抱怨爱情，抱怨命运，并将命运视为敌人。他时常自语自言："天啊，爱的芒刺若再继续将伊人刺痛，使她止步不前，像它刺痛与折磨我一般，我的生命因为得不到丝毫安慰，很快便会选定那最后的出路，使我因此告别人间。"

看到自己热爱的特洛伊罗斯胸中的爱火正熊熊燃烧，潘达洛斯常常为此向克瑞西达求告，并毫不隐瞒，让她将特洛伊罗斯的言行全部知晓。克瑞西达听到这些虽然心喜，却说："亲爱的表哥，除此我不能再做什么。正是为了让你快活，我才答应对他如此去说。"

"这还不够，"潘达洛斯回答，"我还希望你去安慰他，去与他说话。"克瑞西达对他说："我永远不会去伤害他。因为无论如何,我也不会将我名誉的冠冕交给他。为了他的高贵人品，为了他的心地善良，我会永远爱他如同兄长。"

潘达洛斯回答："祭司们都对女子的这顶冠冕盛赞不已。他们无法从你们那里拿去。说起话来,他们每个人都恰似圣徒，而他们在梦中想做的事，却会让你们个个无比觳觫。但是，特洛伊罗斯却绝对不曾那样行事。他现在正饱受痛苦，只剩一条出路，那便是得到你慰藉他的礼物。有能力将事情做得圆满，却无法实现心愿，这实在是苦不堪言，因为一个男人越有智慧，虚度时光便越会使他愁闷心烦。"

克瑞西达说道："我知道,他的美德一定会将我的名誉护佑。我知道，他不会对我有什么非分之求，因为他的人品是那样优秀。我不但能做到你对我提出的要求，而且诚心希望自己能够将他搭救。我向你发誓：我希望他能得救，比希望自己得救更甚千筹。他对我纡尊殷勤，已让我欢喜万分。"

潘达洛斯道:“既然他的确让你快乐，你还想得到什么？啊，丢掉你的冷酷严厉吧！难道你真愿他因爱而死？你若想杀死这样一个男人，便尽管去仔细守住你高傲的美丽。啊，请对我直言：你希望他何时前来与你见面？在他眼里，你的特许比上天赐予他的一切奖赏还要珍贵无比。请告诉我什么时候、如何相见，莫再继续徒劳心机地克制你的顾虑。”

“天啊！我的潘达洛斯，你到底想将我引向哪里？你究竟想让我做什么事？你已动摇与打破了我的羞耻之感。我不敢直视你的颜面。哦，老天！我的命运是多么悲惨！厄运又一次来将我纠缠。想到你要我去做的事情，我心中的血液便仿佛凝成了寒冰。而你虽然对此一清二楚，却如此无动于衷！

“我真希望：那天在这房里我一听到你说的那些话便即刻死去。你已在我心中燃起了一个欲望，我深知自己几乎无法将它赶出我的心房。天啊，那个欲望将使我名声丧尽，将成为我不幸灾祸的起因。我已束手无策，所以我将自己交给你，也好让你快乐。

“可是，你若认为我的要求还值得考虑，亲爱的好哥哥，我便要恳求你：请你千万要对你我的一切言行严加保密。你很清楚：这样的激情一旦暴露会造成什么结局。请你让他明白应当谨慎行事，并要告诉他这是我的心意。只要时机出现，我自会按照你的意思去与他会面。”

潘达洛斯回答:“你只管看住你的嘴唇，因为无论是他还是我，都不会将这个秘密泄露给旁人。”克瑞西达说:“莫非你已知道我不能守住秘密？因为我非常愚蠢，你已看见：因为怕它被人看穿，我一直在浑身冷战。不过，此事带来的荣辱与你我息息相关，所以，我不如放下顾虑，从此按照你的心愿，对此事秘而不宣。”

潘达洛斯说："不必怀疑：我们只要如此小心翼翼，便能将事情做得谨慎周密。你希望他何时来与你会面并将衷情诉说？不如现在我们便将此事说妥。既然迟早要做，那么，尽快相见便是再好不过。此事一旦做成，爱神便往往很快会遁身匿形。到那时，你们必须一起安排好该做的事情。"

"你知道，"克瑞西达说，"一些女子和其他人与我同住在这座房子里面，其中一些人将去参加下次的节日庆典，届时我便与特洛伊罗斯相见。但愿这愆延不会使他心中焦急。至于他如何来我这里，我自会与你商议。只是他的行动必须谨慎，并要懂得如何将欲望深藏于心。"

III

《爱的摧残》第三部由此开始。在本部里，作者在祈祷之后，写到了潘达洛斯与特洛伊罗斯一同商议严守与克瑞西达之事的秘密。特洛伊罗斯与克瑞西达秘密幽会，愉悦地与她交谈。他告辞后回到王宫，沉浸在欢乐中，一直在歌唱。本部开始于作者的祈祷。

啊，明亮的光辉！至此你的光芒一直在将我指引，使我仿佛在爱神的宫殿里振翼疾飞，现在，求你使这光芒加倍，指引我的祈祷，求爱神让我写下的所有诗行皆充满他赐予的美好恩惠。

我心怀美德，小心翼翼地来到爱神的王国，便能无怨无艾，去忍受炽热爱情的所有折磨，若靠其他方式，我便几乎无法到那里去。因此，美丽的夫人哟，我若想了却这番强烈的心愿，唯有恳求你的助力。

得到了我渴望的丰厚恩典，我便能继续为你唱出礼赞。

特洛伊罗斯心中在因炽热爱情而饱受熬煎，但外表却依然装得自若泰然。他一心只想使克瑞西达愉快，心中时时记着她已谦恭地回复了他的所有信笺。不仅如此，每当他见到她时，她还向他投过甜蜜的眼波，这使他欢乐无比，飘飘欲仙。

潘达洛斯心意得遂，离开表妹。他面带欣喜，又去寻找特洛伊罗斯。上次他与特洛伊罗斯分手时，这王子正忽而满怀希冀，忽而喟叹悲泣。潘达洛斯找到了王宫里，发现年轻的王子正在神庙中独自沉思。

潘达洛斯一见王子，便将他拉到一旁：

“我的朋友，见你近日为了爱情如此痛苦忧愁，这使我好不担忧。为了你的缘故，我的心也在为你分担痛苦。所以，为了安慰你的苦心，我一直在将她找寻，终于找到了伊人。

“为了你，我在你们中间跑来跑去；为了你，我已将自己的名誉丢弃在地；为了你，我已摧毁表妹的清白心胸，将你的爱情放入其中。再过几天，你便能与伊人相见，其中的妙趣远非我这番话所能尽言。届时你便可将可爱的克瑞西达揽入臂弯。

“但你也知道：众神明察秋毫，仅让忠实于爱情的人得到回报。我希望你能如愿以偿、爱情得报，这使我为你如此奔走操劳。因此，求你务必要像精明人那样言行谨慎。你要相信：可怖的命运绝不会夺走你的福运。

“你知道，克瑞西达在众人中享有良好名声，人人都在将她称颂。现在，她的名誉完全掌握在你手中，倘若你做出不该做的举动，便会使她失去令名。这将是我的奇耻大辱，因为我是她的亲族、她的守护。

“因此，我真心求你让这个秘密只留在你我心底。我已从克瑞西达心中除去了全部羞怯以及一切于你不利的顾虑。我对她不断诉说你的诚挚爱情，使她对你情有独钟，并随时甘愿听从你的一切命令。

“若想心愿得遂，你现在只需等待机会。时机一到，我会将你送入她的怀抱，让你快乐逍遥。不过，看在众神的分上，此事你一定要在暗中进行，无论是什么情况，都切莫将它张扬。啊，我亲爱的朋友！不要因为我的屡屡恳求而心生烦恼。你知道，我这些恳求自有诚挚的理由。”

特洛伊罗斯听着这番话，谁能说清他此刻有多么欢乐？特洛伊罗斯听着朋友的劝说，心中的愁苦已逐渐减弱。

他的声声哀叹已经止息，他的愁苦忧思已经消弭。他的脸上原先时常泪水涟涟，现在因为有了希望，也已再显笑颜。

如同新春用绿叶与鲜花为灌木重披美丽的新装，它们曾在严冬里凋零，如同新春用碧草与美丽的鲜花使河畔、山冈与草地重获新生，新的欢乐也立即充满特洛伊罗斯心中，他脸上洋溢着平静的笑容。

他一声轻叹，望着潘达洛斯的脸：

“你一定还记得，往日我如何为了爱情的痛苦而时常哭泣。当时，你还想用话语刺探我的忧愁缘何而起。

“你也知道，我唯一的朋友，我曾那样犹豫地向你透露缘由。但正因你是我的挚友，我将此事告诉给你才不会有任何危险，尽管此举令我赧然。对你我的友谊，我一向深信不疑，但我对你说话时还是浑身抖颤，生怕被旁人听去。求众神让我能避免那个灾难！

“虽然如此，我仍要当着统辖天地的众神对你发誓：我不希望败在强大的阿伽门农[①]手里，但只要我尚存一息，你便尽可放心，我一直会将这个秘密深藏在我心底。我也会千方百计，去保卫那位使我心受伤的女郎的名誉。

“对你为我所说所做的一切，我一清二楚，并记在心上。无论我怎样，都无法报答你的慷慨相帮。可以说，你已将我拖出了悲惨的地狱，送上了天堂。但出于你我的友情，我还是要恳求你不要将那个恶名加在自己身上，因为你的举动完全是为了消除一位朋友的忧伤。

“那恶名理应留给那些卑贱的悭吝小人，他们如此为人效劳，完全是为了得到黄金。而你为我出力，却是为了让我摆脱忧戚，它正在我心里，因为沮丧的思绪使我烦乱不已，搅乱了我的一切美好记忆。你见我痛苦便为我分忧，为我奔走，这恰好证明你是我的挚友。

“我深知你对我完全是一片好意。我的姐妹波吕克塞娜，

---

① 阿伽门农（Agamemnon）：特洛伊战争中希腊联军的统帅。——译者注

众人都赞美她的美貌无与伦比，还有最可爱的海伦，她是我的亲戚。敞开你的心扉，倘若这两人当中有谁正合你的心思，便让我去成全你们的好事。

“你已为我做了许多事情，它们已大大超过了我当初的恳请。所以一有机会，我一定要报答你。届时将轮到我为你出力，我会将你的快乐看做我的最大欢喜，看做我的快乐、慰藉、幸福与愉悦。为了让你满意，一切行动我都会听从你的吩咐。我只想让你得到快乐，只想使你的心愿也得到满足。”

听了这番话，潘达洛斯喜在心中。于是，两人便各自去做该做的事情。特洛伊罗斯对克瑞西达的赞美虽然每天都会百倍增添，他仍将这赞美深藏心间，并说服自己克制胸中的爱恋。他夜间思索爱情，白天则与众兄弟一道与希腊人顽强作战。

此时，两个恋人渴望的机会终于到来。潘达洛斯找到克瑞西达，对她交代了所有安排。但此刻潘达洛斯正将特洛伊罗斯挂怀，因为他为了处理战事，日前与几个同伴去了营外，尽管预计他很快便会回来。

他将此事告诉克瑞西达，她听了忧伤不已。但潘达洛斯是位尽心的朋友，他马上派一个腿脚飞快的仆人去找特洛伊罗斯。仆人没有片刻耽搁，很快便见到了王子。他得知仆人的来意，快乐无比，即刻准备返回营地。

他回到营盘，潘达洛斯便将该做的事情对他交代周全。于是，特洛伊罗斯便耐心等待夜幕的降临，在他看来，夜的脚步是那样地迟缓。潘达洛斯悄悄来到克瑞西达的住处，她正怀着畏惧之情，等待表兄。

是夜浓云满天，一片黑暗，正合特洛伊罗斯的期盼。他小心翼翼地四处察看，以防任何或大或小的意外搅乱他的爱念，他盼望爱情能使他摆脱难忍的熬煎。他沿着一条秘密的小径，悄悄走进了克瑞西达屋中，那里已是悄然无声。

他按照事先的约定，在一个幽暗的角落里将心上人等待。他发现这等待十分轻松愉快，因此并不在乎那个鄙陋的所在。他怀着信心与勇气，不断告诉自己：“我那温柔的女郎马上便会来到这里，我将万分欢喜。即使我成了宇宙的唯一主宰，也不会如此欢乐开怀。”

想必克瑞西达已将他的归来听清，因为她已按照约定，装作咳嗽不停，去给他听。为了不让他到来时感到失望，每过片刻，克瑞西达都要高声吩咐每个人马上去就寝上床。她还说自己也已昏昏欲眠，再也睁不开双眼。

见人人都去睡眠，屋中寂静一片，克瑞西达即刻动身，到特洛伊罗斯的藏身处与他相见。王子正安静地等在暗中，随时准备听从心上人的命令，一见她已到来，连忙起身相迎，脸上带着欣喜的笑容。

女郎手擎一支点燃的火炬，独自迈下阶梯，见特洛伊罗斯正忐忑不安地等在那里。她对王子曲身行礼，竭力让自己的言辞谦恭无比：“我的殿下，让你这高贵的王族一直等在这样的地方，倘若这使你心情不畅，我的心上人，我便要恳求你看在众神分上，将我原谅。”

特洛伊罗斯答道：“美丽的女郎，你是我的唯一希望，你是我心中的珍贵宝藏，你的美丽脸庞一直如同无比璀璨的明星，在我眼前放射光芒。我认为，这小小一隅比我的王宫还要富丽堂皇。你不必为此请求原谅。”

他将克瑞西达揽入双臂，两人的嘴唇便紧贴在了一起。

他们沉浸在甜蜜的幸福里，上千次地拥抱，激情难抑，像所有被爱火燃烧的恋人们那样，如胶似漆，难分难离。相见已毕，他们一同登上阶梯，走入了一间卧房里。

讲述两人心中的欢乐及相处的快活，所需的篇幅必会很多。他们脱却了衣裳，双双上床。女郎依然穿着内衣，轻声说与情郎："你正像一面镜子，新婚的初夜让我羞怯难当。"

特洛伊罗斯对她言道："我的灵魂，求你脱去你的内衣，好让我了却心愿，拥抱你的身体。"克瑞西达回答："看吧，我自己将它脱去。"她脱掉内衣，立即投进了王子的怀里。于是，两人热烈地紧紧拥在一处，共享爱情最大的快乐幸福。

啊，甜蜜的夜晚，衷心企盼的夜晚，这对快活的情侣究竟怎样将你欢度？即使赋予我一切诗人的智慧，我也不能将它描述。且让曾像这两人那样得到爱神恩宠的人去驰骋遐想，或许能稍稍了解他们的快活欢畅。

两人紧紧拥抱，彻夜通宵。但是，他们虽在热烈拥抱，却仍以为彼此相距遥遥，不敢相信他们其实已互相锁牢，而只相信自己是在梦中拥抱。他们不时相问："你真的是在我的双臂中？究竟是我在做梦，还是你在梦中？"

他们满怀强烈的渴望，目不转睛地彼此凝视，又互诉衷肠：

"我的爱人，我与你在一起，这竟然是真！"另一个回答："不错，我的灵魂，这要感激众神。"两人互赠热吻，没有一瞬不在将对方抱紧。

特洛伊罗斯频频吻着克瑞西达的眼睛，说道：

"你将爱情的箭镞射进了我的心间，我的爱火被它们点燃。你俘虏了我，我不想遁身逃脱，唯有心怀疑虑者才常常那样去做。目光明媚的佳人，你已使我无法脱身，你已用爱情之网将我永远囚禁。"

他将克瑞西达的双眼吻个不停，女郎也用热吻回答他的这番热情。接着，他又吻遍了克瑞西达的整个脸庞与酥胸。每个钟点，他们都要发出上千次的轻叹，但它并非那种使人脸色苍白的悲嗟，而是发自肺腑的感叹，表达了各自心中的好感，将两人新的欢乐频频增添。

此刻，但愿那班可鄙的守财奴将此事细想分明。无论是谁坠入了爱河，他们都要大加斥责。他们自称：赚钱发财比恋爱更加快乐。他们爱财如命，愿他们仔细权衡：金钱虽能使他们开心惬意，但那快乐是否可与爱神赐予他们的片刻欢乐（倘若他们碰巧有了爱情）相比？

他们或许回答“可以”，但那分明是心口不一。他们往往嘲笑揶揄，将恋爱称作令人痛心的蠢举，却看不到他们自己及其钱财皆会一瞬即逝。终其一生,他们都不懂得何为快乐开心。愿众神让这些人悲哀缠身，而将他们的钱财赐予恋人们。

这对情侣因结合而心情畅然，于是开始交谈，彼此诉说以往的痛苦、叹息与哀怨。这番谈话时时被热吻打断，两人忘却了以往的苦痛，将美妙的欢乐一同体验。

他们根本不想入眠，而是渴望百倍地清醒，唯恐良宵变短。无论用怎样的言语与行动，他们都感到不足以证明彼此的拥有与深情。他们没有让时间白白流逝,而是通宵达旦地分秒必争。

然而，天已黎明，他们听见了雄鸡的叫声。他们拥抱的欲望再度变暖。虽已临近分别时刻,他们又将被掷入新的折磨(他们仿佛都未觉察到分别带来的折磨)，但他们的拥抱却并未因此而稍有敷衍,因为他们心中的爱火比以往任何时刻都要炽热。

克瑞西达听见鸡鸣，忧愁顿生：“啊，我的灵魂，你我若想将欲望隐藏，现在便到了起身的时光。但是，我的爱人，在你起身之前，我还想将你拥抱一番，这样，我心中的离愁才能稍减。我甜蜜的生命，快将我抱在怀中！”

特洛伊罗斯噙着泪花，紧抱着克瑞西达，不住地亲吻她。他诅咒白天来得太快，它使他们不得不很快分开。特洛伊罗斯对她说:“分别使我的痛苦难以言喻。夫人，我已深深感到了你给我的幸福，又怎舍得与你分离?

“一想到不得不违心地离开你，一想到我的生命已被放逐，它正受到死亡力量的沉重打击，我恨不能马上死去。不知我将在什么时候、用怎样的办法再回到你这里。啊，命运！你为何要让我远离这快乐？它比其他一切都更让我迷醉忘情，你却要夺走我的慰藉与安宁，这究竟为何?

“天啊！倘若返回这里的渴望主宰了我，使我的生命无法承受它的折磨，这可怜的我，又该怎样去做？哦，残忍的白昼，你为什么要来得这样快？为什么要将我们分开？你何时才会没入地平线，让我看到你使我们再次相见?

“天啊,我不知道。”他转身亲吻克瑞西达柔嫩的脸,说:“我美丽的夫人，倘若我可以相信自己会一直在你心间，如同你一直在我心里，这便比拥有特洛伊的疆域还要珍贵。这样，我才能耐心地忍受这番别离，因为与你分别实在是万不得已。我希望在约定的时间与地点，你我还能像现在这样来平息心中爱情的火焰。”

克瑞西达将王子紧紧拥抱，叹息地答道:“我的灵魂，我若没有记错，不久前我曾听说:爱神是个贪心的精灵，无论他抓住了什么，他都会紧攥不松。所以，劝他放弃掌中之物，便总是徒劳无功。

“我的最爱，为了你，爱神便这样抓住了我，现在我便是想回到以前的生活，你也莫以为我能那样去做。无论是夜晚还是白天，你已被我永远锁在了心间。我若知道自己在你心中也被如此锁牢，我便会大喜过望、深感自豪。

“因此，求你此生笃信我对你的爱情，它比我对其他任何人的爱都要更深。你渴望再来这个地方,我的热望却比你更强。

一有时机，我会比你更快地回到这里。你是我的心脏，我要将自己的一切都奉献给你！”

说罢，克瑞西达又叹息着将特洛伊罗斯亲吻。

特洛伊罗斯上百次地亲吻恋人，才勉强地站立起身。但他想到不得不做的事情，便穿戴整齐，对克瑞西达表明心迹：“按照你的吩咐，我离开此间。记住你的许诺，切莫食言。我将你交给众神，而将我的灵魂留给你照看。”

克瑞西达说不出话，愁绪万千。特洛伊罗斯离开了小屋，脚步飞快地赶回王宫。他感到爱神比以前更使他气恼，那时他还在渴望爱神的恩惠。而他发现，克瑞西达比他以前所想的还要珍贵。

回到王宫，特洛伊罗斯默默地躺在床上，想小睡片刻。但他无法入睡，因为他想起昨夜的欢娱时刻，又想起克瑞西达的长处比他预想的更多，众多新的焦虑使他辗转反侧。

他回味着与克瑞西达的美妙交谈，那甜美愉快的话音仿佛还回荡在他耳畔。这些回忆使他不能安眠。他时时感到，他的爱情远比他原想的强烈美好。纷纷思绪使他胸中的爱火烧得更猛，而他对此却并不知情。

克瑞西达也是如此，心中默念着特洛伊罗斯。得到了这样一位爱人，她万分感激爱神，无比欢欣。在她看来，仿佛还要等上整整一千年，她的心上人才会回到她身边。到那时，她要不停地将他拥抱亲吻，恰似昨夜一般。

上午，潘达洛斯来见特洛伊罗斯，见他已起床，便向他行礼。王子还了礼，急忙搂住潘达洛斯的脖颈：“欢迎你，我的潘达洛斯。”然后又吻他的额头：“我的朋友，我确信你已将我拖出了地狱，带进了天堂乐园里。我便是为你一天死上一千次，也不能报答万一。你已使我摆脱了痛苦悲哀，使我的心情无比愉快。”他又亲吻了潘达洛斯，说：“我的密友，你使我多么幸福欢欣！我何时才能再次拥抱伊人？

“我可以说：太阳虽能将整个世界尽收眼底，却不曾见过像伊人那样娇媚动人的佳丽。她的风度也像她本人一样优雅、可爱又富于魅力。我现在真正感到了生活的幸福，而这完全多亏她的温柔怜悯。赞美爱神，他让我属于伊人。我还要感激你，感激你对我的尽心竭力。

“所以，你给我的绝非无足轻重，而你也将我交给了一位我最看重的女人。从此，我永远对你欠着我的性命，只要你愿意，随时拿去都行，因为是你让它起死回生。”此话说完，他的快乐更超过以前。潘达洛斯听罢沉吟了片刻，愉快地说：

“亲爱的朋友，只要我做的事情能让你愉悦，我便心满意足，万分高兴。尽管如此，我还是要更郑重地将你提醒：你必须克制火热的欲望，保持清醒。你现在既然已用美妙的欢乐驱走了爱的折磨，便不必再将前番痛苦过多诉说。”

“我会听从你的叮咛。”特洛伊罗斯对挚友保证。他兴奋地向潘达洛斯述说愉快的心情：“说实话，我从不曾像现在这样深陷爱网，爱的烈火也从不曾像现在这样将我烧灼。正是克瑞西达的美丽眸子与俊俏脸庞，燃起了我的爱火。

“我心中的爱火从未像现在这样烈焰熊熊，但我感到这新火与以前的不同。我时刻思念着美丽的伊人，她正是这爱火的起因，所以这爱火又增添了新的柴薪。但我要承认：这爱火让我更渴望重新回到她热情的怀抱，将她柔嫩的脸儿亲吻，而这渴望也确实比从前更迫切了几分。”

这年轻人情不自禁，对潘达洛斯倾吐心中的欢乐幸福，诉说他的忧伤如何得到了安抚，以及他对克瑞西达的爱是何等诚笃。他将希望完全寄托在克瑞西达身上，忘记了其他一切事项，也忘记了其他所有愿望。

没过多久，特洛伊罗斯的好运便再次为他的激情提供了机会。夜幕低垂，天色漆黑，天上见不到一颗星星，他独自出了王宫，沿着上次走过的那条小道，偷偷来到那个爱巢。他一声不响，蹑手蹑脚，悄悄躲在了原先的地方。

克瑞西达也像上次那样熟路轻车，其做法与前番几乎如出一辙。两人先是温柔愉快地互相致意，尽量做得合乎礼仪，然后高高兴兴地携手走进她的小屋，立即躺在了一起。

克瑞西达拥抱着特洛伊罗斯，笑问："此前与今后，什么样的女子能像我现在这样体验如此美妙的激情？为了品尝到这种快乐，哪怕是一点微末，若是别无选择，天啊，谁会在即刻的死亡前退缩？"

特洛伊罗斯说："亲爱的心上人，我不知怎样表达对你的爱情，你在我心中激起的炽烈欲望与甜蜜柔情，我永远都无法一一说尽。我希望不仅将你的形象，而且将你的全部永远装在我的心间。朱庇特大神若能让我实现这个心愿，我便别无所求，只求他让我能将这眼前的一刻保持到永远。

"我从前以为他会减弱这爱火，但你我数度相会之后，现在我已相信他从未这样做过。但我依然心潮激荡，因为你已将烈酒泼在这爱火上，像铁匠那样，使它烧得更旺。所以，我现在爱你胜过以往，我日夜都在将你盼望。"

特洛伊罗斯对她说了以上的许多，两人始终紧抱在一起。然后他们开始快活地嬉戏，用情人间那些常用的话语去表达柔情蜜意。他们互相亲吻嘴唇、眼睛与前胸，并将他们在信中无法表达的致意互赠。

可是，恼人的白天即将到来，他们不免阵阵叹息，气恼怨艾，因为在他们看来，白天来得似乎比平常更快。这使他们忧伤不已。只是别无他计，两人不逞耽搁，只好起身，说起道别的话语。

两人像上次一样唏嘘作别，并且相约：日后定要不负时光，及时行乐，一同将爱的痛苦缓解。只要青春尚在，他们便要如此幸福地共享这欢乐的季节，

特洛伊罗斯心情愉悦，生活在歌声与欢乐里。除了他的克瑞西达，其他女子的超群美丽与迷人秋波都不能引起他的注意。他认为，与自己相比，其他的男人都生活在哀愁与痛苦里。他的好运使他满心感激，其乐泄泄。

他多次与潘达洛斯携手走进花园中，先谈论克瑞西达，盛赞她的美貌与谦恭，再让潘达洛斯作听众，无忧无虑地唱出愉快的歌声，仿佛除了歌唱，他没有其他办法表达自己的欢乐心情：

"啊，永恒的光明[①]！你的灿烂光芒将三重高天[②]照得一片通明，又从那里反射给我快乐、喜悦、怜悯与爱情。太阳的朋友，朱庇特的女儿，每一颗温柔心灵的仁慈主母！一种力量使我从心底发出甜蜜的赞叹，而你便是这力量的唯一源泉，我永远赞美这力量威力无边。

"天空、大地、海洋与地底，处处都能感到你的神力。啊，明朗的光辉！倘若我所见不虚，在那美妙的季节里，植物、种子与草地，还有鸟儿、野兽及游鱼，都能感觉到你，都能焕发出永恒的生机。无论是人是神，还是世上的一切生灵，若没有你，都不能生存，都无法获得活力。

"啊，美丽的女神！是你感动了朱庇特大神，使他施展无

---

① 此指古罗马神话中的爱神维纳斯（Venus）。——译者注

② 三重高天：指意大利诗人但丁《神曲》中天界的第三层，是金星（维纳斯）天，居住着多情的灵魂。——译者注

比的神力，让万物有了生命、得以长存。你常使他怜悯我们愁苦的凡人，将我们的哀叹变为美好的笑颜。昔日，当你看到朱庇特在左顾右盼，也曾用上千种方式将他送到我们身边。

“只要你愿意，你便能使高傲的战神玛斯变得温柔谦和，熄灭他的所有怒火。啊，女神！对那些为你而叹息的人，你会击溃他们的邪恶欲念，使其顿生对自己的轻蔑与不满。你能使我们成为崇尚美德、值得尊敬的人，这是我们的心愿。任何人只要心中燃起你的火焰，哪怕只有星星点点，也都会变得彬彬有礼，风度翩翩。

“美丽的女神，你主宰着所有的屋宇、城邑、王国、省份乃至天界与尘世。你始终在创造友谊,使友谊结出珍贵的果实。唯有你才深谙万物的隐秘本质，并据此创造出秩序，使那些不懂尊重你神力的人如见奇迹。

“啊，女神！你将秩序赋予宇宙天地，使它浑然一体。任何人都无法抗拒你的儿子[①]，只要他坚持，人们便只能向他坦白心迹。而我，我从前也曾用话语与他作对，但现在我却得到了报应，因为我发现自己已深陷爱情，乃至我永远不能将这爱情说清。

“这是因为，对任何人的责备我已都不在乎，因为它们乃出于无知的糊涂。在这方面，但愿强大的赫拉克勒斯[②]能成为我的有力辩护，因为连他都无力摆脱爱的羁绊，智者们都曾因此将他责难。然而，无论何人，只要不愿说谎，都绝不会讲：特洛伊罗斯不会像赫拉克勒斯那样罹陷情网。

---

① 此指丘比特(Cupid)，一说他是维纳斯与战神玛斯(Mars)之子。——译者注

② 赫拉克勒斯（Hercules）：古希腊神话中的英雄，曾完成十二项英雄业绩，后因与得伊阿尼拉（Deianira）结婚，误穿毒衣被焚而亡。参看薄伽丘著《西方名媛传》（De Mulieribus Claris）第 24 章。——译者注

“因此，我才陷入了爱情。而在你的所有神力当中，爱情最让我满足与欢欣。我听从爱情的命令，甚于听从其他一切激情。我的头脑若看得不错，那么，唯有在爱情中才能得到完美无缺的欢乐。与爱情相比，其他一切都黯然失色。这使我去追求那位美丽的夫人，她的美惠超群出众，她主宰着我的生命。

“这使我现在无比欢畅，而我若能行事谨慎，这还会使我一直如此欢欣。啊，女神！这使我衷心赞美你的光辉，它灿烂明亮，使我心迷神醉，我沉醉于你的光芒，任何力量都不能阻止我凝望你那熠熠闪光的脸庞。在你脸上，我清晰地看到了你的美德与你那光辉的力量。

“我赞美这年、这月与这季节，我赞美一天中的每个钟点与每个时刻，因为在我眼中，它们是如此令人感激、亲切温馨又美好祥和。我赞美伊人的卓越美貌，是它激起了我的渴望，它万分炽热，因为它便是一个男人的财富，他心地高尚、出身王族。

“但我首先要赞美众神，因为正是众神，将这位丽人赐予了这个世界，她是如此姣好；因为正是众神，让这道明亮的光芒照进了这个深深的地牢。在我看来，正是她使我激情燃烧。我应当感激众神，因为正是由于有了伊人，我才感到快乐无边，可是，凡人的感激又怎能报答众神的恩典！

“即使我有一百条如簧之舌，即使我具备了所有诗人的聪明，也说不尽伊人的种种优点、高雅风采与贤淑谦恭。所以，我衷心祈求神力无边的爱神，让伊人永远属于我吧，对此我会感激不尽。

“啊，女神！只要你愿意，你便能满足我这个心愿，所以我真心地恳求你！倘若你能让我与伊人的快乐充满我注定的生命时光，有谁能说比我更幸福欢畅？啊，女神！求你让我如愿以偿，因为我发现自己重新投入了你的怀抱。以前我曾离开你，而那是因为我尚未真正懂得你的美好。

“有人情愿追求财富与权力、猎物与犬鸟、精兵与良骥、帕拉斯的学问与玛斯的伟绩，那便随他去！而我却情愿终生冥思伊人的明媚眸子与她真切的美丽。当我凝望她时，她的眼睛会给我无上的快乐，使我感到自己仿佛超过了朱庇特。我对她的爱是那样地炽热！

“啊，美丽而永恒的光明！我没有美好的词句回报你，所以，若不能将它们说尽，我宁可沉默不语。尽管如此，清朗的光明，你是否仍能赐予我这些不可或缺的急需？我的这番激情，求你将它延长，将它匡正，将它隐藏，将它管理。对我心上人的激情，求你也如此尽心尽力，使她永不另有所爱，永不情有别移。”

特洛伊罗斯在战斗中总是奋不顾身。他从城中冲向希腊人，斗志高昂，骁勇善战，倘若传说是真，希腊人个个都对他惧怕万分。他是爱神的忠实仆人，因此，是爱神赋予了他如此的勇气，使他格外地无所畏惧。

休战期间，他便驾鹰猎鸟，有时还带着猎犬去猎捕狗熊、野猪与狮子。一切小型的猎物，全不被他看在眼中。每当见到克瑞西达，他脸上便会绽开笑容，宛若一只摘去头罩的猎鹰。

他的言谈无不有关爱情与高尚举止，句句谦逊有礼。他往往乐于赞扬勇士，而对懦夫则万分鄙夷。目睹谦逊有礼的青年被赋予荣誉，他总是无比欣喜。无论高低贵贱，一个人只要没有爱情，总是会被他看做一种缺憾。

他是王子，只要愿意，本可以享有更大的权力。虽然如此，他仍为赢得众人的爱戴而尽心努力，尽管不少人并不配得到他的如此礼遇。威力无边的爱神希望他如此行事，去使众人喜欢。他无比痛恨傲慢、妒忌与贪婪，而乐于听从每个人的意见。

然而，由于命运的嫉妒，这样的幸福仅仅持续了不长时间。在这个世界上,命运之神一直在躁动不安。靠着一个新的机缘，命运向特洛伊罗斯露出了苦脸，将一切颠倒逆转，夺走了他爱情的甜蜜果实克瑞西达，将他欢乐的爱情变成了痛苦的悲叹。

IV

《爱的摧残》第四部由此开始。本部首先叙述了克瑞西达如何将被送回她父亲卡尔卡斯身边。希腊人要求交换战俘，并用安特诺交换克瑞西达，特洛伊人决定将她交出。特洛伊罗斯起初心中万分悲伤，便与潘达洛斯商量了许多办法，以解除忧愁。克瑞西达也听到了自己即将离去的传言，众女子都来安慰她，她们离开后，克瑞西达痛哭不已。潘达洛斯告诉她说特洛伊罗斯当晚将与她见面。两人相见，克瑞西达昏了过去，特洛伊罗斯也痛不欲生。待她醒来后，两人在床榻上哭泣，并谈到了各种事情，克瑞西达温柔地许诺十天之后便回来。本部开始描述的是特洛伊之战，不少特洛伊人被希腊人俘虏，以及如何交换战俘。

主帅赫克托耳见特洛伊城被希腊人团团围攻，便率领他的众友与其他特洛伊人迎敌出城。他像往常一样，选出勇猛无畏的精兵，在宽阔的平原上向希腊人发起了冲锋，但此次血战的结果却与以往大不相同。

希腊将士蜂拥上前，与赫克托耳死战，惨烈的战斗持续了整整一天。但是，特洛伊人在战斗中终于败北，全军不得不纷纷溃退，伤痕累累，无比伤悲。许多将士死于沙场，殒命被戮；不少高贵的国王与将领也成了俘虏。

在被俘者当中，有国王安忒诺与他的儿子珀里达摩斯，还有米涅修斯、克珊提普斯、萨耳珀冬[①]、波利涅斯托耳、泼里忒斯以及特洛伊人利弗乌斯，此外还有许多将领，撤退中的赫克托耳未能将他们一一解救，尽管他十分英勇。因此，特洛伊全城便陷入了一片巨大的悲痛，而这似乎预示了日后的更大不幸。

特洛伊国王普里阿摩斯请求休战，被希腊人准许。于是，希腊人便就尽快交换战俘、交付赎金展开了争执。置身于希腊人当中的卡尔卡斯，也听到了这些争执。他脸色阴郁，高声地叹息不已。他大喊一声，声音嘶哑，好让希腊人暂停争论、听他说话：

---

① 萨耳珀冬（Sarpedon）：古希腊神话中的宙斯之子，吕喀亚国王，特洛伊人的盟友，后被阿喀琉斯的好友帕特洛克罗斯(Patroclus)杀死。——译者注

“尊敬的先生们，”卡尔卡斯开口言道，“众位皆知我曾是特洛伊人，而你们来到此地，为的是满足复仇之心。你们若还记得，我便是第一个帮助你们的人。且听我说出神谕：你们注定会达到目的。这便是说，希腊人必将获得胜利，特洛伊城必定被你们攻破并付之一炬。

“想必各位已经知道今后该如何行动，因我已为你们讲明。我预言的时候一到，你们的心愿都能实现。所以，切莫轻信捎信人的传言，切莫轻信任何开启或密封的石板[①]。你们将会一目了然：我来到你们中间，便是为了给你们提供良策，助你们实现心愿。

“怀着这个愿望，我必须绞尽脑汁、秘密行动、不征得其他任何人的同意，才能离开特洛伊城。当时我只能如此行动。

“其实，除了一个被我留在城中的年轻女儿，我对其他几乎都毫不关心。天啊！我这个做父亲的是如此无情、如此残忍！我本该将那个孤身的女儿带到这边，让她得到安全！可是，恐惧与仓促却使我未能如愿。留在城中的女儿使我无比忧伤痛苦，它夺去了我的欢乐与幸福。

“我不知何时才应请求让她回到我身边，因此我至今一直不曾开言。然而，现在却恰逢良机，只要能获得各位仁慈的恩许，我便可以让她回到这里。现在若不能如此，我便永远不再希望女儿再次见到我，我日后的生命便会在悲哀中度过，我也再不会在乎自己是死是活。

“你们俘虏了这些特洛伊贵族与其他人，可以用这些囚徒换回你们的将领。我可以赎回我的女儿，只要给我其中的一个将领。众位好心的先生，我已一无所有，失去了其他一切安慰，

① 此指祭司们使用的写有神谕的石板。——译者注

看在众神分上，求你们答应我这可怜老翁的恳请。

“你们不必用俘虏去换赎金，因为我可以用神的名义向你们起誓：倘若我的预言是真，你们必会夺得特洛伊人的所有财富、打败特洛伊人，而那个紧闭城门、违抗你们心愿的人必将惨死丧命，他的威力很快便会告终。”

这年迈的祭司谦卑地说罢这番话语，脸上老泪纵横，灰白的胡须全被泪水打湿。他的乞求唤起了众人的怜悯。他的话音一落，希腊人便纷纷高声地说：“将安忒诺给他，让他赎回女儿吧！”

此事便如此决定，卡尔卡斯非常欣慰。于是，他高兴地帮助谈判使者做好准备。使者们将他的心愿转告给普里阿摩斯国王、众王子以及其他贵族王公。众人为此事仔细权衡。王公们向使者提出：希腊人若交还特洛伊人要的被俘将领，特洛伊人便可释放希腊人要的俘虏。

应希腊人的要求，特洛伊罗斯也坐在谈判的王公当中。一听希腊人索要克瑞西达，他的心脏立即停止了跳动。他感到剧痛刺透了心房，以为自己马上便会死在坐椅上，但还是竭力克制了心中的爱情与忧伤。

他痛苦不已，恐惧地等待着特洛伊王公们的决议，心中思虑：倘若他果真遇到了如此巨大的不幸，他该如何行动；倘若众兄长答应该将克瑞西达还给卡尔卡斯，他该如何阻止此事。

爱情使他从心底全然反对如此的交换，而理性则站在另一边，同时他也担心克瑞西达会因羞耻而气恼，所以也对代价如此高昂的交换不以为然。这畏葸的青年便犹豫不决，左右为难，时而赞成这种意见，时而赞成那种意见，时而又将它们全部推翻。

他举棋不定，站在一边；王公们也在争论不得不做的事情，以应付发生的事变。他们答应按照希腊使者的要求交换战俘，其中包括交还克瑞西达，尽管她在特洛伊城从不曾被当做囚徒。

希腊人的使者将特洛伊王公的决定带回给希腊人。特洛伊罗斯听到这个消息，被这沉重的打击与灾难压得不能喘息，昏厥过去。深深的悲伤已将他击溃，他正像田野里被犁翻出土的百合，又被烈日晒得凋敝枯萎，褪去了鲜艳的颜色，白如死灰。

见他这副模样，普里阿摩斯、赫克托耳与战场上的众兄长十分惊慌，急忙上前将他安慰，竭力恢复他失去的力量，时而揉搓他的手腕，时而抚摩他的脸庞。他们虽然做了种种努力，像行家那样惯于应付此类的灾祸，但这一切几乎全无效果。

特洛伊罗斯神志不清，躺在那里，生命的气息只存一缕。他脸色苍白，面容憔悴，全身青紫，看上去更像具尸体。克瑞西达将被交给希腊人，这晴天霹雳已将他击倒在地。他的痛苦使人人垂泪哭泣。

可是，他悲伤的魂魄最初虽在远处游荡，最后还是悄然回到了他的身上。他头晕目眩，好似刚从睡眠中清醒，却突然站立起身，不等众人询问，便装作有事要办，离开了众人。

他回到自己的宫里，不听任何人说话，也不将任何人注意。他连声叹息，灰心丧气，不肯让任何人陪伴，径直走进寝宫，口称自己打算休息。他闭门不见任何人，无论是朋友还是仆人，无论与他多么亲近。

现在我要说：可爱的夫人[①]，即使你此刻并未出现在我眼前，我也不会感到过分不安，因为我贫弱的记忆若未将我欺骗，对特洛伊罗斯的悲伤，我也深有同感。即使没有你的帮助，我也有办法描述特洛伊罗斯的沉重悲苦。这是因为：你的离去使我

① 以下三段插话是作者对菲娅美达说的。——译者注

忧心如焚，而你正是使我如此忧伤的成因。

至此我一直愉快地歌唱着特洛伊罗斯爱情的欢乐，尽管其中也不乏叹息的混合，而现在却到了转喜为悲的时刻。所以，你若不肯听我继续讲下去，我也全然不会介意，因为你的心情将被我改变，因为我会让它充满对我生命的怜悯，我的生活比其他一切都更悲惨。

不过，你若真能听到我这番表白，凭着我对你的爱，我便要向你恳求：求你稍稍体恤我的伤悲，求你将安慰带回给我，因为你的离去带走了我的安慰。你若不愿见我死去，便请你马上回到我身边，因为你一离去给我留下的生命是那么短暂。

再说特洛伊罗斯，他一直在闭锁的幽暗寝宫中独处。他开始宣泄胸中积郁的悲苦，既听不进任何人的规劝，也不怕被任何人听见。他遭到了如此突然的厄运，这使他看上去更像只野兽，而不像一个人。

受到致命一击的公牛会四处狂奔，低声哀鸣，让人知道它的剧痛。特洛伊罗斯也是这样，他伏在床上，拼命地以头撞墙，还用拳头猛击自己的脸与胸膛。

他痛哭流涕，眼睛肿起，泪水犹如两道泉水，不能止息。

这沉痛的哭泣，这徒劳无益的话语，已经耗尽了他的所有气力。他的话语冲口而出，万分哀愁。除了死亡，他别无所求。他将众神与自己奚落诅咒。

当良久的哭泣渐渐平息，当激烈的怒火稍有所减，特洛伊罗斯躺在卧榻上，心中燃烧着悲哀的火焰。但即使在这片刻里，他也不能止住剧烈的抽泣。虽然他一直在宣泄哀痛，他的头脑与心胸仍旧几乎装不下他的全部悲情。

然后，他对自己高声抱怨：“啊，吝啬的命运女神！我如何将你得罪，竟使你与我的每一个心愿作对？难道你除了给我悲哀与折磨，已没有其他事情可做？你这么快便将你的苦脸转向了我，这到底是为了什么？我以前爱你胜过爱其他的神明，而你怎会如此残酷无情？

“我幸福愉快的生活若是让你不快，你为何不去将特洛伊人的高傲挫败？你为何不从我身边夺去我的父王？你为何不去与赫克托耳对抗？在这令人悲哀的时光，众人的希望全寄托在他的英勇上。你为何不从我们这里夺走波吕克塞娜、帕里斯或者海伦？只要克瑞西达一人能留在我这里，我便不在乎其他任何重大的损失，也不会因此而将你怨恨。但你却总是要毁掉我们最渴望得到的东西！你显示了你背叛的威力，它已夺走了我的全部安逸。这还不如你先让我死在你手里！

“啊，爱神，令人欣悦的好主人！你知道我忧心如焚。若失去这安宁，失去了这快乐，我该如何挨过这苦难的生活？啊，爱神！你曾赐予我心灵的安逸。我真正的主人，倘若克瑞西达被从我这里夺去，我该怎样将这时光度过？我已遵照你的心意，将全部身心交给了伊人。

“无论我在何地，只要我这受难的躯体尚存一息，我都会不住地悲伤哭泣。啊，哀怨失意的灵魂！你为何不逃离这最可鄙的身体？啊，气馁沮丧的灵魂！你为何不离开我的躯体，到克瑞西达那里去？你为何不化作空气？

“啊，可怜的眼睛！你的安慰全寄托于克瑞西达的面容，你们现在该如何行动？你们将永远沉浸在悲苦的哀悼中，因为你们的安慰将离开你们，你们的珍爱将被毁灭，你们将被泪水淹没、饱受折磨。现在，能治愈你们的良药已被夺走，即使你们能看见其他的美惠，也全然不能得救。

“啊，我的克瑞西达！啊，苦难心灵的甜蜜欢乐！这苦难心灵在求你救我！谁能再来安慰我的哀愁？谁能再来解除我爱情的饥渴？天啊！你若从此离开了我，那还不如让这个爱恋你的疲惫者从此殒殁。虽然命不该绝，我还是应当去死，以死来将众神谴责！

“你的离去被如此久久延宕，难道这真是为了让我这不幸的人去逐渐学会怎样去将它承当？想到这个，我心中虽然伤悲，但我还是会说：我会竭尽全力去阻止你离开我。不过，倘若我无力阻止此事，最终还是眼看你离去（现在它使我感到万分悲戚），我也能出于积习，将你的离去看得无比甜蜜。

“啊，你这邪恶的老人！啊，你这疯狂的老人！你本是特洛伊人，却投奔了希腊人，这究竟是出于什么样的邪念或怨愤？在我们的王国你已备受尊重，无论本地人还是外乡人，都不曾享有你那样的荣名。啊，你这卑鄙的谋士！啊，你胸中涌动着背叛、欺骗与敌意！我真希望能在特洛伊见到你！

“我真希望见你在到来当天便死去！我真希望：当你开口乞求希腊人为你要回那个唤起我爱情的女儿，便立即死于希腊人的脚底！啊，你降生于世的那个时刻，便是注定我灾星高照的瞬间！你便是折磨我的痛苦之源！墨涅拉俄斯[①]若将那支曾射穿普洛忒西拉俄斯[②]的长矛射进你心间，那才符合我的心愿！

“你若是死去，我的性命必能长存，因为世上再不会有人将克瑞西达找寻。我已看得清晰无比：你若是死去，我会称心如意，因为克瑞西达因此便不会离我而去。你若是死去，如此折磨我的痛苦便会止息。所以，我若丧命，我若命乖运蹇，其

① 墨涅拉俄斯（Menelaus）：斯巴达王，美女海伦的丈夫。——译者注

② 普洛忒西拉俄斯（Protesilaus）：伊菲克勒斯的儿子，参加特洛伊战争，与赫克托耳交战，最先阵亡。一说他为特洛伊王子埃涅阿斯（Aeneas）所杀。——译者注

原因便是你还活在世间。”

从特洛伊罗斯充满爱情的心底，接连发出了上千次猛于烈火的叹息，混合着热泪与哀怨的词句。这些悲叹已将这青年压碎，使他不住地流泪。后来，他沉入了睡眠，但俄顷他便睁开了双眼。

他叹息着站起身，走向被他锁上的房门。他开了门，吩咐一个仆人：“去！叫潘达洛斯赶快来见！”说罢屡屡叹气。他睡意蒙胧，又悲伤地回到了幽暗的寝宫。

潘达洛斯到了寝宫。他听说了希腊使者们的那个要求，也听说了王公们已决定将克瑞西达交给希腊人。他满面愁容，心中想着特洛伊罗斯的忧愁之情。他走进幽暗寂静的寝宫，不知该说些什么，不知是该表示忧伤，还是该表示同情。

见到潘达洛斯，特洛伊罗斯便上前搂住他的脖颈，痛哭失声，其状任何人用言语都无法形容。潘达洛斯怀着悲痛，听着王子的哀声泣诉，自己也开始痛哭，为特洛伊罗斯而无比悲苦。两人便这样站在一起，只有痛哭不已，说不出只言片语。

但特洛伊罗斯终于稍稍平复，先对潘达洛斯诉苦：“我已踏上死路，我的幸福已变成了痛苦。啊，我是多么悲愁！嫉妒的爱神已将我甜蜜的安逸夺走，同时也夺走了我的慰藉与快乐。我的克瑞西达从此将被希腊人夺走，这你可听说？”

潘达洛斯也在痛哭伤心：“是的，但愿那不是真。哦！我多么伤心！因为我不相信：这如此甜蜜无忧的时光顷刻便被切断，马上便要一去不返。我原以为，你们完美的爱情赐福除了被泄露，再不会遭到任何遏阻。现在我才懂得：我们当初的计议是何等脆弱。

“然而，你为何让自己陷入这般哀痛？你为何要如此悲伤，如此心绪不宁？你想要的，你已得到，单单为此你便应称心如意。其实，应当苦痛万分的倒是我自己，我一向爱你。而我那位心上人，唯有她才能满足我的心愿，却从未对我瞥上一眼。

“何况，特洛伊城佳丽如云，个个美丽动人。你若真希望得到欢乐，你便应相信：那些最美的女子无一不乐于对你心生怜悯之情，只要你肯为她忍受爱情的苦痛。所以，即使伊人离去，我们仍会找到很多其他美女。

“我常听不少男人表白：‘新欢总会赶走旧爱。’只要你按照我说的行事，新的快乐便会祛除你眼前的悲哀。所以，切莫为伊人去寻死，也不要与自己作对。难道你以为依靠哭泣、依靠阻止她离去，你便能让伊人回到你这里？”

听了这番话语，特洛伊罗斯马上痛哭流涕：“我祈求众神先将死亡送给我，莫等我犯下自杀的罪恶。其他的女子的确也教养佳良、美丽动人，我承认此话是真。尽管如此，还是没有一个佳丽能比得上克瑞西达，我是她的奴仆，我完全属于她。

“她的明眸迸发出火花，用爱的烈火点燃了我的激情。那数千朵火花穿进我的眼睛，将爱情款款地带进我心中。我的心为它们感到快乐。它们在我心中燃烧起的爱火，比一切绝美奇迹唤起的激情还要炽热。

“我永远无法熄灭这爱火，何况我从未打算那样去做。它烈焰熊熊，倘若它烧得更旺更猛，只要克瑞西达能与我们在一起，我便永远不会感到悲痛。正是因为她的离去，而不是因为爱情，我充满爱情的灵魂才如此痛苦不宁。世上再无任何女子能与伊人相提并论，但愿这话不会使她们不高兴。

“所以，爱神或他人的劝慰又怎能将我的心意转向另一女子？我的心已经被迫承受了足够的痛苦，而我定会痛苦至极，倘若我对其他女子动了心思，爱情、众神与世人全都禁止我如此。

“唯有死亡与坟墓，才会使我与永恒的爱人分离。无论死亡与坟墓会使我处于何种境地，它们都会将我的灵魂引入地狱，让它在那里受尽磨砺。但即使是在地狱，我的灵魂也会为了克瑞西达叹息，因为我若在死亡中也不能将爱情忘记，那么，我永远都会属于伊人，无论我在哪里。

“所以，潘达洛斯，为了对众神的爱，再莫劝我将另外的女子装进心怀。我心中只有可爱的克瑞西达，无论她的离去使我多么忧愁万端，她始终是我快乐的真正源泉。我们至今尚未看见她被交还，因此，你我应将此事议论一番。

“你提到男人们说‘新欢总会赶走旧爱’，但谁又能说：得而复失，其痛苦不如从未获得？潘达洛斯，你若这样看，那才是纯粹的蠢念，因为命运女神带给曾一度幸福者的忧愁，会超过其他一切烦忧。而其他一切说辞，全都不合事实。

“不过，你若还关心我的爱情，便请对我讲明：你方才告诉我，你认为移情别恋似乎轻而易举，既然如此，你为何没有改变你现在的心思？你的苦恋，为何让你显得如此郁郁寡欢？你为何不去另爱一位女子？她或许能带给你生活的安逸！

“你渴望生命中充满爱情，但若连你都无法去爱另一位女郎，我既已生活在幸福欢乐中，又怎能像你说的那样转移自己的爱情？现在我突然面临悲惨的灾祸，这是为何？我现在也是另一种意义上的俘虏，对此你尚不十分清楚。

“潘达洛斯，请你相信：当爱情在任何人心中生根并使他无比欢欣，它便再不能被赶走驱尽。只是由于悲伤、死亡、穷困或见不到所爱之人(像不少人遇到的那样)，随着时间的流逝，爱情才有可能渐渐消失。

“我只能以这种方式去爱克瑞西达，这实在是痛苦的折磨。我该如何去做？我之所以失去伊人，是因为要用她去换回安忒诺。天啊！我若死去或从未降生，反而会好得多！我该怎么做？我的心已绝望。啊，死亡！我在将你呼唤，快快降到我身上！来吧，不要让我继续为爱情而痛苦忧伤！

“死神，我会将你看得无比甜蜜，正像生活快乐的人悦纳生命。现在我已不惧怕你那可怖的脸容。所以，你快来吧，快来结束我的苦痛！莫再迟延，我心中的爱火已经点燃了我的每一根血管，而你的打击，将使我感到凉爽惬意。现在便来吧！我正诚心地盼望着你！

“我对众神的爱吩咐我死去，不让我继续长期活在这个世界里，眼见自己的心灵与躯体分离。啊，死神！看在众神的分上，求你快来将我带去！我现在如此痛苦，实在是生不如死。求你满足我求死的心意。你曾夺走众多人的性命，而他们都不愿丧生，所以，你一定能给我死亡，满足我的恳请！”

特洛伊罗斯如此泣诉抱怨，潘达洛斯也泪水涟涟。尽管如此，潘达洛斯仍不时用最亲切的话语尽力安慰王子。但般般劝慰都于事无补，反而增加了沉痛的哀怨与剧烈的痛苦。此事让特洛伊罗斯失魂落魄，求死不得。

潘达洛斯说：“亲爱的朋友，你若不满我说的理由，伊人迫近的离去若使你如此憎恶与痛苦，你何不用你所能采取的方式将伊人劫夺，以此挽救你的生活？当初帕里斯便曾将海伦诱拐到了希腊，而海伦乃是所有女子中的名花。

“难道你不敢将一位使你心仪的女子劫夺到你自己的城里？你若愿听从我的建议，便应当照此行事。赶走你的悲伤，将它赶出你的心间，赶走你的痛苦愁怨，将脸上的泪水揩干。展示你伟大的勇气，去实现你的心意！这样，克瑞西达才会属于我们自己。”

特洛伊罗斯答道：“我的朋友，我十分清楚，你在竭力为我消除这些恼人的痛苦。我也想到过你那个建议，还想出过其他许多计划，尽管我一直在哭泣，尽管我完全陷入了绝望，而绝望的力量超过了一切，它的重击使我如此悲伤。

“可是，我虽陷入了狂热的爱情，却一直在考虑劫夺计划，责任迫使我去实行它。但经过反复斟酌，我认为：即使安忒诺及每个特洛伊人都已回到了特洛伊城里，我仍没有机会带伊人离开希腊人的营地。而对于违反双方的协定，我根本没有放在心中。我情愿违反协议的约定，管它随后发生什么事情！

“我还担心：用暴力掠走伊人会玷污她的名誉。何况我也不知她是否同意此举，尽管我知道她对我的爱是真心实意。所以我才手足无措，因为我虽愿意这样做，却担心这会使她不悦，而她若因此不快，我便不愿将伊人劫夺。

“我甚至曾想恳求父王的恩许，求他同意我娶克瑞西达为妻。但我又想到：那样做将使她遭到世人的诛诮，而我们以前做的一切也会被人知晓。即使我提出这个请求，我也不敢奢望父王会认为自己有权将伊人判与我。他本打算让一位王族女子与我成亲，所以，他若同意让克瑞西达嫁给我，便必定要违背他原先的婚约承诺。

“因此，我在爱情上实在是进退两难。这使我一筹莫展，疲惫不堪，只得珠泪涟涟，因为虽说爱情的力量的确强大无比，我却感到心中已无半分爱情之力。希望已离开我心中，而种种痛苦之由却与日俱增。我若在刚刚感到这熊熊爱火时便死掉，那该有多好！”

潘达洛斯说：“你本来可以随心所欲。不过，倘若我心头也像你那样燃起了爱火（你的言行已清楚地表明了这一点），倘若我也拥有你那样的权力，若强迫我将它放弃，无论困难如何众多，我都会竭尽全力将那女子劫夺，绝不考虑谁会因此而不乐。

“当你心中燃烧着爱情，爱神便不再像你以为的那样难以对付，虽说爱神本该十分精明。倘若爱神如此剧烈地伤害了你，你不如顺从他的意志，像大丈夫那样，委屈自己，熬过这番残酷的磨砺。安心忍受几分指责，胜似哀声抱怨，再痛苦地死去。

“你将要劫夺的正是你渴望得到的女子，无论你做什么，她都会欣然同意。你若因为做出此事而感到罪孽过重，或受到的谴责太多，你仍有办法马上将它结束。换句话说，你可以再将伊人送回原处。对大胆的人，命运女神会给予帮助；而对胆怯者，她却毫不照顾。

“即使此事会使克瑞西达不高兴，不用多久，你还是可以重获安宁。我不相信她会因此而生气，因为你给她的爱情使她那样欢喜。至于她的好名，可能会有所减损，但事实上，她不会为此过分忧伤。就让她去过没有好名的生活吧，像海伦那样，只要她能满足你的一切愿望。

“所以，你要鼓起勇气、无惧于心，因为无论许诺还是誓言，爱情都概不承认。你现在应当表现得再勇敢几分，你应将自己怜悯。无论发生什么险情，我都会与你站在一起并尽我所能。今后你要勇于行动，而众神一定会助我们成功。”

特洛伊罗斯谛听着潘达洛斯的话，然后回答：“我赞成你的这番话语。但是，即使我的爱火比现在旺盛千倍，我的痛苦比此刻更烈，我也宁愿去死，而不会去伤害这位淑女，以满足自己的心愿，哪怕只伤害一星半点。因此，我希望她能先对我说：她赞成我的这个打算。”

潘达洛斯说：“现在我们必须离开这里，莫再迟疑。你先将脸洗净，然后我们回到宫廷，并用微笑的面容掩饰心中的伤痛。

“人们尚未看出任何端倪，但你我若一直留在这里，认识我们的人一定会心生怀疑。现在行动！你完全懂得如何掩饰自己。而我会去竭尽努力，让你今晚便见到克瑞西达，将此事商议。”

传言最是变幻不定，它既报告真相，亦报告假情。它扑动着最迅捷的翅膀，飞遍了特洛伊全城。它将消息迅速传递，告诉众人希腊使者带来的讯息，告诉他们：为了换回安忒诺，国王已答应将克瑞西达交给希腊人。

克瑞西达已不再将她的父亲尊重。听到了这个消息，她不由长叹一声：“天啊！我的心是多么悲痛！”

这消息使她哀痛无比，使她更渴望见到特洛伊罗斯，因为她现在最爱的便是这位王子。她害怕那传言可能是真，连一个问题都不敢去问。

但我们都知道：一旦有了新鲜的事情，一个女人便会去告诉另一个知心的女人。因此，很多女子都来将克瑞西达拜访，陪她度过白天的时光。她们满怀带着怜悯的愉快，先后向克瑞西达讲述事情的来龙去脉，告诉她国王如何答应用她交换、根据的是什么条件。

一个说：“你能回到父亲身边，与他团聚，这当然让我喜在心里。”另一个说：“看到她从此会离开我们，我感到非常伤心。”又一个说：“她可以制定些计划，让我们得到和平。她会与希腊人的统帅安排停战，而你们都听说过，那个人只要做出决断，便一定能将它实现。”

对这些妇道之见的谈话，克瑞西达听而不闻，并不回答，认为它们皆为鄙俗低下。她听到的消息激起了她种种有关爱情的思想，既温柔又高尚；而她那美丽的脸庞，已无法将那些思绪掩藏。她的身体虽然还在那里，灵魂却早已飞离。它在将特洛伊罗斯四处寻觅，却不知他现在何地。

这些女人以为留在克瑞西达家中议论是非，便能使她得到安慰。其实那些离题而冗长的闲谈，却使她非常厌烦。她心中感到的那种激情，与在场女子所见的迥然不同。她按照女人的方式，屡屡将女子们送到门口，因为她急于摆脱她们，巴不得她们快走。

她有时也不禁哀叹，脸上也挂着泪滴点点，这些都表明她的心灵正受熬煎，苦不堪言。但这些围在她身边的愚蠢女子，却以为她伤心流泪是因为舍不得与她们分离，平时她们常来与她在一起。

女人都来将克瑞西达安慰，却无人知道她究竟为何伤悲。她们都以为她不忍与她们分离，虽然说了千言万语，却句句不着边际。这恰似头痒却搔脚腕，因为她根本没有将她们放在心间，而只是把即将与她分别的特洛伊罗斯思念。

女人们喋喋不休，说罢了很多蠢话，便各自回家。克瑞西达心中忧伤，轻声啜泣着走进卧房。她不知用什么办法才能医治心中的伤痛，忍不住大放悲声。

这悲伤的女子扑在床上痛哭，其状难以尽述。她捶打着胸口，呼唤死神来将她带走，因为残酷的命运迫使她与心上人分手。她撕扯着金发，屡屡将它们拔下。她一心求死，一个钟点里她呼唤过死神上千次。

她不时地说道："啊，不幸的女郎！我多么可怜，多么悲伤！我将去向何方？啊，我是如此厄运缠身！我生于一个不吉利的时辰。你现在哪里，我甜蜜的心上人？我的特洛伊罗斯，我宁愿刚一出生便被窒息，我宁愿从未见到过你，因为残忍的命运现在已将我从你那里偷去，也从我这里偷去了你！

"你我再无缘相见，我的生活愁苦万端，我该怎么办？特洛伊罗斯，离开了你，我该如何度日？我想我再也不会去喝水进食。我的灵魂已经迷乱，它若不肯服从我的心意，若不肯离开我的肉体，我是否该用饥饿将它赶出我的身躯？因为我已看到：我的命运总是越来越不济。

“我现在成了真正的孤孀，因为我不得不离开你，而你是我身体的心脏。我身穿的黑衣真正代表着我的悲伤。啊，我多么悲伤！天啊，想到你我天各一方，这实在让我痛苦难当！啊，特洛伊罗斯！我怎忍心眼看自己离你而去？

“我已失了灵魂，怎能继续生存？它定会与我们的爱情一同留在这里，它定会与你一起悲叹这忧伤的别离，而我们注定要用离别之痛偿还爱情的甜蜜。啊，特洛伊罗斯！你现在难道不能尽力用爱情或暴力留住我，而只能眼看我离你而去？

“甜蜜的心上人，我动身在即，不知何时才能再见到你。但你既然这样爱我，你会做些什么？莫非你真能忍受这痛苦的折磨？说实话，我不能忍受这伤悲，因为重重伤悲会使我心破碎。但愿我的心尽快破碎，因为它破碎之后，我才能摆脱这沉重的哀愁。

“啊，我的父亲！在你自己的国土上，你是背叛的邪恶小人！当你产生了投奔希腊人、抛弃特洛伊人的邪念，罪恶便进入了你的心间。那个瞬间使你遭到天谴！你这卑鄙的老翁，愿主神让你死在地狱的深壑中！你在垂暮之年，竟犯下了如此深重的罪行！

“天啊，我多么疲惫不堪，多么忧愁孤单！因为我不得不代你受过、忍受罚责，尽管我的任何过错都不该使我过这种令人厌恶的生活！啊，正义的天理！啊，仁慈的光明！你怎能做出如此的裁定：判我父有罪，却让我抛洒泪水？我并未犯罪，你怎能让我伤悲心碎？”

谁能尽述克瑞西达这番悲伤的表白？我实在是笔力不逮，因为言词无法说尽事实，她的悲伤是那样沉重剧烈、那样痛彻心怀。她正声声嗟叹，潘达洛斯已来到她眼前。因为房门没有上栓，他径直进门，见表妹正不住地哀叹，模样万分可怜。

他看见克瑞西达坐在床上，悲叹忧伤，脸上热泪行行。他看见泪水已浸透了表妹的前胸与脸庞。他看见表妹眼泪汪汪，憔悴异常，显出饱受折磨的模样。克瑞西达见到表兄，羞愧顿生，将脸儿藏进了双臂中。

"这实在是一段残酷的时光，"潘达洛斯说，"因为我今早起床，无论走到什么地方，都能见到各种磨难、哭泣、苦痛与忧伤，以及各种哀怨、嗟叹、剧痛与苦涩的惆怅。啊，大神朱庇特！你究竟要做什么？我想，你一定从天堂洒下了泪水，因为我们的行为与你的意愿截然相悖。

"可是你，我忧伤孤独的表妹，你究竟打算何去何从？

"你难道相信你能顺从这样的运命？你为何要用如此的哭泣毁坏你美丽的面容？你的哭泣如此沉痛，难以形容。快起来与我说话，抬起你的脸，快揩干你低下视线的泪眼，听我对你说个仔细，你那位亲爱的朋友让我将这些话带给你。"

克瑞西达伤心地哭泣，没有词句能描述她的悲凄。她凝望着潘达洛斯，说道："啊，我多么忧伤！我的心上人究竟怎么想？我不得不含着眼泪与他分离，因为这是残酷命运的旨意！他是希望看到这些热泪与叹息，还是要求别的东西？倘若他派你来只是为了看我悲叹哭泣，那么，我已满足了他的心意。"

她脸上的表情犹如人在墓中。她的脸本来犹如在天堂乐园中塑成，现在却已大大变形。她脸上的美丽与愉快笑容早已不见踪影。她眼睛周围的紫青，真切地显示了她遭受的折磨苦痛。

潘达洛斯已陪着特洛伊罗斯哭了整整一天，但见表妹如此痛苦，他又不禁热泪涟涟。他已将本来要说的话忘记，与表妹一起哀愁哭泣。两人沉浸在忧伤里，后来，潘达洛斯的抽泣才稍稍平息。

他说："表妹，虽然我并不知道详细经过，但想必你已听说你父亲要你回到他那里，也已听说王国已同意如此。所以，倘若我听说的消息是真，过不了一个星期，你便不得不离开此地。特洛伊罗斯对此事的忧伤悲愤，实在是一言难尽。忧伤使他产生了求死之心。

"今天，我陪他哭了一整天，泪流如泉，真不知那么多的眼泪来自何源。现在，我的安慰终于让他的悲哀稍有收敛。我想，他非常渴望与你见上一面。所以，在你离开之前，我便按照他的心愿，到这里转告他这个打算。这样，你们二人便能一同宣泄心中的愁怨。"

"我的悲哀深重无比，"克瑞西达道，"因为我对他的爱胜过自己。可是，我听说他为了我而一心渴求死亡，可见他对我的爱比我的更深更强。倘若一颗心能因悲痛而破碎，那么，我的心现在便已破碎。现在，歹毒的命运亲自在我心中装满了哀愤，让我真正领略了它包藏的种种祸心。

"主神知道，这别离让我万分悲伤，但更使我悲伤的，却是目睹特洛伊罗斯痛苦的模样。说实话，我也因此而不能自已，恨不得立即死去，毫不迟疑。失去了得到救助的希望，我会很快命丧，因为看到我的特洛伊罗斯如此痛彻心肠。告诉他快来见我吧，只要他渴望。这会大大减轻我的痛苦忧伤。"

说完这一席话，克瑞西达便重重地向后倒下。她又用双臂撑起身体，重新开始哀声哭泣。潘达洛斯对她说："啊，可怜的女人！你现在想做些什么？过不了几个钟点，你最爱的人便会投入你的怀抱。想到这个，难道你不感到心情稍好？快快起身，打起精神，这样，他到来后才不会见到你如此衣装不整。

“他若知道你想寻死，便会立即自杀，任何人都无法拦阻他。相信我的话，他若知道你仍愿活下去，倘若我能劝阻，他便不会来见你，因为我深知：他毕竟无法逃避这个伤害，这便是结局。所以，赶快起来，恢复平静，这样才能减轻他的哀痛，而不是将它加重。”

“去吧，”克瑞西达说，“请你放心，我的表哥，我会尽力这样去做。等你走后，我会马上从床上起身，我会将悲伤与失去的欢乐紧锁在心。去请他来吧，便按照往日的办法。他会发现：我的房门仍旧虚掩，一如从前。”

潘达洛斯去见王子。见特洛伊罗斯神色凄惶，万分沮丧，他不由心中怜悯，为他忧伤。他对王子说：“英勇的青年，你的模样难道是说：现在你已变成了懦夫一个？你的心上人现在尚未离你而去。你为何仍旧如此失魂落魄，你的眼睛竟已显出了沉沉死气？

“以前没有伊人，你也能长期生存，难道你的心不能使你继续你的生命？难道你只是单单为她而生？做个堂堂男人，鼓起几分勇气，赶走这些忧愁，赶走这些烦恼，至少赶走一部分。离开你以后，我没有耽搁时间，我已向克瑞西达转达了你的心愿，并与她长谈。

“我看，你的忧伤不及那女子的一半。她不住地叹息，它剧烈无比；离别使她无比伤悲，它超过了你的二十倍。因此，你应稍稍感到安慰，因为在这个悲苦时刻，你至少知道了你在她心中是何等珍贵。

“你们见面的事情，我刚刚与她商定。今夜你便能与她在一起，到时候，你可以对她尽量说清你想到的主意。你马上便可知道什么样的安排最使她欢喜。你们或许能找出对策，从而大大减轻你们的忧戚。”

特洛伊罗斯叹息一声，对潘达洛斯说：“你说得不错，正与我意相合。”他又说了其他许多。潘达洛斯见自己应当告辞，便离开了王子，让他独自沉思。在特洛伊罗斯心间，投入心上人的怀抱仿佛还要等上一千年，而重聚之后，邪恶的命运便会从他身边将她夺走。

约定的时刻来临，克瑞西达便手擎燃烧的火炬，来见特洛伊罗斯，一如往日。她将心上人紧紧拥抱，万分忧伤的王子也将她紧紧抱牢。两人默然无语，都无法隐藏心头的创伤，只能静静地相互紧抱，任滚滚热泪洒在地上。

他们彼此将对方抱紧，泪如涌泉。他们也想交谈，却因那恼人的泪水、抽噎与叹息而无法开言。尽管如此，两人还是不住地互相亲吻，并将那滴落的泪水啜饮，不在乎它们比平日更苦涩万分。

眼泪与哀叹耗尽了他们的精神。当两人的剧烈痛苦稍见平息，他们的精神也恢复了几分，克瑞西达便站起身，面对心上人，眼中充满强烈的渴望，用沙哑的声音对王子言讲：“啊，我的主人！我从此不得不离开你，我将去往何方？”

然后她突然昏了过去，脸儿垂在胸前，浑身气力都离开了身体，剧烈的悲伤在心中翻卷。她的灵魂也趁此时机，悄然地离她而去。特洛伊罗斯凝视着她的脸，将她的芳名呼唤，但她却仿佛没有听见他的呼声连连。她倒下时眼中已蒙上了翳团，使王子以为她已香消魂散。

特洛伊罗斯见到这般情景，加倍的悲痛使他痛不欲生。他将克瑞西达放在床上，不住地亲吻她那沾满泪水的脸庞，极力寻觅她生命最轻微的迹象。他心中悲凄，轻轻抚摩着心上人的每一处身体，边哭边语。在他眼中，克瑞西达的一生是如此苦命。

在特洛伊罗斯看来，克瑞西达已万事不省，浑身冰冷。这使他相信伊人已经结束了她的生命。因此，他痛哭良久，然后像人们对待死者一般，先揩干克瑞西达的脸，再整理好她的衣衫。

这一切做完，特洛伊罗斯便坚定地拔出长剑。待利剑完全出鞘，他便欣然地迎接死神，好让他的灵魂遵从这悲惨的命运，去追随爱人的灵魂，并与她一同留在地狱中，因为残酷的命运与难以遏制的爱情，正驱使他了断自己的性命。

但他死前还是怀着高贵的怒火，对神祇发出了谴责："啊，残忍的大神朱庇特！还有你，无情的命运女神，看吧，我将死去，让你们称心如意！你们已夺走了我的克瑞西达。我早已知道，你们迟早会用种种诡计，从我身边将伊人窃去。我不知道此刻她在哪里，但我却看见了她的尸体。你们实在太不公平，竟让她这样死于非命！

"我将离开这个世界，去追随伊人的灵魂，因为这会让你们开心。在冥界，我或许更幸运，能与她永远相守；到那时，只要能像我听说的那样去爱，我的悲叹便会停休。你们不肯让我活下去，至少你们应将我的灵魂与她的放在一起。

"还有你，特洛伊城，我将你留给了战争。还有你，普里阿摩斯，我的父亲！还有你们，我的众位兄长！永别了！我将葬身地底，去将克瑞西达那对美丽的眸子寻觅。还有你，我为你而愁肠寸断，你离体的灵魂正在将我召唤，求你务必将我接纳！"这最后一句，是说给克瑞西达。此刻，特洛伊罗斯已将利剑按在胸膛，正待接受死亡。

此刻，克瑞西达恢复了知觉，发出一声深长的叹息，叫着特洛伊罗斯的名字。王子对她说："啊，我甜蜜的心上人！你还活着？"他哭着将克瑞西达揽入臂膀，尽力用话语安慰她的悲伤。她那迷失的灵魂又回到了她的身体里，此前它曾离去。

她伫立片刻，一言不发，当想到要说什么，才开口问话：“你为何拔出了长剑？”于是，特洛伊罗斯便向她哭诉他近日来遭受的磨难。克瑞西达又问：“我听到的一切可是真的？这么说，我若再迟醒片刻，你便会在这里自杀殒殁！

“天啊！你告诉我的一切让我多么悲痛！你若殒命，我也绝不偷生，而会将那剑刺进我忧伤的心胸。现在我们实在应当高声赞美众神。你我此刻不如到床上去，互相倾诉悲伤的心曲。眼看这火炬渐渐暗淡，我想今夜已过去了很长时间。”

他们仍像以往那样紧紧拥抱。不过，他们以前拥抱时快活无边，而此刻却是苦泪连绵。他们不再耽搁，马上开始了苦涩与甜蜜交织的诉说。克瑞西达开口说：“我亲爱的朋友，请仔细听我要说什么。

“听说了我那邪恶父亲背叛的不幸消息，又听说众神不让我再见到你，任何女子都不会比我更忧伤悲戚，因为我根本不在乎黄金、城池或王宫，而只想与你一起共享欢乐甜蜜。

“我本以为再也见不到你，便打算在绝望中沉溺。但你已看到，我的灵魂先是四处游荡，现在又回到了我身上。我头脑里产生了一些或许有用的思想。所以，我必须先对你说个仔细，然后你我再将悲泣继续，因为我们或许还有望获得圆满的结局。

“你已知道我父亲要我回到他的身边，但若不是国王之命，我绝不愿去希腊人那边。你当知道，国王必须遵守他的誓言。所以，无论狄俄墨得斯何时回来，我都必须随他一同离开；他是谈判使者，前来商定这残忍的条件。恳求诸神，在这苦难之际，永远不要让他返回城里。

“你知道：我的亲戚们还住在这里，他们都将我父亲鄙弃。我所有的东西也都还在这城里。我若未记错，你们一直在与希腊人商谈如何结束这危险的战端。墨涅拉俄斯之妻[1]若能自动回到他身边，我相信双方一定能结束这场恶战。我也知道此事很快便会实现。

“倘若双方能和平相处，我便要返回特洛伊城，因我没有别的去处。即使双方继续交战，在休战期间，我也有机会来到这里。你知道：双方间的通道并不禁止女人来去，这是惯例。我的亲戚会很乐意邀请我来此地。

“可见，你我尚能得到少许安慰，尽管等待会使人烦恼憔悴。不过，欢乐之后若想得到更大的快乐，便必须准备去忍受艰辛的折磨。我看得分明：在特洛伊城，有时我们不能相见，而不得不终日生活在悲伤的痛苦中。

“另外，无论是战争还是和平，返回这里的热望都已在我心中倍增。我父亲现在要我回去，这或许是由于：他认为他的恶行会使我在这城中无法继续生活，他以为我会遭到特洛伊人的暴力与谴责。他若知道我在这里依然受到尊重，便不再会为我回到这里而忧心忡忡。

“他何必要将我留在希腊人中间！你已看见：希腊人总是在不停地征战。倘若父亲无法将我留在身旁，我不知他还能将我送到什么地方。即使他能将我留在那边，他也不会情愿，因为他根本不打算将我托付给希腊人照看。所以，最好的办法便是将我送回这里，我不知谁会反对这个主意。

“你知道，他年迈又贪财，而他看重的财产全在这里，这会使他考虑我提出的建议，那便是尽力将我送回特洛伊，因为我会让他明白：我能找到一个办法，无须任何代价，去防止他的财产遇到意外。他出于贪财，一定会乐于让我回来。”

---

① 此指海伦。——译者注

特洛伊罗斯谛听着克瑞西达的话，深受启发。他本来有理由认为这番话合情合理，且与实际相契，但他的爱情却让他迟疑，使他不愿相信这些道理。然而，出于急切的渴望，他最终还是说服了自己，让自己相信了这些话语。

于是，两人放下心头的几分忧伤，重新燃起了希望。他们的心情已不再那样苦涩，便开始再次将爱的快乐品尝。如同新的季节中鸟儿歌唱在树林里，他们也唱着爱的心曲。

不过，一个思虑始终萦绕在特洛伊罗斯心里，那便是克瑞西达不得不离他而去。因此他说："啊，我的克瑞西达！我爱你胜过爱其他所有女神。我为此感到荣耀万分。方才我以为你已死去，本来我会立即杀死自己。你若不能很快回到我身边，想想我的生活会多么艰难！

"现在你真的还活在世上，求你尽快说服父亲，让你尽快回到这个地方！你若耽搁太久，我便可能自杀命丧。想到你在别的地方，我会终日叹息忧伤，痛断肝肠；此外我真不知该怎样苦熬时光。此刻我突然产生了新的愁烦，因为我担心卡尔卡斯会将你扣在身边，而你说的那些事情便无法实现。

"我不知我们是否能与希腊人缔结和平协议。无论战争是否继续下去，我都很难相信卡尔卡斯会愿意回到这里。他定会认为：他留在城中，他的罪孽必会使他蒙受耻辱的骂名，因为我们若不想欺骗自己，他的罪孽实在是深重无比。既然他如此坚持要你回到他那边，我便几乎无法相信他会情愿将你送还。

"他会选一位希腊人做你的夫君。他会使你相信：特洛伊正被围攻，希腊人必定获胜，而特洛伊则灾难深重。他还会对你花言巧语、百般奉承，让你得到希腊人的尊重。我知道，他在那边备受尊敬，希腊人都交口称赞他的德能。所以我才深感忧虑，因为我担心你永远不会返回特洛伊。

“美丽的心上人，我的灵魂！这忧虑使我痛苦万分，实在一言难尽。我生死的关键完全握在你手里。我的生活是悲惨还是甜蜜，一切都取决于你的心意。啊，灿烂的星辰！按照你的指引，我的航船将驶往我向往的那个港津。请你切记：你若将我抛弃，我必会死去。

“因此，以众神的名义，我们必须竭力设法不使你我分离。我们可以逃往他乡异地。只要能躲过国王的责难，我们便不必去管他的诺言能否兑现。远方会有很多民众乐于接纳我们，并会永远将我们看做主人。

“因此，你我不如秘密地逃离这里，同去远方。我身体中的心脏，让我们在快乐中一起度过生命剩下的时光！倘若这与你的心思相合，那么，这便是我的心愿，这便是我的渴望。在我看来，这个计划更安全，而其他一切行动都很困难。”

克瑞西达叹着气说：“我亲爱的欢乐！我心灵的快乐！这一切以及其他更多，全都可能如你所说。但我凭着爱神的金箭向你起誓：你已进入了我的心房，啊，我的夫君！无论强令还是恭维，都不能使我放弃对你的渴望。

“但是，说到你我的逃离，我却认为它并非良计。在这艰难悲苦的时期，你应将自己与特洛伊多加考虑。我们若像你所说的离开这里，你便会看到由此会引来三种可怕的结局。一种来自破坏誓言，而那会造成更多灾祸，始料不及。

“何况，这还会给你的亲人们带来危险。因为你若为了一个女子而离开他们，使他们无助无援，困境便会使其他人害怕受到计策的欺骗。我若看得不错，你将为此而备受责难。任何人只要知道了这是个计谋，哪怕是一星半点，便再也不会相信其真正的缘由。

“若说有时还要有信义与忠诚，那可能便是在战争当中。

因为谁都不具备长久独自支撑的本领，而众人同心戮力，共历危难，则不但是为了他人，也是为了自己。人们若仅仅关心自己的财产与平安，大家的希望便都会毁于一旦。

“再者，你还要仔细思忖人们对你的离去会如何议论纷纷。他们会说：使你做出了如此决定的，并不是带着那些热辣辣的金箭的爱神，而是你的胆怯与卑劣之心。所以，你务必要远离这些思绪。一旦它们进入了你的心里，又被你看做了勇气，那么，你为此付出的代价将会昂贵无比。

“你再想想：我最珍视的名誉与贞洁为此将会蒙受多大的耻辱。它们将被玷污，我将身败名落。我便是能活上十万年，无论申辩开脱还是崇奉美德，无论我做什么，全都无法使它们失而复得。

“除此之外，你还应想到几乎任何东西都会遇到一种情况：只要严加看守，再低劣的东西也能使人产生热烈的渴望。对你渴望占有的东西，你若完全有权看见甚至拥有，你便会很快对它心生厌腻。

“我们的爱情使你如此欢喜，是因为你不得不行事隐秘，你又很少来到这里。但你若随时都能与我相会，现在将你点燃的火炬很快便会泯熄，而点燃我的火炬也会如此。我们若希望现在的爱情长久持续，便必须始终保守秘密。

“因此，你必须顺应命运。且将脊背转向命运女神，战胜她，使她筋疲力尽。任何人都没有不做她臣民的勇敢心灵。我们不如顺从她的一贯行动。同时，你还要找个借口，佯装旅行，期间你要减少悲叹忧愤。十天之后，我一定回到这里，请放宽心。”

特洛伊罗斯说：“你若在十天后回到这里，我自会满心欢喜。但我这些叹息伤悲，又能从谁那里得到些许安慰？你知道，我现在每个钟点都在饱受折磨。我若不能将你见到，这十天又该怎样苦熬？

“看在主神的分上，求你设法留下！千万别走，只要你有任何办法！我听说的若是不错，你的头脑一定是敏捷灵活。你若爱我，便一定已看清：我现在只有一个担忧，那便是你将离开我。你若离去，也完全能想象出我的生活将是什么样子。”

“天啊，”克瑞西达说，“你已将我残杀！尽管我非常相信你，你却给我如此深重的悲戚！我知道，对我的诺言，你并不像我所想的那样相信。啊，我亲爱的心上人！你为何如此缺少对我的信任？你为何完全失去了自信？一个骁勇善战的男人，却不能熬过这短短十天，谁会相信？

“我看目前最明智的办法，便是采用我说的这个计划。我亲爱的主人，你一定要暂且答应这个做法，并且一定要深信：一想到我将远离你那甜蜜的凝望，我的心灵便不住地哭泣悲伤。我的忧伤或许比你所想的还要强烈百倍。我的全部感官都强烈地感到了我的伤悲。

“我的心上人，等待往往有助于赢得良机。我并非如你所想，我不会因为被交还给了父亲而就此离你而去。我想，你也不会以为我是如此愚蠢，竟找不出办法回到你身旁。我渴望你，胜过了渴望自己的生命。我爱你，也远远超过了爱自己的生命。

“所以，我的恳求若还有用，我便要向你恳请：为了你对我的一往深情，也为了我对你的爱情，求你莫因我的离去而过分悲痛。你若知道见到你如此哀哭、听见你发出的深叹我是多么痛苦，你便会后悔不该将它们恣情流露。何况你泪水汩汩，这会让你苦上加苦。

“为了爱情，也为了你，我希望自己能很快返回这里，我希望找到一种能使你我快乐的良计。在我离开以前，若能看到你平静泰然，我便不再有痛苦愁烦，而只将那无比炽热的爱情留在心间。我心灵的甜蜜安慰，求你这样去做，莫再伤悲。

“我还要说：当我离你远去，求你万莫与任何女子寻欢，万莫以想入非非为乐。请你相信：我若知道你三心二意，便会像发疯的女人那样杀死自己，我也会不顾一切地为你悲伤不已。你既然知道世上最爱你的女人是我，难道你竟会另有所爱，将我抛弃？”

特洛伊罗斯叹息一声，回答最后这个问题：“即使我心存半点你所怀疑的那种心思，我也不知自己是否有力量那样行事。我对你的爱会使我严格约束自己。没有这爱情，我不知如何活得下去。我对你的爱恋一往情深，我想用几句话向你解释它的原因：

“美貌往往使其他人落入它的罗网，却并未使我因此而将你爱上。高贵出身往往激起贵族们的渴望，却并未使我因此而将你爱上。华丽衣饰与巨大财富，同样不是我爱上你的原因。我对你情有独钟，完全是因为你比其他一切女子都更多情。

“可是，你有高贵不凡的风度，你有卓越文雅的谈吐，你有超越其他所有贵族女子的举止，你还有贵妇般的优雅矜持。因此，出身低微者的种种渴望与行为，在你眼中都显得格外鄙俗卑微。在我眼里，你便是这样的女人。啊，至高无上的爱情女神！她已用爱情使你在我心中成了主人。

“无论岁月还是无常的命运，都无法夺去你的这些长处。所以，我极度痛苦，万分焦虑，总是怀着一个强烈的希冀，那便是你我永不分离。天啊，我的心是多么忧戚！甜蜜的心上人，你若从此离开我身旁，什么才能安慰我这些忧伤？别无其他，唯有死亡。唯有死亡才能结束我的悲伤。”

两人含泪长谈，直到临近拂晓。他们互相告别，彼此紧紧拥抱。可是，直到雄鸡啼过了很长时间，两人吻过了千遍，才互相嘱托，起身分手，离泪涟涟。

V

《爱的摧残》第五部由此开始。本部写的是：克瑞西达被交还给了她的父亲。特洛伊罗斯送走了克瑞西达，返回了特洛伊城。他独自哭泣，潘达洛斯也陪他哭泣。经潘达洛斯建议，他到吕喀亚王萨耳珀冬那里住了几日。特洛伊罗斯回到城里，那里处处都让他想起克瑞西达。他盼着十天快快过去，并用歌声表达忧愁，以减轻心中的悲伤。本部首先讲述的是：克瑞西达如何被交给了狄俄墨得斯。特洛伊罗斯将克瑞西达送到城外很远才与她分别。卡尔卡斯欢乐地迎接女儿的到来。

这天，狄俄墨得斯来到了特洛伊人中间，为的是将安忒诺交还。普里阿摩斯国王便将克瑞西达交到他的手中，她泪流满面，叹息不断。见到特洛伊罗斯，她心中更是悲伤又添。特洛伊罗斯也愁情万种，谁都不曾见他如此心灰意冷。

他做出极大的努力，将叹息与眼泪强忍在了心里，这实在令人称奇。尽管他渴望离开众人，用哭泣减轻自己的伤心，尽情宣泄心中的愤懑，他脸上却几乎未露出一毫一分。

目睹克瑞西达被交给了她的父亲，特洛伊罗斯是那样百感交集！愤怒与悲伤使他四肢战栗，不由怒从心起，低声自语：

“啊，我凄惨的命运如此坎坷！我还在等什么？立即死掉，一了百了，永远摆脱这些泪水与煎熬，这岂不更好？

“我何不用武力撕毁这些交换协议？我何不当场便将狄俄墨得斯杀死？我何不去结果那老翁的性命？是他提出这交换的协定。我何不对兄长们提出挑战？但愿他们个个都遭到天谴！我何不让特洛伊沉浸在哀悼与悲痛的哭声中？我何不在此刻便将克瑞西达偷走，以治愈我心头的伤痛？

“既然真心希望如此行动，何必还说不行？我何不去与希腊人交涉，看他们是否能将克瑞西达还给我？天啊！我为何还要拖延下去？我何不速去希腊人的营盘，强迫他们将伊人交还？”然而，畏惧却使他放弃了这些绝望鲁莽的念头，他怕克瑞西达会死于这场激烈的争斗。

克瑞西达明白：她虽然悲在心怀，却不得不与来人一同离开。于是她跨上了坐骑，悲愤地自言自语："啊，狠心的朱庇特大神！啊，万恶的命运之神！你们为何逼我去做违背我心愿的事情？我的悲痛为何使你们如此高兴？

"你们心地残忍，毫无怜悯，夺走了我心中最珍视的欢欣！你们或许会想，我会供奉与赞颂你们，而你们因此感到脸上荣光。但你们莫做此想！我将终日悲伤，积聚对你们的羞辱与责谤，直至我返回特洛伊城、重新见到特洛伊罗斯的英俊脸庞。"

她又转身面向狄俄墨得斯，说出轻蔑的话语："现在我们不如速速离开此间。在众人的凝视前，我们已丢尽了脸面。你用一位如此高贵威武的国王，换回了一个无足轻重的姑娘，而众人细细观摩了这场体面的交换，现在正想用安慰取代心头的悲伤。"

说罢，她便策马前行，除了对仆人们告别，再也不发一声。国王与众王公都觉察到了克瑞西达心中的怨愤。她不看众人，径自离去，不听告别的话语，不顾众人的致意。克瑞西达离开了特洛伊，从此再未返回，再未与特洛伊罗斯相聚。

特洛伊罗斯骑在马上，手擎猎鹰，带着大群随从，仿佛在将礼节履行。他将克瑞西达送出很远，并极想将她一直送至她住的小屋前，但那不但会暴露他的心迹，而且显得太不合情理。

安忒诺被希腊人交还，此刻已来到特洛伊人中间。特洛伊青年隆重地迎接他的回还。他的归来使特洛伊罗斯深感悲伤，因为克瑞西达为此不得不作为交换。尽管如此，王子还是用笑脸迎接安忒诺王，并让他与潘达洛斯骑马走在自己前面。

人们即将离去，特洛伊罗斯与克瑞西达都勒住马匹，凝视对方的眼睛，那女子已在止不住地抽泣。两人伸出右手相握，特洛伊罗斯凑近心上人，悄声地说："你一定要回来，莫使我命丧身殁。"

他不能做别的事情，只得掉转马头，虽未对狄俄墨得斯开口，脸色却已涨红。唯有狄俄墨得斯注意到了他这番举动。他已看清了这两人的爱情，心中得到了种种确证。他自语轻声，心中却已被克瑞西达打动。

卡尔卡斯兴高采烈，将爱女迎接；但他这番父爱的表现，却是女儿的沉重负担。她一声不响，听天由命，深重的忧伤使她憔悴凄惶。在这苦境里，她的心依然忠于特洛伊罗斯，尽管不久后她即变了心，为了新情人而抛弃了这位王子。

特洛伊罗斯悲情万种，沮丧地返回了特洛伊城。他心中恚愠，满面怒容，径直去了王宫。他下马回宫，心情从未像此刻这样悲痛。他不对任何人说话，独自走进了寝宫。

他开始尽情宣泄一直压在心中的悲愤，呼唤死神，哀叹自己的厄运。想到已经失去了幸福，他号啕大哭，那哭声几乎能使宫中的每个人都听得一清二楚。他便这样哭着度过了一整天，无论仆人还是朋友都见不到他的面。

他在悲伤中度过了白天的时光，黑暗的夜晚也并未减轻他的悲伤。他的哀叹与剧痛时刻倍增，厄运已将他战胜。他诅咒自己出生的那个时分，诅咒男女诸神，诅咒大自然母亲，诅咒自己的父亲，也诅咒所有赞成交出克瑞西达的人。

他诅咒自己，因他没有实施自己的决计，即与她一起逃离，而竟让心上人如此离去。他为此懊悔不已，情愿因此悲伤命毙。他也懊悔未向希腊人索要克瑞西达，因为希腊人或许会答应将克瑞西达还给他。

他在卧榻上辗转反侧，彻夜不眠，不断啜泣地自语自言：“今夜是多么难熬难过！我若记得不错，前一个夜晚的此刻，我正吻着她的酥胸与红唇、可爱的双颊与美丽的眼睛，并将她紧抱在怀中。

“她不断地亲吻着我。我们一同交谈，万分幸福，无比快乐。天啊，此刻我却孤身独卧，泣涕难掇，不知能否再将那样的良宵度过！现在我一直抱着枕头，心中的爱火燃得更热，但愿悲伤之情不会熄灭这爱火。

“我如此命乖运舛，我应当怎么办？是否应耐心等待十天过完？伊人的离去使我如此悲哀，我怎能希望继续活在人间？满怀爱情的人根本不能睡觉，因为他会时刻想到以前度过的白日与良宵。”

是日，无论潘达洛斯还是其他人都不能见到特洛伊罗斯。因此，翌日潘达洛斯便早早求见王子，为的是与他说说克瑞西达的返回，使他破碎的心多少得些安慰。潘达洛斯进了寝宫，早已清楚王子透夜未瞑，也深知特洛伊罗斯渴望什么事情。

“啊，我的潘达洛斯，”长时的痛哭怨叹已使特洛伊罗斯声嘶，“我该如何行事？爱情的烈火在我胸中熊熊燃烧，使我得不到丝毫安息。命运女神对我充满敌意，使我将可爱的心上人失去。我忧伤不已，该怎样行事？

“我不相信自己会再次见到伊人。因此，昨天我让她离开，便已心如死灰。啊，我甜蜜的爱人！我亲爱的光辉！啊，可爱的佳丽！我已将自己献给了你！我甜蜜的灵魂！啊，我这对悲伤眼睛的唯一安慰！我的双眼正泪流如注。天啊！为了不让我死去，你们难道不能给我些许帮助？

“甜蜜可爱的佳丽，此刻是谁正在看着你？我体内的心脏，此刻是谁与你坐在一起？此刻是谁在倾听你的陈言？是谁正在与你交谈？天啊，那不是我！我的命运现在比任何人都更悲惨！快告诉我：现在你正做什么？

“此刻你是正在想我，还是为了年迈的父亲而将我忘记？现在，你的父亲已与你相聚，而我却生活在忧伤的痛苦里。

“潘达洛斯，像你现在听到的这样，我彻夜都在叹息悲伤。爱的忧愁使我不能入眠，而即使睡眠能在我的剧痛中出现，它也不能使我的忧愁稍有所减，因为我会在睡眠中梦见自己在逃离，或是孤身来到某个可怖之地，或是落入了残暴敌人的手里。

“睡眠会让我梦见这些情景，使我心绪不宁。这恐惧让我心中暗想：不如躺在床上，醒着忍受悲伤。我常被战栗惊起，它们使我感到仿佛从高处坠入了深渊之底。我不能入睡，只能向爱神与克瑞西达高声恳乞，时而祈求怜悯仁慈，时而祈求让我死去。

“你已听到，我的不幸已将我拖入了这步境地。我为自己伤悲，我为离别垂泪，以前我从不相信自己竟会如此痛彻心肺。天啊，我必须承认：我依然怀着得到帮助的希冀，希望美丽的心上人带着她的帮助回到我这里。然而，我这颗深深挚爱着她的心，却不许我萌生这希冀，我只好不断地向伊人求乞。”

特洛伊罗斯言罢，又与潘达洛斯长时间谈话。王子的忧愁如此深重，令潘达洛斯为他痛苦不安，使他不禁深叹：

“天啊！特洛伊罗斯，你的悲伤无休无尽，所以，请告诉我你是否相信：除你之外还有其他人曾如此受到爱情的重击？你是否相信其他人也曾经历过这迫不得已的分离？

“凭着帕拉斯女神发誓：其他人也会像你一样心生爱恋。我毫不怀疑，其中有些人的命运比你更惨，但他们面对注定的生命苦难，却不曾像你这样自弃抱怨。他们的忧伤若过于沉重，他们自会设法用希望将痛苦减轻。

“你也应当如此行事。你曾说起：克瑞西达已许诺十日后回到这里。这等待不算太久，故此你不必一脸忧愁、像傻瓜一样闲游。倘若你必须等上一年方能与伊人相见，你又该怎样忍受这番熬煎？

“赶走你那些梦幻与恐惧，让它们随风而去！它们无不来自你的忧郁，却使你凭空见到了你最害怕的东西。主神通晓未来要发生的一切事变。至于那些梦幻与朕兆，唯有蠢人才会放在心间。它们一文不值，与未来几乎毫无关联。

“所以，以众神的名义，你务必要怜恤自己，务必要将如此深重的悲伤放弃！求你答应我这个请求，也算是报答我对你的这片心意。快快起身，振奋起你的精神！你若愿意，可与我谈谈过去，但你必须为将来备好你高贵的心地，因为过不了多长时间，过去的欢乐便会回到你的身边。因此，你应满怀希望，安心泰然。

“大城特洛伊充满了种种赏心乐事。你也知道，今天正是休战之日。我们不如到某个远离王宫的地方去。在那里，你可与某位国王住在一起。这样，你既可以暂时忘掉使你厌倦的生活，又能将那佳丽约定的时光熬过，是她使你的心灵如此备受折磨。

“啊，求你快快起身，按我说的行动！你如此愁苦悲痛，算不得勇敢的举动。你这样躺在床间，亦非勇敢的表现。外面的人们若知道了你这些愚蠢的失当行为，便会将你羞辱谤毁。男人们会说你像个胆小鬼，以为你哭泣不是因为爱情，而是因为惧怕当前的艰险战争，或是认为你在装病。”

“天啊！失去的越多，悲苦才会越多。不曾失去的人，绝不会知道我放弃了什么样的幸福欢乐！我若从不哭泣，便不会遭致非议。不过，我的朋友，既然你求我这样去做，我会尽力使自己心情快乐，好报答你对我的关怀，让你心情愉快。

“但愿我的主神将第十日快快送来。这样我便能再度像伊人被交出以前那样欢乐开怀。在特洛伊城里面，我将再次见到伊人那俊美的容颜，而她是我一切痛苦磨难的来源。我会看见：美妙春天里的任何一朵玫瑰，都不如她的脸那样妩媚鲜艳。

“可是，你认为我们能到哪里去消磨光阴？我们可以去会吕喀亚王萨耳珀冬。但我却不能安心住在那里，因我会一直担心伊人提前归来却不见我的踪影。她若能提前回来，一切美好的东西便都不能使我从这里离开，无论得到它们是通过强取还是收买。”

“啊，我会将事情安排好，克瑞西达一到，我的人马上便会来向我报告，”潘达洛斯答道，“我会在此留下一个人，专门将克瑞西达等待。这样我们便能及时知道她是否已经回来。现在，任何人都不会像我这样渴望得到她的消息。所以，你不必为此打消去找萨耳珀冬的主意。即使现在你提出要去哪里，我们也能即刻前去。”

两人结伴而行，走了大约四里，到了萨耳珀冬的府邸。得知王子到来，萨耳珀冬十分欣喜，愉快地上前迎接特洛伊罗斯。

悲伤叹息虽使两人疲惫不堪，他们还是出席了这位强大王公举行的盛宴。在一切事情上，萨耳珀冬都比其他人心地高尚。他热情地款待王子与潘达洛斯，有时陪他们打猎，有时让他们会见众多美貌的贵族女子。他命人奏乐唱歌，举办宴乐，特洛伊城的宴会从不曾有过如此规模。

可是，对忠于恋人的特洛伊罗斯，这一切又有何益？他对这些全无心思。他虽然身在府里，爱情却时常使他思绪远去。他心中总能看见他的女神克瑞西达，这使他浮想联翩，将她思念，又为爱情叹息不断。

在特洛伊罗斯眼里，其他女子全都索然无味，无论她们多么富有、多么貌美。每一支甜歌、每一种消遣，都会使他心烦意乱，因他无法与心上人相见，在她手中，爱情已交入了他可怜生命的关键。唯有想到她，特洛伊罗斯才感到快乐幸福，并忘记其他一切俗务。

无论早晨还是傍晚，他都会叹息着高声呼唤：“啊，可爱的光明！啊，我的晨星！”然后上千次地将她唤作“带刺的玫瑰”，希望以此向她遥遥致敬，仿佛克瑞西达即在眼前聆听。不过，他这些问候总是半途而止，并以叹息告终。

一天里的每个钟点，他都将克瑞西达的芳名唤上千遍。她的名字总挂在特洛伊罗斯的唇边。他心中总是出现她的柔情蜜语及美丽容颜。她写给他的那些信简，他一天要读上百遍，再次见到它们使他快慰欣然。

两人住了不足三日，特洛伊罗斯便催促潘达洛斯：“我们为何还要住在这里？难道我们必须在此生活、在此死去？难道要等主人将我们送上归途，我们才离开这里？说实话，我巴不得快快离去。看在众神分上，我们还是快走！我们与萨耳珀冬一起的时光已经足够！他已殷勤地接待了我们这么久！”

潘达洛斯道：“何必如此来去匆匆？我们此行，难道不是为了逃避爱情的剧痛？莫非第十天已经过去？啊，求你再忍耐几日！你我若马上告辞，会显得非常失礼。现在即便离开这里，你要到何处去？你在哪里小住会比在这里更快乐惬意？我们还是多住两天，再向主人告辞。那时你若愿意，我们便回家去。”

特洛伊罗斯虽不情愿，还是答应再等两天。他又开始不住地哀叹，潘达洛斯的劝慰皆是枉然。两人终于在第六天向萨耳珀冬辞别，尽管后者心中不悦。特洛伊罗斯一路都在发问：“啊，主神！我可会看见已经回城的心上人？”

可是，对卡尔卡斯的全部打算，潘达洛斯已经深知。他对王子说出了另一番话语：“你的愿望像火一般强烈，但克瑞西达未走时我听到的消息若是可信，你便应当让你这心愿冷却几分。我相信：还要等上十天加一个月零一年，你方可能与她相见。”

他们回到王宫，走进王子的寝宫，坐下来谈论克瑞西达的事情。特洛伊罗斯叹息不迭，没有任何办法可以缓解。但片刻之后王子又说：“我们至少可以去她的屋子，因为我们不能做别的事。”

说完，他拉起潘达洛斯的手，脸上强作笑容。他走出王宫，向周围的人们说出借口种种，掩饰心中炽烈的爱情。可是，当目光落在克瑞西达紧闭的屋门上面，他却感到了一阵新的焦虑不安。

他眼望锁上的门窗，感到心脏好似裂开一样。这新的焦虑使他心神不宁，他不知自己是该走还是该站住不动。他的面容已经改变，任何人哪怕只朝他瞥上一眼，都能看出他心中的重重愁烦。

这新的苦恼使他悲在心头，他对潘达洛斯尽情表达忧愁：“啊，你这屋宇！当美丽的伊人在你这里，你充满了光明与欢喜！因为她已将我的全部安宁装进了她的眸子里！现在伊人已然离去，你陷入了一团漆黑。我不知伊人是否还能回到你这里。”

然后，特洛伊罗斯又骑马穿过特洛伊，每个地方都使他将心上人想起。在这些地方，他一边前行一边自语：“我曾见她在那里开心欢笑；我曾见她在那里朝我偷瞟。她曾在那里对我翩然行礼。我曾见她在那里快活嬉戏；我曾见她在那里陷入沉思；我曾见她在那里对我的哀叹心生怜意。

“在那里，她让我做了爱情的俘虏，只因她美丽的脸庞与眼睛；在那里，她点燃了我的心，只因她的一声叹息更加热情；在那里，她的贵妇之尊屈就了我的快乐心意；在那里，我曾见她骄矜气盛；而在那里，温柔的伊人谦恭地对我表示了顺从。”

想到这里，他又加上了一句：“啊，爱神！长久以来，你已使我成了男人口中的笑柄。我若不想继续自欺，记忆便会对我再度讲述全部实情。我若看得不错，无论我走到哪里、身在何地，都能看到上千种标记，它们标志着你的胜利。你已战胜了我，你已将我压倒，而我曾对每一位恋人发出嘲笑。

“爱神，令人敬畏的强大主人！对我加给你的侮辱，你已做了彻底的报复！不过，我想你已看清：我的灵魂却情愿全力做你的侍从。求你莫让我的灵魂因得不到慰藉而死去，求你恢复它最初的欢乐生机。求你像对我这样约束克瑞西达，使她回到特洛伊城，也好结束我的千般苦痛。”

有时，他甚至会来到心上人离去时穿过的城门。“曾给我安慰的伊人，就是从这里出城。我甜蜜的生命，就是从这里离我远行。我甚至曾将她护送到那里，在那里与她洒泪别离。天啊，就在那边，我曾触到了伊人的玉手纤纤。”他对自己述说这桩桩件件，立即痛哭失声，泪流满面。

“我体内的心脏，你从此真的离我而去。我亲爱的欢乐，我甜蜜的爱人,你何时才会回到我这里？对此我实在不得而知。我只知道，这十天比一千个年头还要难熬。

“啊,你虽已许下诺言,我却不知自己能否见你回到我身边,用你那令人销魂的方式让我心欢！啊，这希望究竟能否实现？啊，但愿它此刻便出现在我眼前！”

他知道自己的脸色比平时苍白更显，因此以为旁人时时都在对他指指点点，仿佛有人追问：“特洛伊罗斯为何变得如此魂不守舍、心灰意懒？”其实，众人全未如此，唯有知情者才会对此生疑。

因此，特洛伊罗斯便写出诗文，以表明谁是使他如此哀愁的人。当悲痛使他厌倦，他便一边叹息，让哀愁暂缓，一边苦熬这些不幸的时间。他用低吟的歌声，稍稍慰藉他背着爱情重负的心灵：

“我已再见不到这甜美的目光，再见不到那对最可爱明眸的温柔观望。我的生活因此变得让我如此厌倦，我四处徘徊，连声悲叹。痛苦使我绝望，我不再渴望得到光明与欢乐的目光，而一心期盼死亡，因为你的离去使我无比悲伤。

“啊，爱神！你为何不在一开始便让我死去？天啊！你为何不让我剧痛的灵魂离开我的躯体？我亲眼看到：我已从天上落到了地底。爱神啊，当我与那对美丽的眸子分离，除了死亡，任何东西都不能解除我的悲凄。

“当我向伊人遥致问候，将目光转向她所在的方向，我的全部气力便消失殆尽，无法抑制心中的悲伤。爱的创伤时刻让我将伊人记在心间，我现在离她的目光是如此遥远。啊！我无比悲痛，若爱神希望我死，我会欣然从命。

“我的命运如此不幸，我看到的一切都令我更加哀痛。啊，爱神！看在众神分上，求你亲手将我的眼睛关闭！因为我已见不到伊人的目光，它充满了爱意。啊，爱神！求你让我的灵魂离开我赤裸的肉体！因为一旦生不如死，死去便应当使人快乐惬意。你完全知道灵魂定会去到哪里。

“它会飞到那对美丽的臂膀之中，命运已将我的身体抛在了它们的怀抱中。啊，爱神！难道你没看见：死亡的颜色已经布满了我的脸？求你减轻追寻爱情带给我的剧痛，引导我的灵魂前行，将它放入它最珍爱的人胸中。我的灵魂会安然地留在那里，因为其他任何事情都不能使它满意。”

吟毕这些词句，特洛伊罗斯又开始悲叹，一如从前。无论白天四处游荡，还是夜晚独卧眠床，他都在将克瑞西达思念盼望，此外几乎没有任何事情能使他心情欢畅。他常常数着日子的逝去，一直不相信自己能数到第十天，届时克瑞西达便应从希腊人那里回到他身边。

在他看来，白天过得格外缓慢，而夜晚更是长过白天。他往往从黎明的第一缕光明，挨到满天星星。他常常会说："太阳神[①]又出了新错，他的神驹也不像以前那样飞奔穿梭。"对夜晚他也如此抱怨，常嫌时间过得太慢。

克瑞西达离开时，月亮曾是两角尖尖。特洛伊罗斯那天清晨离开她的屋子时，曾见天空月牙弯弯。因此他常自语自言："待月亮再露尖角，如伊人离去时一般，我的心上人便会回到此间。"

凝望着特洛伊城前的希腊人营地，他尽管以前总是惴惴不安，现在却感到几分欣喜。微风吹拂着他的脸，他却往往以为那是克瑞西达发出的阵阵叹息。他时常感慨："我可爱的心上人无处不在。"

像这样以及依靠其他许多方式，特洛伊罗斯在悲叹中苦熬度日。潘达洛斯始终与他在一起，不时安抚着王子的叹息。他竭力引王子投入愉快的交谈，总是使他满怀希望，说他那位美丽高贵的爱人定会回到他的身边。

---

① 据古希腊神话，太阳神福玻斯（Phoebus）每日清晨驾四马金车，自东向西在天空奔驰。——译者注

VI

《爱的摧残》第六部由此开始。本部写的是克瑞西达在父亲的营帐中为与特洛伊罗斯分别而伤心。狄俄墨得斯来看望她，与她交谈。他贬低特洛伊与特洛伊人，并对克瑞西达流露出爱情。克瑞西达的回答使他不知自己是否赢得了她的欢心。克瑞西达逐渐对特洛伊罗斯淡漠，并开始将他忘记。本部开始于克瑞西达因为与特洛伊罗斯分别而悲伤哭泣。

在海岸边，克瑞西达与几个女子置身于希腊将士中间。她只在夜里流淌苦泪，而白天她不得不小心抑制泪水，因为她艳丽柔嫩的两颊已日渐苍白憔悴。她的日子过得十分艰难，度日如年。

她不住地哭泣，低声自语着与特洛伊罗斯在一起时的欢娱。只要有时间与气力，她便对自己述说两人之间的一切往事，并常常回想起他们说过的每一句话语。一想到与特洛伊罗斯遥遥相距，她眼中便连连涌出忧伤的泪滴。

听见她忧愁的怨艾，任何人都不会无动于衷，而会禁不住为她哭泣。

只要有片刻时间，她便会涕泪涟涟，用语言无法尽述她的凄惨。若无人分担她的悲伤，她便会更加痛苦万状。

她时常凝望特洛伊的城墙、王宫、塔楼与城堡，并自语道："天啊！在它们当中时，我曾是那样地欢乐逍遥！现在我却在此忧伤悲悼，哀愁已销蚀了我的珍贵美貌。啊，我的特洛伊罗斯！此刻你正在做什么事？是否还在将我惦记？

"啊，我心中如此悲戚！现在，我情愿那天答应你的提议，与你一同逃离。无论我们去往哪里，无论逃到何方领地，我都会快乐无比。这样，此刻我便不会感到这重重哀伤，也不会浪费这么多的大好时光。你我随时可将特洛伊返回。与你这样的男人私奔，谁会说我因此有罪？

"啊，我心中如此悲戚！我事后方才洞悉：我的心智正在变作我的劲敌！我原想将困境逃避，反倒落入了更糟的境地！这已使我的心失去了一切欢喜。我呼唤死亡，以解除忧伤，但这全是徒劳空枉，因为，甜蜜的友人啊，我已无法见到你的脸庞！我怕永远不能再次与你相见。但愿希腊人很快像我一样处境悲惨！

“可是，若不能获准去见你，我便别无他计，只能尽力逃离此地，履行我的诺言，回到你那边，让悲伤烟消云散，哪怕我会因此遭到什么灾难！即使有谁对我咆哮斥责，我也会感到无比快乐。我宁可如此，也不愿伤心而死！”

然而，时过境迁，一位新情郎不久便使她放弃了这个高尚的打算。

狄俄墨得斯使出千方百计，设法进入克瑞西达心里。时间一过，他的尝试便自有收获。他很快便将特洛伊罗斯、特洛伊以及对王子的一切或真或假的思念，统统赶出了克瑞西达的心窝。

经过那番痛苦的别离，克瑞西达来到希腊人营地。她住了还不足四天，狄俄墨得斯便找到了堂皇的借口，与她见面。他见克瑞西达正在独自哭泣伤心，与同来那天简直判若两人。他曾护送克瑞西达从特洛伊来到这里，此事被他看做了一次天大的奇遇。

初见克瑞西达，狄俄墨得斯曾自言自语：“依我看，我此番辛苦纯属空忙。这姑娘正因爱着另一个男人而哀伤。依我看，她对爱情忠贞不渝，她正为爱情忧伤叹息。若想先从她心中赶走她第一个爱人，再使自己进入她心间，我便必须具备一流艺术大师的手段。老天！我去特洛伊将她带回那天，那实在是个作孽的钟点！”

不过，狄俄墨得斯生性大胆、意志果敢，因此做出了决断：

既然已去见克瑞西达，他便一定要对她表白自己的爱恋。即使为此而死，他也心甘情愿。他要向这女子倾诉爱情给他的沉重打击，因为他对克瑞西达万分迷恋。他要告诉她，她如何已将他心中的爱火点燃。因此，落座之后，他便开始一步步地实现这个打算。

他先谈到希腊人与特洛伊人之间的战争，并问克瑞西达：希腊人的复仇是否轻率、是否徒劳无功。然后他又询问希腊人的风习是否让她感到陌生。同时，他也禁不住向她打听：卡尔卡斯为何迟迟不给她觅一位夫君。

克瑞西达依然思念着她在特洛伊城中的那位情郎，尚未看破狄俄墨得斯狡诈伎俩，因此她只用能使她的主人爱神愉悦的话语，去回答后者的一个个问题。她的话常使狄俄墨得斯感到痛苦忧伤，但有时也会使他产生快乐的希望。

他从交谈中渐渐获得了信心，便开始说："年轻的女郎啊！你的美丽脸庞能给人带来最大的快乐，而我若看得不错，自打你我从特洛伊动身来到这里，残酷的折磨已使你的花容大为失色。

"这若不是因为爱情，我便不知它的原因为何。至于爱情，你只要头脑聪明，便会听从理性将它赶出心中，因为你必须听从我的命令。你已看清：特洛伊人必定成为我们的囚徒，因为我们决心已定，不用利剑与烈火摧毁特洛伊城，便绝不收兵。

"莫以为城中会有谁会使我们怜悯为怀。只要这世界会永远存在，无论是谁，只要愚蠢地与我们作对，我们定会严惩不贷。帕里斯犯下了罪恶，只要我们愿意，我们便会对他严惩不赦，使他成为他人的榜样，既对活着的特洛伊人，也对地狱中的死者。

"即使特洛伊有十二个赫克托耳以及他的六十名兄弟，我们也会取得那长期渴望的胜利。即使没有卡尔卡斯的背叛与花言巧语，哪怕特洛伊人再多，我们也会很快获得永久的胜利，特洛伊人不久都将毙命，他们的死亡将使我们确信：我们的希望并未落空。

“请你相信：卡尔卡斯若不是预见到了我说的结局，他便不会如此急迫地要你回到这里。他要你回来以前，我曾与他将此事细细商谈，并考虑了一切事变。为了让你逃离城破人亡的危险，他曾就如何让你返回征求我的意见。

“我极力敦促他这样去做，因为我听说过你的种种长处与出众美德。安忒诺也得知他将被交还，以将你交换。我主动提出愿做此事的中间使者。他深知我忠诚可靠，便将此事完全托付给我。在双方之间来来去去，与你相识，与你交谈，我对这一切都乐此不疲。

“因此，美丽的小姐，我要对你说：快丢弃对特洛伊人的爱，它不会有任何结果！快赶走你那个苦涩的希望，它现在让你枉自悲伤！你应让你的惊人美貌恢复如常，它曾使一个了解你的男人无比欢畅。特洛伊城现已陷入困境，那个男人的一切希望将统统落空。

“即使特洛伊能够永远存在下去，其国王、王子与居民的做派亦属极其野蛮粗鄙。与希腊人相比，他们很难受到尊重，几乎不可同日而语。希腊人举止文雅，崇尚礼仪，世上其他任何民族均不能与之相媲。你现在已置身于教养良好的人们中间，而此前，你周围却是一群畜生般的醉汉。

“莫以为希腊人没有比特洛伊人更高尚、更完美的爱情。你的巨富、出众美貌与天仙般的面容，会为你在这里觅得一位非常富有的爱人，只要你肯将他纳入心中。我这番话若并未让你不快，此刻我会比做了希腊国王还要高兴。”

他说着这些话，脸色涨红，声音带着几分颤动。他眼睛盯在地上，回避克瑞西达的目光。但后来他又想出了许多话，便马上继续言道："但愿我的话不会使你气恼。我的出身也像特洛伊的任何王族一样良好。

"我的父亲堤丢斯[①]已在底比斯阵亡。他若还活在世上，我本该做卡吕冬及阿耳戈斯的国王。我现在依然想做国王。希腊人对我并不陌生，他们皆知我出身的家族古老而光荣，若传说可信，我的家族乃是诸神的苗裔，故在希腊人中，我的家世并非无足轻重。

"因此，倘若允许我恳求，我便要求你赶走一切忧郁烦愁。你若认为我的身份与出众之处还配得上你，我还要求你将我当做你的仆役。高贵的美女，你在我心中尊贵无比，我一切均听从你的意志，但愿你也会看重狄俄墨得斯。"

听到此番话，克瑞西达起初面带羞涩，间或插上只言片语，作为回答。但当她听到狄俄墨得斯说出的最后几句话，心中便不禁说他的胆量实在太大。她对狄俄墨得斯怒目斜视，因为此刻她还惦念着特洛伊罗斯。她将声音压低，对他表明心迹：

"我深知希腊人崇尚礼节、具备高尚的品德，如你所说。不过，特洛伊人在这些方面也毫不逊色。主帅赫克托耳的本领便表明了特洛伊人的品德。我看，因为特洛伊人正遭围困，或出于其他什么原因，便去贬低特洛伊人，夸耀自己高于他们，这可算不得明智谨慎。

"我忠于我的亡夫，他死后我便一直不知爱为何物，因为他是我的夫君、我的主人。无论希腊人还是特洛伊人，我都不

---

① 堤丢斯（Tydeus）：古希腊神话中卡吕冬（Calydon）国王之子，因误伤人命逃到阿耳戈斯，娶阿耳戈斯公主得伊皮勒（Deipyle），后参加攻打底比斯（Thebes，一译忒拜）的远征，战死在该城下。——译者注

会去爱，我也不打算去爱任何人。你是王族后裔，对此我深信不疑，并深知其义。

“我位微身低，你居然喜欢我这种无足轻重的女子，这实在让我十分惊异。我想，海伦更适合你。我正身陷逆境，不配将你这番表白倾听。不过，这并不是说：我对你的钟情不会感到快乐。

“时世艰难，你们正在交战。愿你盼望的胜利来到你面前。此后我或许更知道自己应当如何去做。到那时，目前并不使我快乐的事情或许会使我快乐,你可以将这番表白再次对我诉说。到那时，你的话语或许更能引起我的重视，尽管它们现在并非如此。若想将他人捉入手中，你便必须注意时机与环境。”

最后这句话使狄俄墨得斯非常欣喜，使他心想自己定会讨得几分便宜，因此日后必会称心如意。于是他便答道：“小姐，我对你发出最忠诚的誓言：我随时会听从你的召唤。”说罢他便起身告辞，离开了克瑞西达的住地。

狄俄墨得斯身材魁伟，相貌英俊，讨人欢喜，活泼年轻，且如众人所说，他具有高贵的天性，孔武有力，像所有的希腊人那样善于辞令，又天生多情。他方离去，克瑞西达便在痛苦中思索着他的这些长处，拿不定主意，不知该与他接近还是该将他回避。

这些念头冷却了她想回特洛伊的火热心思。这些事情完全改变了她重见特洛伊罗斯的希冀，使她将这渴望丢弃。她心中燃起了新的希望，她想以此摆脱忧伤的折磨。出于这些理由，她终于不再恪守对特洛伊罗斯的承诺。

Ⅶ

《爱的摧残》第七部由此开始。本部先讲的是：特洛伊罗斯与潘达洛斯于第十天在城门口等待克瑞西达未果，特洛伊罗斯原谅了她，又于次日再等，依然不见她归来。如是一连数日。这使特洛伊罗斯伤心痛哭，日渐憔悴。国王普里阿摩斯问儿子为何如此，特洛伊罗斯沉默不言。特洛伊罗斯梦见克瑞西达被从他身边夺走，便将梦告诉给了潘达洛斯，并意欲自杀。潘达洛斯阻止了他，并竭力用好言劝慰。潘达洛斯写信给克瑞西达。得伊福玻斯得知了特洛伊罗斯与克瑞西达的爱情。特洛伊罗斯躺在床上，众女子来看望他，卡珊德拉谴责了他与克瑞西达。本部开始于第十天到来，特洛伊罗斯与潘达洛斯在城门口等待克瑞西达。

前文已作交代，特洛伊罗斯将日子苦挨，经过漫长的等待，约定的一天终于到来。于是，他借口有事要办，独自离开宫殿，来到了城门前，在那里与潘达洛斯会面。两人的目光凝望着希腊人的大营，看是否有人从那里赶来特洛伊城。

朝他们走来的每一个人，无论是独自赶路还是同行结伴，都会被他们当做克瑞西达，直至来到近前，两人方才看清他们的脸面。他们如此等到了晌午时分，但事实表明：他们一直在将路人错认。

特洛伊罗斯说："依我看，午餐前她不会回到我们这里。她可能难以摆脱她年迈的父亲，此事并不像她原想的那样轻而易举。你对此有何建议？而我相信：她若能脱身，若没有被父亲留住一同吃饭，她本该早已来到此间。"

潘达洛斯说："我想你说的事实。我们不妨暂且离去，过后再来这里。"特洛伊罗斯点头同意，于是二人返回了城里。他们又等了很长时间，才回到了城门前。但事实上，他们的希望再度落空，因为那里仍不见克瑞西达的踪影。那佳人一直没有露面，而他们已经等待了至少九个钟点。

特洛伊罗斯说："或许她的父亲留住了她，将她一直留到黄昏，因此她的回来会稍迟几分。我们现在便去城门外面，以免延误伊人进城的时间，因为哨兵往往不问来者是否被获准进城，便将来人阻拦。"

薄暮过去是黄昏时分，特洛伊罗斯已错认了不少进城的人。

他一直伫立在那里，万分焦虑，目光凝聚在希腊人的营地。他仔细打量着每一个来到特洛伊城边的人，并向其中几个打问，却得不到他需要的消息。

于是，他转身对潘达洛斯说："我若对她做事的方式了如指掌，那么，她的行动无疑聪明异常。她可能希望秘密返回，因此要一直等到入夜才归。依我看，她的这个做法没有任何不对。

"她或许不想让任何人说：为交换安忒诺，她已被送到希腊人的大营，莫非她这么快便回到了城中？所以，我的潘达洛斯，我以众神的名义恳求你：万莫因这等待而心生怨艾。你我现在别无良计，但愿我满足心愿的做法未使你感到沉重无比。我若没有看错，我好像已看见了她的身影。啊，快看那边！啊，你难道没有看到我所见的情景？"潘达洛斯回答："不，倘若我的双眼还睁着，那么在我看来，你指给我看的不是别的，只不过是一辆马车。"

"天啊，你说的全然没错！"特洛伊罗斯说，"即使它已走了过去，我还是希望现在便能得遂心意，那会使我无比欢喜。"阳光已经变得微弱，天空已出现了晚星数颗。特洛伊罗斯说："温馨的思绪正安慰着我的渴望，我确信伊人此刻正在赶往这里的路上。"

对特洛伊罗斯这番话，潘达洛斯不由暗笑心头，也很清楚此言的理由。他只能装作赞成特洛伊罗斯的说法，以免使王子更添忧愁，但心中却说："这不幸的青年正期盼从基贝罗山吹来的凉风[1]。”

他们始终未等到克瑞西达的身影。在城门边，卫兵们开始大声叫喊，要特洛伊居民与外乡人快快进城，他们都不愿留在城外，此外还有一些村民及其畜生。但特洛伊罗斯却命卫兵又等了两个多钟点，直到天空布满繁星，才与潘达洛斯回到城中。

当日，新的希望虽然使特洛伊罗斯一次次上当，但爱神还是让他相信了某个不那么愚蠢的希望。因此，特洛伊罗斯才对潘达洛斯说：“我们真是蠢材，因为今天我们便来将伊人等待。

“她告诉过我，她将留在父亲身边十天，然后立即回来，毫不耽搁。她还说，她定要回到特洛伊城郭。今天是她要我等待的最后日期。因此，我们若未错计，明天她才会回到这里。强烈的渴望使我们未留心她归来的时间，乃至在此白白等了整整一天。潘达洛斯，明天我们必须及早赶到城边。”

然而，翌日两人仍未等到克瑞西达，因另一个男人[2]已将她的心思转移。所以，经过长久的等待，眼见夜晚在即，两人只得像昨日那样回到城里。等不到克瑞西达，这对特洛伊罗斯是个过分沉重的打击。

他的欢乐希冀几乎已全成泡影，这使他心中悲伤万分，开始更强烈地抱怨克瑞西达与爱神。他认为，克瑞西达既已真心对他许下诺言，便不该如此迟迟不还。

可是，那十日已满，其后的第三、第四与第五天又接踵而

---

① 基贝罗山（Mongibello）：位于意大利西西里岛东部的活火山，即埃特纳火山（Etna）。但丁《神曲·地狱篇》第十四篇中曾提到它。据古罗马神话，火神伏尔甘（Vulcano）与一群独眼巨人（Cyclops）在该山上制造主神朱庇特用的雷电。根据此句的语境，潘达洛斯这句话可理解为：特洛伊罗斯正期盼着不可能发生的事情（因火山甚热，不可能吹来凉风）。又：Mongibello一词由拉丁语monts加阿拉伯语Djebel或Gebel合成，意为“高山中的高山”。——译者注

② 此指狄俄墨得斯。——译者注

来。特洛伊罗斯在叹息中等待，时而绝望，时而希望满怀。此后他又怀着新的希望，空等了更长时间。因克瑞西达依旧踪迹杳然，期盼中的特洛伊罗斯便一天天消瘦，憔悴不堪。

经过潘达洛斯的劝慰，特洛伊罗斯曾强忍住了叹息与泪水；而现在他却听任烈火般的欲望尽情宣泄，不禁又开始伤悲垂泪。此番受骗的折磨，使他曾被希望抑制的泪水倍增，并使它们比以往更加炙热。

在他心中，一切古老的欲望均已复活。此外，他已明知自己受了欺骗，嫉妒的恶毒精灵也出现在他心间。这负担重于一切悲苦，任何安慰皆无法消除。嫉妒过的人们对此无不一清二楚。

因此，特洛伊罗斯日夜悲哭，将苦泪流尽。他吃得很少，更滴水不进，悲伤的心房疼痛难忍。何况，悲叹又使他不能安寝。他极度蔑视自己的生命，像躲避烈火一样地将快乐躲避。他还竭力避免出席所有的节日庆典，并拒绝一切人的陪伴。

结果，他的容貌便不再与人相仿，倒与野兽更像。他脸上一片苍白，无精打采，任何人都无法再认出他来。他的全部气力已离开了他的身体，他的双腿几乎不能使他站立。他不肯接受任何人的劝慰与善意。

国王普里阿摩斯见他这般魂不守舍、意气消沉，便数次唤他前来询问："我的儿子，是什么使你烦恼愁闷？是什么使你忧伤万分？你看上去与以前判若两人，你的脸色如同死灰，你的精神如此憔悴。你生活得这般苦凄，这究竟缘何而起？告诉我，我的儿子，你已几乎不能站立。我若没有看错，你已完全丧失了体力。"

赫克托耳、帕里斯及其他姊妹兄弟，也对他说过同样的话语。他们问特洛伊罗斯：他为何如此悲伤，是什么残酷的消息使他这样。他只对众人说他心中剧痛难忍，但无人能够进一步追问，使他道出那剧痛的原因。

一天，特洛伊罗斯因想到那被破坏的誓言而心神惆怅，便睡在了床上。他梦见克瑞西达正遭到罪恶的危险，不禁分外悲伤。他恍惚听到幽暗的密林中发出刺耳的巨响。他抬头望去，仿佛看到一头巨大的野猪正冲向自己。

后来，他仿佛又见到克瑞西达在那野猪脚旁，野猪用嘴巴攫出了她的心脏。但是，对如此巨大的伤害，克瑞西达似乎毫不在意；而对那野兽的举动，她几乎像是满心欢喜。这使特洛伊罗斯怒火升腾，立即从不安的睡梦中惊醒。

他醒来后忆起梦中见到的情景，认为它清晰地表明了自己的运命。他即刻派人找来潘达洛斯，并开始向他泣诉："啊，我的潘达洛斯！我的生命已不再让众神欢喜。

"我的天！我最信任的克瑞西达，她却将我欺骗！她已将爱情给了另一个人，这使我感到比死还要痛苦万端。神明已在我梦中向我显示了这个遽变。"接着他又讲述了自己那个梦，完完全全。然后他又对潘达洛斯讲了此梦的含义：

"我梦中见到的这头野猪即是狄俄墨得斯，因为我们若相信祖辈的历史，他的祖父曾将卡吕冬的野猪杀死，此后，其后代都佩带野猪的纹饰。

"天啊，这个梦是多么残酷、多么真实！一定是他夺去了克瑞西达的心！他用花言巧语，使她成了他的情人。

"啊，我是如此不幸！你已看得清清楚楚，是狄俄墨得斯留住了克瑞西达，唯有他才能将她留下。倘若不是如此，她完全有能力回到特洛伊，无论他年迈的父亲还是其他任何顾虑，都不能阻碍她回到这里。我如此相信她，她却将我欺骗。她在嘲弄我，而我却徒劳地一直等待她的回还。

“天啊，克瑞西达，促使你背弃我的，究竟是什么精明的心智、什么新鲜的快乐、什么勾魂的美貌、什么样的怒火？你心中何种正义的愤怒，我的何种舛误，或何种残忍离奇的念头，能使你的心另有所属？啊，不渝的忠贞！啊，保证的诚信！啊，誓言与忠诚！是谁使你抛弃了我对你的一片痴情？

“天啊，我为何会让你离去？我为何会听信你那些拙劣的建议？天啊，我为何没有像我渴望的那样行事，带你一起逃离？当初见到你被交出，我为何没有按照自己的心思，去破坏那既定的交换承诺？倘若我那样去做，你现在便不会背信负心、二三其德，而我也不会遭此惨祸！

“我曾相信你，也曾坚定地希冀：你的誓言庄严神圣，你的表白最诚实无欺，它会比阳光照在活人身上还要真实清晰。不过，现在我已看清了你的种种虚荣，明白了你那些话其实是闪烁其词、模棱两可，因为你不但没有回到我的身旁，反而已将他人爱上。

“潘达洛斯，我该怎样去做？我感到胸中燃起了一团新火。我头脑里已经容不下其他任何思度，只渴望亲手将自己性命终结，因为继续这样的生活已毫无欢乐。命运女神既已赐予我如此悲惨的命运，唯一的乐事便是死去，而偷生才是受罪受难，才是侮辱自己。”

言讫，他便朝悬挂在屋中的一柄利刃跑去。若不是潘达洛斯及时拦挡，他已取刀刺入自己的胸膛。潘达洛斯紧紧抱住这不幸的青年，后者又开始宣泄他往日的悲伤愁烦，洒泪哀叹。

特洛伊罗斯高喊：“啊，万莫将我阻拦！亲爱的朋友，我以诸神的名义向你恳求。我决心已定，一定要将自己的性命了断。让我实现这个残忍的打算！你若不知我急于奔赴的死亡究竟是什么，便请放开我！潘达洛斯，请你放手！不然我便先将你击倒，再将自己的性命取走！

“让我取走世上这最不幸者的躯体！让我用自己的死，使我们那位负心的女子称心如意！有朝一日，她也会在忧伤国度的暗影中步着我的足迹。让我将自己毁灭，因为痛苦不堪的生活比死亡还要恶劣！”说罢，他又一次次地扑向那柄利器，但潘达洛斯却竭力使他与利刃远离。

潘达洛斯一直在与王子搏斗，紧抱着他，不肯放手。特洛伊罗斯若不是气弱体虚，本来可以战胜潘达洛斯的气力。特洛伊罗斯疯狂暴怒，连连挣扎，全身颤抖，终于将那短刀抢到了手。不过，潘达洛斯还是夺过短刀，将它远抛，并迫使特洛伊罗斯与他含泪坐在了一道。

潘达洛斯痛哭一场，然后对王子说出了怜悯的话语："特洛伊罗斯，我一向相信你对我的忠诚，因此我一直有胆量要你为我或其他人了结你的生命。而你会立即听从我的吩咐，勇敢地杀死自己，如同我也会随时为你杀死自己。

“你一直不肯听从我的恳求，不肯放弃寻死的念头。死亡既痛苦又丑恶无比，而我的气力若不是更大于你，便会看到你已死在这里。你若肯听我说几句有益的忠言，我便不相信你会违背对我许下的诺言，因为你依然能使事情有所改变。

“从你的话里，我知道你认定克瑞西达已属于狄俄墨得斯。我若没有误会你话中的含义，除了那个梦，你对此并无任何证据。你梦见野猪用獠牙伤害克瑞西达，便心中生疑，不再仔细思虑，唯求以死来结束你悲惨的哭泣。

“以前我曾对你说过，过分相信梦境是个愚蠢的过错。对他人梦中五花八门的异想奇思，从不曾有人能有把握将其含义正确解释，将来也不会有人能够如此。很多人都抱有一种信念，即梦中之事与实际发生的正好相反。

“因此，你那个梦很可能恰与实际相反。你认为那头野猪是你爱情的劲敌，但它却可能对你有益，并不会如你所想的那样伤害于你。亲手结果自己的性命，或因为爱情而如此大放悲声，你难道认为这是男人的体面举动？更何况你还有王族的血统。

“此事当以其他办法解决，而与你的方式截然不同。首先，你最好想方设法，巧妙地弄清实情。若发现此梦是假、与事实大相径庭，你便不该再笃信这骗人的梦境，它让你失去了清醒。

“即使你发现此梦是真，克瑞西达抛弃你而爱上了另一个人，你也不必过分伤心，更不必认为自己别无出路，只能以死殉情。我不知有谁能永远占有一种事物而不受谴责，你若能像她嘲弄了你那样去嘲弄她，那才是再好不过。

“忧愁若使你不堪沉重，并渴望将悲伤减轻，你也不该选择自戕性命，其他的办法照样能缓解你心头的苦痛。其实，你那恶劣的心境自会为你指明那个办法，因为希腊人正在特洛伊城下，他们会毫不留情地将你屠杀。

“因此，只要你必死的决心已下，我们随时都可以同去与希腊人厮杀。我们会去抗击希腊人，做个光荣的青年；我们会去杀死希腊人，为复仇而战死沙场，做个堂堂的男子汉。即使你希望落入敌手，只要我知道你以此求死是出于正义的理由，也一定不会劝你打消这个念头。”

此刻，特洛伊罗斯还在因暴怒而浑身颤抖。他听着潘达洛斯的这番话语，强忍悲伤。听罢，他将身转向潘达洛斯，忧伤依然使他泪水盈眶。潘达洛斯在那里等待，看王子是否能放弃自杀的狂想。特洛伊罗斯含泪向他表明心迹，抽噎时时打断他的话语：

“潘达洛斯，只要你还活着便可放心：我会尽力使自己的生命完全属于你。只要能让你满意，无论死活，对我都已不再是难题。为了我的利益，片刻前你向我痛陈至理，若不是如此，我的愤怒便会让我失去理智。你头脑清醒，想必你不会对此感到心惊。

“我方才突然间相信了那个可怕的梦，乃至想去寻死，险些铸成大错；而现在，我的怒气已有几分减弱。我已看清：我那个错觉有多荒唐，我那个企图有多疯狂。不过，你若真的看见有证据表明我的怀疑没错，看在众神分上，你一定要告诉与我。我自己已看不到证据，因为心中一片迷惑。”

潘达洛斯答道：“我看应当修一书简，以将克瑞西达试探。她若已不再将你挂在心间，我便不相信她会写来回函。而我们若能收到她的回信，便可从中看清你是否仍有希望使她返回特洛伊城，以及她是否已爱上了另一个男人。

“自她离去，你一直不曾给她写信，她亦如此。或许，她迟迟不归是因为：她以为你会说她留在父亲那里没有什么不对。因此，你便将她的胆怯错当成了对你的得罪。所以你应给她修书一封，如此方能得知你追寻的实情。”

特洛伊罗斯此刻正深深自责，对潘达洛斯更加言听计从。潘达洛斯刚一离去，王子便吩咐备齐纸笔。

他沉思片刻，先想好应写的词句，然后像狂人一样开始动笔，写信给心上的女子，毫不迟疑。他写道：

“女郎啊，你是如此青春美丽，爱神已经将我交与了你。而只要我尚存一息，爱神便是我的主宰，并使我永远忠实于你。你的离去使我无比凄苦，任何人都不会相信它是如何痛彻肺腑。我的心灵沮丧无比，因此我只能将此信送到你的手里，此外无法给你送去其他的致意。

“你几乎已成了希腊人，虽说如此，此信还是一定会被你收悉，因为时间方过去很短，你不可能将你我间那样长的爱情忘记，它曾使我们结下深情厚谊。我祈祷，愿这爱情天长地久、永无绝期。所以，求你展开此信，读到它的最后一字。

“若允许仆人向主人发出怨艾，我便或许有理由抱怨于你，因我笃信你对我的倾情爱恋，笃信你在众神面前发出的许诺与誓言，即你必会在第十日回到我的身边。然而，现在已过了四十天，却依然不见你的回还。

“不过，唯有使你高兴的事情才会使我快乐，故此我不敢叫苦咄咄。我只好尽量谦恭，将心思向你写明。我心中的爱火比以前更热，我的热盼与生命都渴望知晓，自那次交换后你在希腊人当中生活得如何。

“我若没有误解你的心思，我看要么是你父亲的花言巧语大大地影响了你；要么是一个新情人进入了你的心里；要么是嗜财如命的卡尔卡斯突然变得慷慨大方，尽管我们极少听说有这样的老丈。但你上次的悲苦抱怨，已使我知道了你心中的打算，所以我绝不相信你父会有如此转变。

“你本该速速归来，恪守诺言，但你迄今逾期未还。

“若是出于上述原因的第一条或第三条，你便该对我如实相告，因你知道：无论过去还是今朝，凡你希望的事情，我都会去做到。我会耐心等待，无论这等待使我多么忧虑心焦。

“但我更怕的是：你久留不归是因有了新的情人。倘若此情是实，我的痛苦便会超过以往任何时候。即使我的热诚理当遭此报应，你现在也无关心它的理由。故此我终日在恐惧中受尽折磨，恐惧已夺走了我的希望与快乐。

“每当我想得到安逸，这恐惧都会使我发出心碎的哭泣。我的头脑已被这恐惧完全占据。我因此手足无措。呜呼！这恐惧屠杀了我！我原想将这恐惧抵御，无奈既无力量又无主意。

无论是对维纳斯还是对战神，这恐惧已使我成了无用之人。

“自你离开以后，我悲伤的双眼一直在热泪涌流，使我不吃不喝，不眠不休。我时时发出痛苦的呻吟，一直在呼唤你的芳名与爱神。唯有如此，我才会相信自己还没有死。

“啊，请你仔细考虑：这个怀疑若被证实，我又该如何行事。若证实了你的背信，我想我定会自尽。若失去了对你的希望，我为何还要活在这个世上？你是我衷心的渴望，为了获得唯一的安宁，我一直在将你等待，含泪苦度人生。

“往日为了寻欢，我曾去聆听甜美的歌曲，参加挚友的会聚，此外还常去驾驭狩猎的鹰犬。我还曾与可爱的小姐们见面，去神庙参观，去参加盛大的筵宴。但如今我已将这一切规避。天啊！每当我想到你，这一切使我多么厌弃！你是我甜蜜的幸福，你是我至高无上的希望，而现在你却在远离这里的地方居住！

“鲜艳的花朵与柔嫩的翠草使野外姹紫嫣红，却不能愉悦我这被囚的心灵。啊，女郎！这都是因为你以及我心中的炽热爱情。唯有一片天空能使我感到心欢，因为我相信你正住在它的下面。我凝望着那片天空自语：‘此刻那片天空正将伊人观望，而我却巴望着来自伊人的奖赏。’我凝望着四周的群山，凝望着将你与我隔开的地方，悲伤感叹：‘它们能望见那对美丽的眸子，却并不自知。而我却远离那对眸子，在这里独自悲凄，生活在重重苦难里。现在我情愿成为那些地方之一，或住在其中的一地，如此或许能将那对明眸收入眼底。’

“我望着河水向大海流淌，如今你住在那海的近旁。我会说：‘这河水经过一段奔流，便会到达那个地方。现在住在那里的，正是我眼中那道神圣的光芒，而伊人也会看到这河水荡漾。’啊，我悲惨的生命！我为何不能到那个地方去，像这河水一样？

“我会羡慕夕阳，因为它仿佛能唤起我爱情的欢畅。换句话讲，太阳神好像也渴望再见到你，因此其步履便快于往常。但几声慕叹后我又会嫉恨太阳，心中的忧愁更加增长。因担心太阳将你从我身边带去，我便祈求夜晚快快降临大地。

“有时听人提到你所居之地的名字，有时看到从你住地那里来的人，我心中便会重新燃起爱火，它曾被过多的忧愁燃尽。我渴望欢乐的心灵似乎感到了一种隐秘的快乐，我会对自己说：‘我能否去那人所来的地方？啊，我甜蜜的渴望！’

“不过，你此刻正在做什么事情？你置身于武装的铁骑当中，你置身于好战的男人与战争的喧嚣之中，你置身于营帐之下，四周皆为伏兵。兵器铿锵作响，如今你居住在海岸旁，海上雨暴风狂，这些恐怖的声音常会使你惊慌。我的小姐，以前你在特洛伊生活得那样快乐无忧，而眼前这一切对你难道不是哀伤的忧愁？

“我对你的同情，的确超过了同情自己，而真正值得同情的却是我的境遇。因此，在我的状况变得更糟之前，你能否履行你的诺言，尽快回到我的身边？我会原谅长期等待给我造成的一切创伤。我绝不会要求任何补偿，而只求能见到你美丽的脸庞，我唯一的乐园全在你的脸上。

“啊，爱的激情曾为我攫住了你，为你攫住了我；我们的心都燃烧过甜蜜的爱火。我可爱的佳丽，你的美貌无与伦比；你我一同发出过无数可怜的哀怨与叹息。我们曾热烈亲吻，我们曾相互抱紧。我们那些甜蜜的交谈与欢乐，曾使我们无比幸福快活。上次分手时，我们发誓彼此忠贞不渝，它使你欣然吐露了充满爱意的话语。谁知你这一去，我们便再不曾团聚。

“凭着以上一切，我恳求你：万莫将我忘记，快回到我这里！你若不能回特洛伊城，也请写信讲明：是谁在那约定的十天后阻碍你踏上归程。啊，但愿我这番甜蜜话语不会使你心痛，至少它们能够安慰我的生命。请告诉我，我心上的女郎，我是否还能对你怀有一线希望。

“你若能给我希望，我便耐心等待，尽管等待让我无限悲哀。你若将希望从我这里拿去，我便结束我艰难的生活，杀死自己。可是，受害的虽是我自己，耻辱却属于你，因为我正是因你而死。我虽毫无差池，却死得如此可耻。

“我这些词句若是语无伦次，你若看到信笺上有斑斑污渍，还请你不要介意。此乃我的痛苦使然，因我整日以泪洗面，更无心将此信校勘。所以信笺上的污斑乃是我的苦泪点点。

“至此搁笔，尽管除了‘你一定要回来’之外，我还有千言万语。我的灵魂，你一定要回到我这里！只要运用你出色的机智，你定能办到此事。老天！致死的哀愁已将我的容颜大大改变，恐怕你已认不出我的脸。我不再多言，唯求众神保佑你，让你尽快回到我这里。”

他封好信，交与潘达洛斯，后者立即派人给克瑞西达送去。然而，他们空等了很多日子，却仍然不见回音。特洛伊罗斯因此万分悲恸，更坚信他狂梦中的情景确已发生。从此，他不再指望克瑞西达对他仍有爱情。

日复一日，他的悲伤不断增长，而随之减少的是他的希望。他因此心力交瘁，不得不躺倒在床。得伊福玻斯[①]关心特洛伊罗斯，抽暇来将他看望。悲伤的特洛伊罗斯不知兄长来到床边，还在低声哀叹：

“啊，克瑞西达，莫让我在如此的悲伤中离开人间。”

得伊福玻斯这才偶然得知弟弟悲从何来，却装作并未听见：“兄弟，现在你为何不去安慰你悲哀的心灵？快乐的季节已经

① 得伊福玻斯（Deiphoebus）：特洛伊王子。帕里斯死后娶了海伦。特洛伊陷落之夜，被海伦引来的墨涅拉俄斯及奥德修斯杀死。——译者注

来临，一切都色彩缤纷。草地再披新翠，预示着我们的前景一片光明。休战的日子已罄，我们很快便要投入战争。

“所以，我们会一如既往，让希腊人领教我们英勇的胆量。莫非你不再渴望与我们共赴战场？昔日你总是冲在最前，像勇士那样作战，使敌人丧胆，在你面前纷纷逃窜。主帅赫克托耳的军令已颁：明天与他同去城外交战。”

恰如饥饿的雄狮发现了疲惫的猎物正在歇息，突然跃起，鬃毛乍立；恰如雄狮看见了牝鹿、公牛或其他猎物而兴奋不已，特洛伊罗斯一听到那前途未卜的战争又将开始，燃烧的心头突然充满了活力。

他抬头说：“哥哥，我的身体虽然十分虚弱，但我仍求战若渴。我马上便会离开床榻，让浑身精力勃发。我向你发誓：往日我曾怀着坚毅的决心抗击希腊军队，现在我在战斗中会更英勇无畏，因为我早对希腊人仇恨百倍。”

得伊福玻斯深知这番话的含义，便将兄弟进一步激励，并说届时众兄弟会在城外等他，要他此刻不再耽搁，赶快歇息。兄弟俩互相告辞，特洛伊罗斯又陷入了悲戚。得伊福玻斯刚一离开，便很快将事情的原委告诉给了众位兄弟。

对这个消息，兄弟们已有准备，因他们都注意到了特洛伊罗斯的行为。为了不让他因此而悲伤，兄弟们便一起商量，决定对此只字不讲。他们马上派人通知各自的女眷，要她们都去将特洛伊罗斯看望，要她们用乐曲与歌手使他愉悦，如此他便会将使他厌恶的生活遗忘。

特洛伊罗斯的寝宫很快便充满了美女佳丽与音乐歌曲。他的一侧是波吕克塞娜，她的美貌宛若天仙；美丽的海伦坐在他的另一边。卡珊德拉也站在他们前面。此外还有赫卡柏[①]与安德洛玛刻[②]，以及不少妻子的姐妹与女亲戚，全都聚在了这里。

她们都在竭尽全力，安慰特洛伊罗斯。有人问特洛伊罗斯感觉如何，他只是时而看着你，时而望着她。一言不发，因他执著的头脑总想着克瑞西达。他不再以叹息流露这种思念，反而对众女子的歌唱与美丽感到几分心意畅然。

卡珊德拉碰巧听到了哥哥得伊福玻斯的话，又见特洛伊罗斯神情沮丧、满面悲伤，便几乎玩笑似的讲："兄弟，我看定是那该诅咒的爱情将你弄成了这副模样。我们只要愿意便会看到：爱情必将使每个人都陷入绝望。

"尽管如此，我还是要说：你本该去爱一位贵族女子，而不是为一个卑鄙祭司的女儿让自己耗尽心力，那祭司生活在罪孽中，其地位又无足轻重。看吧，我们这位伟大国王的高贵王子，竟会因为克瑞西达离开他而让生活充满忧愁悲泣。"

卡珊德拉此番出言，使特洛伊罗斯感到难堪。这既是因为他听见自己最爱的克瑞西达遭到贬低，也因为自己的秘密传入了卡珊德拉的耳朵里。他不知卡珊德拉如何得知了这个秘密，便以为她得知此事一定是通过神谕。他心中暗语："我若缄口不语，这番话便会显得若有其事。"

于是他开口言道："卡珊德拉，你比任何人都渴望凭着想象猜出每个秘密，这已使你屡屡陷入不幸的境地。你最好沉默不语，这会比你胡言乱语更加明智。方才你当着大家说了那番话，我不知你怎样看待克瑞西达。

---

① 赫卡柏（Hecuba）：特洛伊王后，赫克托耳、帕里斯、特洛伊罗斯等人的母亲。——译者注

② 安德洛玛刻（Andromache）：赫克托耳之妻。丈夫、儿子在特洛伊战争中战死后，她也被希腊人俘虏，成为阿喀琉斯之子的女奴，后又被让给赫克托耳的兄弟赫楞（Hellen）为妻。——译者注

“所以，见你如此多言多语，我便决定做一件迄今未做的事，那便是揭露你的无知。你方才说起，过分爱恋克瑞西达使我面色苍白，你希望将它说成是我的莫大羞耻。然而，你那位遭你嘲弄的阿波罗神，却迄今都不肯为你揭示预言术的真谛。

“克瑞西达从未用这样的爱情使我心欢。我不相信世上谁敢说出如此的谎言，无论现在还是以前。倘若事情果真如你所说，我早会诚心发誓：除非父王普里阿摩斯先将我杀死，否则我绝不会让克瑞西达去希腊人那里。

“我也不信父王会准许我与克瑞西达的爱情，像准许帕里斯诱拐海伦，而我们现在正为那件事感到自豪光荣。

“所以，你还是管住舌头，免开尊口。不过，我不妨假定你说的全是实情，即我是为了她才如此悲痛。如此我便要问：克瑞西达为何不能媲美任何伟大的男人？你究竟希望她是什么样的人？

“在每个男人眼里，她的美丽都无与伦比。但我不想夸奖她的美貌，因好花不常，落花很快便会颜色枯焦。我们不妨直接说说她的高贵，你方才对它大加谤毁。我现在便来说她的高贵品质，请大家承认事实。若有谁否认，我便要请她说出原因。

“凡美德所在之处皆可发现高贵。懂得此理的人，皆不会将这个说法反对。若认为从原因可推及结果，我们便可知道克瑞西达具备一切美德。然而，这女人[1]对谁都大发议论，却不知自己在唠叨什么事情，所以若想得到她的好评，获得这种福分的途径便大为不同。

“我自己的眼睛与他人的议论若未骗我，世上便无人能比克瑞西达更高雅朴素。我听说的若是实情，她还比其他任何人

① 此指卡珊德拉。——译者注

都谦逊贤淑，她的外表当然已将这种美德显露。此外她又寡言少语、简出深居，而在女子，这便是高贵天性的标志。

“她的言谈举止显示了她的判断力，它深刻、清醒且充满理智。今年我已见到她为了她父亲的背叛请求宽恕，从而部分地了解了她的见识。当时，她哭泣着说出动人的话语，证明了她的高尚心胸，并表达了对她父亲的高度蔑视。

“她的行为坦荡公开，所以在我看来，我或他人皆无须为它辩白。特洛伊城中的爵爷济济，你们若愿意，可以说他们个个谦雅知礼；但只要克瑞西达愿意，她便配得上与其中任何一位对弈棋局，既谦恭谨慎又豪爽随意。

“我之所以对此深知，是因为她在我与其他一些王族面前亦是如此，而这使不少王族贵胄产生一种近似困窘之意，于是他们便会如那班小人一样，故意将她的美德忽视。倘若她在特洛伊城中一贯贤淑谦恭，我们便该承认她那值得称赞的美名。

“卡珊德拉公主殿下，除了这些美德，你还要一个女子具备什么？难道还要她具备王族血统？你见到的那些拥有王冠、笏杖或御袍的人，并非个个都有一颗君王般的心。你也多次听说：国王令人尊重是因其美德，而不是因其大权在握。克瑞西达若是王族出身，你难道不相信她也能像你一样善于治理万民？

“克瑞西达若戴上了王冠，便会做出远胜于你的表现。她不会像你这样愚蠢，不会像你这样骗人，不会像你这样对每个人都指指点点。众神若能让你的谎言成真，使我的爱情能与她相配，我便要对克瑞西达小姐的美德给予最高的赞美，而它们方才却遭你诋毁。

“你现在快走，带着诅咒！因为你不能凭着理智发言，而是随意杜撰。快匡正你的丑陋，将它变为他人的优点。看吧！

这里又有个女子满腹愁肠，深感不幸，因为她出于虚荣，竟一心去毁谤那些本该赞美的德行，而若是无人相信她的话，她便万分悲痛。”

卡珊德拉不发一语，而若在其他场合，她早会昏厥过去。她回到其他女子当中，不再做声。她离开了特洛伊罗斯眼前，径直去了宫殿。此后，特洛伊罗斯再未给她机会与他见面。在王子的住处，无人愿意见到她，无人愿意听她说话。

赫卡柏、海伦及其他女了都赞赏特洛伊罗斯方才的话语。她们又开始用开心的话语及娱乐安慰特洛伊罗斯。然后她们便告辞离去，返回各自的屋宇。此后她们又多次来看望王子，因为特洛伊罗斯身体虚弱，卧床不起。

特洛伊罗斯虽然一直满腹悲伤，但已变得足够坚强，已能耐心将悲伤抵挡。他急于向希腊人展示自己的勇气，因此，不久他便恢复了体力，而他经历的巨大苦痛曾将他的气力消耗殆尽。

此外，克瑞西达也给他写来了回信，解释说她对特洛伊罗斯的爱比以往更深。为开脱她的迟迟不还，她列举了种种虚假托词，还要王子再等她一些日子。但特洛伊罗斯已不愿再受等待的熬煎，因为他曾原宥了她的食言，曾希望与她再次相见，却不知要等待多长时间。

此后，特洛伊罗斯便去参加战斗，与敌人频频交手，证明了自己是位勇士，名副其实。爱的摧残曾使他悲叹抱怨，现在他只将敌人恨在心间，尽管杀敌并不足以满足他雪耻的心愿。直到最终，死亡化解了他的一切哀痛，使爱情与爱情带来的冲突归于宁静。

VIII

《爱的摧残》第八部由此开始。本部先讲了特洛伊罗斯用书信与口信进一步试探克瑞西达，而克瑞西达也写信回答他。不久，从得伊福玻斯自狄俄墨得斯身上撕下的一块战袍上，特洛伊罗斯认出了他赠与克瑞西达的一枚胸针，是她又将胸针转送给了狄俄墨得斯。特洛伊罗斯与潘达洛斯一同悲哀，对克瑞西达彻底绝望。他终于在战斗中被阿喀琉斯杀死，了结了悲伤。本部开始于特洛伊罗斯用书信与口信进一步试探克瑞西达的忠贞与爱情。

前文交代，特洛伊罗斯已习惯将痛苦忍耐，而他更大的痛苦则来自那深重的悲哀。无人能用语言将那悲哀讲明：他的父王、他与他的众位兄长皆在为赫克托耳的阵亡而无比哀痛。特洛伊的要塞、城墙与城门的平安无恙，皆被寄托在赫克托耳无可匹敌的勇气之上。主帅之死，使特洛伊罗斯陷入了长久的痛苦哀伤。

但他并未因此而忘了爱情，尽管他的希望一次次悲惨地落空。如同恋人们常做的那样，他想尽办法去找回心上人，她曾是他唯一的甜蜜恋人。他一直在为克瑞西达的逾期不归寻找种种理由，相信那并非因她不肯，而是因她不能。

他给克瑞西达送去了许多书信，将自己的日夜思念写明，让她忆起以往甜蜜的时光，让她想到那返回特洛伊的誓言保证。在约定的休战期间，特洛伊罗斯还常遣潘达洛斯去见克瑞西达，委婉地责问她为何长期不还。

他亦时常打算亲自去希腊人的营盘，与心上人见面，却不知应如何乔装改扮、如何将真情充分隐瞒。他亦不知：若被希腊人认出自己，该如何以足够的理由解释此行的来意。

从克瑞西达的回信里，特洛伊罗斯只得到了空洞的许诺与漂亮的词句。于是，他开始猜度那些回信中的话语，认为它们皆为毫无价值的故事，意在消除他对真情的怀疑。他仿佛在一一浏览着手中的这些确证，因为他的怀疑绝非空穴来风。

他完全知道：克瑞西达一番番撒下大谎，其原因正是为了她那个新的情郎。他心中确信：无论是她父亲的花言巧语，还是她父亲的挚爱亲情，皆不会使克瑞西达如此变心。他无法知道：什么办法能进一步确证他那个悲惨梦是假是真。

对克瑞西达对他的爱恋，他的信心已大大缩减。如同患上爱疾的人，他不愿相信恋人身上一切使他感到痛苦的事情。但时间过了不长，恰如王子怀疑的那样，狄俄墨得斯让特洛伊罗斯真正地痛在了心上。于无意中，狄俄墨得斯澄清了特洛伊罗斯的一切猜想，迫使王子相信了真相。

为了爱情，特洛伊罗斯心中既畏葸又疑虑，无比苦恼。一日他听说，在特洛伊人与希腊人的一次持久激战之后，得伊福玻斯从战场归来，手拿从重伤的狄俄墨得斯身上扯下的一块华美的战袍，正为这战利品感到喜悦自豪。

得伊福玻斯身披那块战袍，在特洛伊城中穿行。特洛伊罗斯忽然出现在人群中，与众人一道赞美得伊福玻斯的战功。他想将那块战袍看个仔细，便将它拿在了手里。他朝战袍上四处查看，战袍前胸上的一枚金胸针映入了他的眼帘，它像被用做战袍的扣绊。

他马上认出了那枚胸针：那天他与克瑞西达欢度了最后一夜，翌晨洒泪告别，他将那胸针送给了心上人。于是他说："现在我终于看清，我的梦、我的怀疑与我的猜测全都是真。"

特洛伊罗斯回到宫里，派人找来了潘达洛斯。他向潘达洛斯抱怨自己对克瑞西达的一往情深，高声诉说因她的背叛而遭受的苦痛。他伤心不尽，为求解脱而呼唤死神。

然后他哭泣着说："啊，我的克瑞西达！你的誓言、爱情、渴望现在哪里？离别时你给我的那种愉快奖赏又在哪里？狄俄墨得斯现在拥有了这一切，而我虽然比他更爱你，却被你无情地抛弃。你的欺骗使我痛哭流涕、哀痛不已！

“若看透你这些负心背信的谎言，谁会再去相信任何女人、任何爱情及一切信誓旦旦？老天！我不知有谁还会如此颟顸！我从不曾想到你是如此残忍绝情，竟为了另一个男人而将我逐出你的心灵。我爱你胜过爱自己的生命，却一直在被欺骗中将你苦等。

“如今你与卡尔卡斯一起居住，难道除了这枚我洒泪赠与的信物，你没有其他的珠宝送给狄俄墨得斯这个新情夫？你这样做没有其他道理，完全是出于对我的鄙弃，此举已将你的心思暴露无遗。

“我明知你已从胸中将我除去，却依然不能自已，怀着剧痛将你美丽脸庞的形象留在心里。啊，我出生的时辰实在是太不吉利！一想到这里，我便几乎要死去，再没有了对未来欢乐的任何希冀，而我的痛苦悲哀更难言喻。

“从你的头脑里，你错将我赶了出去。我本以为永留其中的是我自己，你却错将狄俄墨得斯放了进去。然而，我凭着维纳斯女神向你保证：不久我将用利剑使你哀痛。若在下一次交锋中找到狄俄墨得斯，我定会直取他的性命。

“或许他会将我杀死，这会让你十分高兴。但我真心希望公正的上天能怜悯我深重的悲痛，能惩罚你莫大的不公。啊，至高无上的主神朱庇特！我深知你的正义才是更可靠的避难所。你护佑着一切高尚的美德，众生依靠这美德行动与生活。你正义的双眼可曾看到我的生命正在遭受折磨？

“你那燃烧的雷霆霹雳在哪里？它们是否在沉睡歇息？莫非你的眼睛已不再关注人类的种种劣迹？啊，真正的光明！啊，明断的天神！凡人无不赞颂你的神力无边，求你快将那女人的卑鄙了断！她胸中充满了谎言、欺骗与背叛。求你将她判为不可饶恕，永远永远！

“啊，我的潘达洛斯！你曾责备我如此顽固地相信那个梦，而现在你已看见我坚持要找出的真情。你的克瑞西达已对你将此证明。众神怜悯我们凡人，用种种方式向我们揭示我们不知道的事情，而这常常是为了使我们心亮眼明。

“有时在梦中预示未来之事，便是众神垂怜的一种方式。这种方式我已注意了多次，此刻我要再次将它仔细考虑。我知道，将来我再不会有任何安慰与欢乐，所以不如一死了之。但你的建议却使我等待时机，因为我渴望死在敌人手里。

“愿众神让我在下一次战斗中便遇上狄俄墨得斯！在巨大的哀痛中我渴望此事。我会让他亲身体验：我如何在战场的呻吟声中使他死于我的利剑。除了让他死，我不在意自己能否生还。我只想看见他在黑暗的地狱中受尽熬煎！”

潘达洛斯悲哀地听着这些话，明白了真相，不知如何作答。对朋友的爱使他愿继续留在王子这里，但是，克瑞西达的背信又使他自感羞耻，因而不时想告辞离去。他左右为难，不知应当如何行事，无论是去是留，都让他深感悲戚。

他终于含泪对王子说：“特洛伊罗斯，我实在不知该对你说些什么。如你所说，我全力将克瑞西达谴责。她已铸成大错，我绝不为她开脱。无论她在哪里，我从此永远不愿再与她见面。我以前所做的桩桩件件，全是为了让你的爱情得遂心愿，为此我将自己的一切荣誉丢在了一边。

“倘若我曾使你愉快，我便深感宽慰。如今我别无良策，唯有将你安慰。对此事我怒火满腔，像你一样。我向你保证，我若知道如何补偿，定会去尽力实行。但愿能改变一切的众神能改变这件事情。我诚心祈求众神惩罚克瑞西达，使她不能再犯下如此的罪行。”

特洛伊罗斯心中苦涩，万分哀伤，但命运女神的行止仍一如既往。她全心宠爱着狄俄墨得斯。特洛伊罗斯唯有泪流成行。

狄俄墨得斯感激神明，而特洛伊罗斯却无比哀痛。特洛伊罗斯投入了一次次战斗，比其他人更急于与狄俄墨得斯交手。

两人多次在战场相遇，面对面地发出诟骂与恶訾。他们激烈战斗，时而投出长矛，时而用利剑搏斗。两人都以极高的代价，将各自的爱情恣情抛售，但命运女神却未让其中任何一个战胜对手。

特洛伊罗斯的怒火常常给希腊人造成重创，没有几个希腊人敢与他较量。希腊人被他杀得马翻人仰，纷纷死伤。那日，激战长久僵持，特洛伊罗斯已将一千多希腊人杀死，阿喀琉斯残忍地杀死了特洛伊罗斯。

这便是特洛伊罗斯对克瑞西达的虚妄爱情的结局。他无与伦比的悲痛忧伤也就此终止。他为王位保留的灿烂荣耀因此消失。特洛伊罗斯对卑鄙的克瑞西达的徒然希望,结果便是如此。

啊，年轻的人们！你们的爱欲会随着年龄萌起，为了对众神的爱，愿你们及时止住迈向罪恶情欲的步履，尽管你们心中蠢动着爱欲。你们须将特洛伊罗斯的爱情当做自己的鉴镜，以上的诗行已将它写明。若能细读此诗并牢记在心，你们便不会去轻信任何女人。

年轻女子感情无常,总渴望得到许多情郎。对自己的美貌,她们的评价往往比镜子映出的更高。对自己的青春，她们的虚荣往往是情不自禁。她们越是自品自评，那虚荣便越能让她们开心、越能使她们心动。她们根本感觉不到美德与理性，总是二三其德，心如树叶随风。

不少女子乃高贵出身，她们因其先辈而沾沾自矜。因此，她们以为自己在爱情上理当比别人优越，便全然不顾礼节。无论走到哪里，她们都鼻子朝天，睥睨一切。年轻的人们，你们必须远离这样的女子，将她们视为下贱卑鄙，因为她们是野蛮人，并非高贵的淑女。

完美的女子更渴望被人爱恋，爱情会让她们愉悦欣然。她们能做出分析，懂得该将什么远离。她们既懂得规避，更善于遴选，能凭借不凡的远见，尽力觅得美满的良缘。她们都值得年轻女子效仿，但你们切不可草率地选择情郎，盖年长有时反使男人贬值，因为人的智慧并非都会随着年龄增长。

因此，但愿特洛伊罗斯成为年轻男子的鉴例，愿你们同情他的遭遇，更要怜惜自己。愿所有的人生活如意。请你们为了他向爱神虔诚恳祈，让他能在爱神统辖的领地中平静地安息。如此，爱神便会仁慈地赐予你们有益的爱情，使你们在爱情上审慎聪明，更不会为了一个邪恶的女子而最终丧生殒命。

IX

《爱的摧残》第九部亦即最后一部由此开始。本部是作者对这部诗作所说的话。他希望心上人读到这部作品，要这作品去他的心上人那里。他还表明了自己希望实现的心愿。至此，作者便结束了全诗。

“啊，我虔诚的诗篇！欢乐的时光往往能给人灵感，使人写出美好的诗篇。但是，在我的苦痛中，爱神却一反常规，将你攫出了我忧伤的心灵。我的心已被爱神的金箭射中，我们那位夫人的卓越超群使我时刻将她的美德铭记心中。若非如此，我便不知此诗缘何而成。

“据我所知，伊人不会忘记我的存在，更不会将我想象成另一种人。对此我常有感于心。故此我便相信：这才是此篇长歌的真正起因。这完全符合我的心愿，因为与其说我的忧伤造就了这诗篇，不如说它来自我对伊人的思恋。无论如何，我们毕竟完成了我的心愿。

“我们曾去意欲寻觅的上天，有时亦置身于岩石中间，现在又来到了广阔的海面。无论在和风里还是在狂风中，我们都跟随那高贵的光明，在前途莫测的大海上航行。那颗星发出令人崇敬的光芒，为我引航，它使我的词句恰与我心相契，并自动汇成诗行与篇章。

“在此我决意：我们的航船在此处抛锚，我们的航程结束在这里。我们应当在此满怀良好的美意，感谢朱庇特大神的恩赐，是他指引我们完成了此番令人感激的朝圣之旅。此刻我们的航船已靠近海岸。在海岸上面，我们要在这艘充满挚爱的航船上，放上敬奉神明的花环，放上感激主神的其他奉献。

“此后，你可作片刻歇息，然后去我思念的那位夫人那里。啊，你多么幸福无比！因你会见到伊人，而我却无法去她那里。

我是如此疲惫焦虑。当你幸福地被伊人的玉手开启，请谦恭地将我引见给那位高贵的夫人，唯有她才能赐予我欢乐的福分。

“你负载的诗行几乎都是含泪写成，请你告诉伊人：另外一种忧伤正在将我熬煎，我在忧愁地呻吟，我在伤心地悲叹。自从她离开了我，自从她那美丽眸子的光芒再不得见，我一直在哀伤怅然，因为唯有伊人在我眼前，我才能生活得幸福安然。

“你若看见伊人天使般的脸上露出了专注之情，便可知道她正在将你说的话仔细倾听。你若听到伊人为我在吃苦发出了叹息，请你用最诚挚的语言向她恳乞，求她尽快返回我这里，否则便请她吩咐我的灵魂离开我的躯体，因为无论我的灵魂去到哪里，总强似让我在如此不幸的生活中死去。

“不过，若无爱神相助，你恐怕难以完成这如此高尚的使命，因为你或许不会被伊人启封。若无爱神的助力，伊人或许不能领会你的含义。我相信，你若与爱神同去，定能传达我这番苦意。现在去吧！我会向阿波罗祈求，求他使你文笔雅致，词句优美。如此伊人便会将你聆听吟味。或许，她还会附上一封令人欣悦的回信，将你遣回。”

图书在版编目（CIP）数据

爱情十三问·爱的摧残 /（意）薄伽丘著；肖聿译 .
—南京：译林出版社，2015.7
(大师坊)
ISBN 978-7-5447-5314-2

Ⅰ.①爱… Ⅱ.①薄… ②肖… Ⅲ.①短篇小说-小说集-意大利
-中世纪②叙事诗-意大利-中世纪 Ⅳ.①I546.13

中国版本图书馆CIP数据核字（2015）第048548号

书　　名 爱情十三问·爱的摧残
作　　者 〔意大利〕乔万尼·薄伽丘
译　　者 肖　聿
责任编辑 韩继坤
特约编辑 刘文硕
出版发行 凤凰出版传媒股份有限公司
译林出版社
出版社地址 南京市湖南路1号A楼，邮编：210009
电子信箱 yilin@yilin.com
出版社网址 http://www.yilin.com
印　　刷 三河市祥达印刷包装有限公司
开　　本 960×640毫米　1/16
印　　张 18.75
字　　数 210千字
版　　次 2015年7月第1版　2017年2月第2次印刷
书　　号 ISBN 978-7-5447-5314-2
定　　价 47.00元

译林版图书若有印装错误可向承印厂调换